Le

Du même auteur

SOUS LE NOM DE MASSIN

La Lettre et l'Image, *Gallimard, 1970, 1981, 1993*

Les Célébrités de la rue, *Gallimard, 1981*

Le Branle des voleurs, *La Table Ronde, 1983*

Les Cris de la ville, *Albin Michel, 1985*

Les Compagnons de la marjolaine
La Table Ronde, 1985

La Dernière Passion, *Albin Michel, 1988*

L'ABC du métier, *Imprimerie nationale, 1989*

Zola photographe, *Hoëbeke et DAAVP, 1990*
(en collaboration avec François Émile-Zola)

La Cour des miracles, *Payot, 1991*
(Bourse Goncourt du récit historique 1991)

La Mise en pages, *Hoëbeke, 1991*

Continuo, *IMEC, 1988*
Seuil, coll. «Point-Virgule», 1992

Jouons avec les lettres
Dessins des Chats Pelés
Seuil, coll. « Petit Point », 1992

SOUS LE PSEUDONYME DE CLAUDE MENUET

Album Dostoïevski, *Gallimard, 1975*
(en collaboration avec Gustave Aucouturier)

Une enfance ordinaire, *Gallimard, 1972*
Seuil, coll. « Point-Virgule », 1992

Claude Menuet
(Massin)

Le Pensionnaire

Éditions du Seuil

COLLECTION DIRIGÉE PAR NICOLE VIMARD

Une première édition de cet ouvrage
a été publiée par Gallimard en 1972

EN COUVERTURE :
illustration de Rozier-Gaudriault

ISBN 2-02-014055-1
(ISBN 2-02-014592-8, 1re publication)

PREMIÈRE PARTIE

Dimanche matin.

Mon Dieu mon Dieu faites que je n'aie pas envie avant la fin de l'étude c'est si douloureux quand ça vous prend pourtant non c'est agréable est-ce agréable oui vraiment au début seulement puis l'on s'habitue au plaisir cela devient monotone mais on ne saurait dire à quel moment l'on se lasse alors c'est différent on ne peut expliquer ce qu'on ressent ça chatouille et ça brûle à la fois comment faire pour n'y pas penser si l'on y pense alors on a envie et si l'on n'y pense pas on a envie aussi il faudrait ne pas boire ne pas boire du tout mais on aurait soif et l'on boirait pourquoi boit-on il ne fait pas chaud c'est l'hiver est-ce qu'on meurt de ne pas boire oui dans le désert mais dans le désert en hiver il fait chaud j'aimerais savoir et les aliments est-ce qu'ils ressortent par là en partie en toute petite partie est-ce possible qu'ils se transforment en eau en pipi pourquoi c'est jaune comme un acide et jamais rose une fois pourtant j'avais des aphtes maman me badigeonna au bleu de méthylène pendant deux jours je faisais tout vert c'était joli ce vert presque bleu on l'appelle bleu des mers du Sud ma sœur s'en sert pour son stylo quand on regarde la bouteille par transparence on voit comme une nuit d'encre on imagine des îles la lune la mer Tahiti des bateaux les vacances c'est loin les vacances combien de mois de jours d'heures j'ai oublié les semaines de minutes de secondes de tierces c'est trop petit les tierces on ne peut les voir à l'œil nu ni les saisir du bout des doigts elles glissent comme le sable dans le sablier pour faire cuire les œufs à la coque on dit que le temps passe moi je trouve qu'il n'avance guère aujourd'hui c'est dimanche on s'ennuie en étude on devrait changer le calendrier si j'étais le président de la République je supprimerais les dimanches tous les dimanches sauf les sorties naturellement ces dimanches-là il faudrait les faire plus longs ils dureraient des mois on vivrait au ralenti avec des gestes lents comme si l'on dormait l'autobus du retour mettrait des heures une fois rentrés ce serait le contraire les aiguilles des réveils tourneraient à une vitesse folle on serait à peine levé qu'on se coucherait pour dormir on s'assoirait en étude qu'aussitôt la cloche sonnerait la cloche sonnerait sans cesse et chacun courrait dans tous les sens comme dans les films comiques les jours les mois défileraient c'est tout juste si l'on aurait le temps de les voir passer je grandirais vite mon costume neuf serait déjà trop petit la pension aussi vieillirait elle tomberait en ruine la boîte le bahut comme disent les grands a-t-elle toujours existé qui l'a construite le plafond est bien sale les murs lézardés il faudrait le feu un tremblement de terre un cyclone l'inondation comme dans la page du Larousse les fléaux de la nature qu'est-ce que j'ai oublié le volcan il n'y en a pas par ici l'iceberg non plus ah si j'avais un canon je tuerais tout le monde la grosse Bertha je l'ai vue mon père en souvenir acheta une carte postale un soldat canadien était glissé dans la gueule il croisait les bras et portait un chapeau de boy-scout comme un Américain je n'aimerais pas être scout il faut casser du petit bois pour faire du feu cela cingle les doigts ça fait mal longtemps après quand mon cousin était scout la soupe cuisait dans un grand chaudron que léchaient les flammes il nous a fait goûter à la cuiller c'est bon disait ma mère mais comment ce gamin lui si difficile si délicat élevé comme il a été élevé par sa mère la tante Hermione le gâtait pourri même il était comment ce gamin peut-il se faire à cette vie-là il aurait bien changé c'était la fin du jour et des vacances le soleil se couchait derrière les collines on voyait des millions de petites croix blanches avec leur ombre attachée à leur pied l'auto avançait les croix aussi de tous les côtés elles s'alignaient au garde-à-vous le drapeau pendait au haut d'un mât blanc il ne bougeait pas car il n'y avait pas de vent Vimy cela s'appelait Vimy que de morts dorment sous la terre plus jamais cela disaient les affiches mon père approuvait oh oh oh soupirait ma mère quand on y pense et moi qui me demandais si la Grande Guerre a existé c'est pour faire peur aux enfants d'abord je n'étais pas né tout ça c'est de l'Histoire de France il faudra que je lise ma leçon j'ai encore du temps devant moi l'étude ne fait que commencer les Carolingiens est-ce la même chose que les Carlovingiens quel drôle de nom les Mérovingiens c'est plus tôt donc plus tard je veux dire plus loin dans le temps la nuit des temps et pourtant Pharamond Pharamond nous avons vaincu avec l'épée nous avons manié la francisque à deux tranchants il devait faire très beau ce jour-là des chevaux plus noirs que la nuit la hache part siffle vole quelle bataille sa cervelle se répand des deux côtés ses yeux roulent à terre le sang des vierges quelle belle récitation pour moi le Moyen Age c'est toujours le matin le début de la vie un grand soleil comme aujourd'hui c'est le même il fait briller les cuirasses des Romains et la plume gauloise de mon porte-plume dans la rainure du pupitre le rayon descend oblique des multitudes de poussières viennent y danser d'ordinaire on ne les voit pas mais elles existent et on les mange sans faire attention et tous ces noms à retenir il me faudra la lire plusieurs fois je n'en aurai pas la patience j'aime mieux cela que les guerres de Louis XIV ma mère disait qu'elle s'y perdait s'il savait comme cela me passionne mais il ne le sait pas et si je le lui dis non je ne le lui dirai pas je devrais lui écrire une lettre cela ne se fait pas les autres se moqueraient lui aussi peut-être et si je ne sais pas ma leçon je recevrai des gifles combien de paires une paire c'est deux je n'en reçois jamais moins une seule gifle ça n'existe pas une seule joue rouge on n'a jamais vu ça on perdrait l'équilibre c'est comme lui lorsqu'il se penche en arrière pour prendre son élan je vais sûrement en recevoir mardi c'est le plus mauvais jour pire que le dimanche c'est le matin comme aujourd'hui dans deux jours exactement une heure d'histoire avec lui ensuite une heure d'algèbre avec Baugé je ne sais pas mes théorèmes et la dernière heure encore avec lui la lecture expliquée complément circonstanciel de lieu quand ce n'est pas la dictée comment faire zéro faute je voudrais bien connaître la recette deux fautes c'est trop tu entends ce n'est pas juste ceux qui font le plus de fautes ne reçoivent pas de gifles pourquoi des gifles toujours des gifles et toujours sur les joues quand je serai grand je ne recevrai plus de gifles les grands n'en reçoivent pas parce qu'ils se rasent ils sont grands ils ont des poils une grosse bite ils décalottent ils jutent la première fois cela fait une drôle d'impression au bout c'était mouillé je l'ai dit à Philippe il riait j'étais fier il voulait recommencer ça picotait longtemps après comme quand on a envie non non je n'ai pas envie il ne faut pas y penser sinon l'eau qui coule oh non pas cela pas d'eau c'est sec à terre ce n'est pas moi je jure que ce n'est pas moi je n'ai pas renversé

La cuvette

Quand nous étions au lit, le soir, la cabane du pion demeurait quelque temps éclairée. La lampe projetait au plafond un vaste halo blanc sur lequel passait parfois l'ombre démesurée d'une tête, ou encore d'une main aux doigts écartés et velus comme les pattes d'une grosse araignée; les chaussures tombaient l'une après l'autre sur le plancher; la boucle de la ceinture cliquetait en heurtant le dossier de la chaise; enfin, c'était le crissement (qui paraissait ne devoir s'arrêter jamais) du remontoir de la montre-bracelet. La plupart de mes camarades, sitôt couchés, dormaient déjà; d'autres faisaient semblant; quelques-uns, toujours les mêmes, laissaient échapper, par intervalles, des exclamations brèves, ou des rires, vite repris, cependant qu'on distinguait, dans la pénombre qui régnait au fond du dortoir, la silhouette de quelque Sioux regagnant son lit à la hâte; car, de sa place, le surveillant élevait la voix et, à l'aveuglette, lançait par-dessus bord des menaces qui, dans le silence enfin revenu, planaient un temps au-dessus de nous. Des lits grinçaient encore; puis, comme je me sentais glisser dans le sommeil, le bruit, étrangement amplifié, dans la cabane, de la page tournée du livre me forçait, un instant, de rouvrir les yeux.

Au matin, j'étais le plus souvent réveillé par les six coups qu'assenait l'horloge (et que séparaient des intervalles si longs que je craignais de me rendormir avant d'avoir pu compter le nombre exact de ces coups). Tandis que je m'assoupissais de nouveau, je tâchais de garder suffisamment de conscience pour jouir du peu de temps que j'avais à demeurer au lit. Tout en maintenant mes paupières closes, j'épiais avec une attention passionnée les petits bruits qui, venant de la cabane, étaient parfois les mêmes, mais dans l'ordre inverse, que ceux de la veille. La porte de la cabane s'ouvrait, et le surveillant, les cheveux en bataille, se dirigeait vers le couloir aux lavabos. J'entendais l'eau couler. Puis l'horloge, avec une soudaine violence, sonnait la demie. Maintenant, le surveillant se rasait : si c'était Maillot, cela lui prendrait bien dix minutes. Je devinais, plus qu'en vérité je ne pouvais le distinguer, le crissement de la lame sur la joue. Abandonné tout entier à la chaleur du lit, je savourais les derniers moments de bonheur. Le surveillant vidait son lavabo d'où l'eau s'enfuyait en grondant; puis il revenait à longs pas, la serviette sur l'épaule et ses objets de toilette à la main. De s'habiller ne lui prendrait que quelques instants. Alors, la porte de la cabane s'ouvrait toute grande en répandant soudain dans l'allée davantage de jour; tout en achevant de nouer sa cravate, le surveillant repoussait du pied la porte qui se refermait avec fracas et, avant que les derniers échos du bruit se fussent éteints, il frappait dans ses mains et s'écriait : « Allons, debout! » D'un pas décidé il arpentait l'allée et, en jetant de tous les côtés des regards farouches, répétait : « Debout! Et vite! » Cependant, avec ensemble, beaucoup avaient bondi et s'étaient précipités vers les lavabos; d'autres, au contraire, qui faisaient semblant de dormir, ne se jetaient hors de leur lit qu'au moment où le surveillant s'en approchait; alors, ce dernier, avec cruauté, tirait jusqu'au pied les draps et les couvertures, comme il faisait avec ceux qui dormaient vraiment et qui, surpris dans le sommeil, avaient la chemise de nuit troussée jusqu'aux aisselles; quelquefois, l'un d'eux, sortant soudain de l'inconscience, agrippait ses draps avec un désespoir qui lui donnait la force de résister quelques instants à la poigne du surveillant; toutefois, dès que celui-ci avait le dos tourné, certains se recouchaient vite, juste un moment.

Dans le corridor parallèle au dortoir s'alignaient les lavabos aux robinets de cuivre. Du côté opposé, et dans l'espace compris entre l'horloge et chacun des vestiaires, s'enchâssaient dans des tablettes une dizaine de cuvettes qui étaient le lot des retardataires dont je faisais le plus souvent partie. J'en prenais une que j'allais remplir à l'un des robinets placés aux extrémités du couloir et, durant que je retraversais l'allée, m'efforçais de la maintenir horizontale. Qu'un de mes camarades heurtât mon coude et l'eau, surprise, chancelait dans le récipient où elle s'affolait d'un bord à l'autre; qu'un autre me bousculât au passage, et ce n'était plus quelques gouttes, mais tout le contenu qui s'écrasait à terre. D'habitude, pareille mésaventure valait à celui qui en était la victime tout au plus une réprimande, à laquelle s'ajoutait la corvée d'en effacer les traces à l'aide d'une serpillière, ce long serpent malodorant et toujours lové dans son coin, que je soulevais du bout des doigts et promenais sommairement sur le plancher, avant de le rejeter au loin de la pointe de mon chausson.

Or, un matin qu'une fois de plus, une cuvette ayant été renversée, une large flaque dessinait une étoile sur le sol, et qu'on ne savait au juste dans quelles circonstances s'était produit l'incident, Totoche, le surveillant (il s'appelait Locoche), se mit en tête de découvrir le coupable. Il posa des questions qui demeurèrent sans réponse; il éleva la voix, et beaucoup, la brosse à dents à la main, tournèrent la tête dans sa direction. On ne craignait guère Totoche, qu'on ne prenait pas au sérieux, car c'était un être faible, voire un peu lâche; mais il avait là un prétexte, dont on vit bien qu'il entendait se servir et dont son autorité souvent bafouée pouvait tirer avantage. (Pourtant, dans certaines occasions, l'attitude de Totoche était quelquefois si déconcertante qu'à la rigueur extrême succédait une indulgence inespérée.) Il arpentait le couloir dans les deux sens et s'avançait parmi nous, raide, les épaules étroites, le cou tendu; il tournait de gauche et de droite sa tête grotesque, aux pommettes saillantes et au nez camard d'où glissaient sans cesse les lunettes; il roulait sur les uns et les autres de gros yeux sans expression et sur lesquels tombaient de lourdes paupières. « Je veux savoir, glapissait-il, QUI est le coupable... Et je le saurai! »

Il s'arrêta un instant au pied de la flaque, autour de laquelle on faisait cercle, sembla l'interroger elle aussi, et finit par brandir la menace d'une punition générale. Nous nous y attendions du reste, et cette forme de châtiment collectif était bien ce qui pouvait déplaire le plus à chacun; c'était une manière d'éveiller la suspicion et, en encourageant la délation, de nous dresser les uns contre les autres. Totoche ne l'ignorait pas, qui ajouta : « Eh bien, puisque c'est ainsi, et que personne ne se dénonce, je sais ce qu'il me reste à faire! » On attendait la suite, anxieux de connaître quelle sorte de punition il nous réservait. Mais, soit qu'il voulût se donner le temps de réfléchir, soit qu'il fût soucieux de ménager ses effets, Totoche gardait le silence. A présent, il souriait, et l'on se rassurait déjà, quand, s'approchant des plus grands, il dit d'une voix douce, et à leur adresse (sachant combien ils s'en montreraient dépités) : « Jeudi prochain, c'est moi qui suis de service; et je remplacerai le stade par une promenade. »

Cette fois, c'en était trop. Au bout d'un moment, il y eut des murmures, puis des protestations : « Ce n'est moi! — Moi non plus! » entendait-on. « Qui est-ce? » hurlait Totoche, en tordant comiquement la bouche. (J'observais la salive qui s'amassait aux commissures.) « D'abord, je veux connaître ceux qui ont fait leur toilette ici », dit-il en désignant les cinq cuvettes sur lesquelles tombait le jour cru d'une fenêtre. Je ressentis un pincement au cœur : j'étais de ceux-là; mais, soit timidité, soit que la crainte d'être accusé m'amenât à dissimuler, je ne dis mot. Les uns et les autres se regardaient. Lasnier fut mis tout de suite hors de cause : il était toujours le dernier; au reste, il se trouvait encore au dortoir où il achevait de faire son lit. Lucas, parce que c'était un grand (il était en quatrième année), était au-dessus de tout soupçon. L'un des récipients n'avait pas été utilisé; on pouvait s'en assurer en passant le doigt sur sa surface sèche. Restaient donc à trouver deux noms, parmi lesquels figurait, sans nul doute, le coupable. On avait bien songé à accuser Hérisson, mais celui-ci avait fait sa toilette à l'autre bout du couloir. J'étais sur le point, maintenant, de révéler ma présence; mais il était trop tard : on interpréterait mon hésitation comme un manque de franchise; on en tirerait une preuve de ma culpabilité. De plus, la crainte me paralysait; j'avais peur de m'embrouiller dans mes explications; j'avais peur, surtout, qu'on ne me crût pas. Et de penser que j'eusse pu tout aussi bien être le coupable et n'en rien révéler ajoutait au sentiment de mon impuissance et rendait vaine à mes yeux toute protestation de ma bonne foi.

Ma cause était perdue d'avance. Aussi n'esquissai-je pas la moindre tentative de défense quand je vis, au bout d'un moment, tous les yeux se tourner vers moi, avec un ensemble si parfait que je finis par douter moi-même de mon innocence. J'avais l'impression que j'étais *un autre ;* ou, plus exactement, que deux êtres cohabitaient en moi, l'innocent et le coupable; et, pour un peu, le premier eût été sur le point de dénoncer le second, faisant ainsi chorus avec ceux qui l'accusaient. Bientôt, en effet, il se trouva deux ou trois de mes camarades pour soutenir qu'ils m'avaient vu renverser la cuvette! L'important, au reste, n'était pas vraiment, pour chacun, de savoir qui avait fait le coup, mais de pouvoir, le jeudi suivant, taper dans un ballon au stade!

Mes tourments commençaient. Dans les couloirs, à la cordonnerie, dans les escaliers, on s'écartait de moi, ou bien l'on me tournait le dos. Au réfectoire, Potiron, mon voisin, laissa entre nous deux un large espace sur le banc; ce qui amena son propre voisin à le repousser vivement vers moi. Je sentais les regards se poser sur moi, et je demeurais partagé entre le souci de les éviter et la nécessité qu'il y avait pour moi de les affronter si je ne voulais pas paraître hypocrite. Mais ce qui, en vérité, me fit le plus de peine, vint de l'attitude de Lécureur. C'était un garçon un peu brusque, mais franc et qui m'avait toujours montré, en dépit de l'âge qui nous séparait, de la sympathie. « Tu n'avais qu'à le dire tout de suite que c'était toi, espèce de crétin! » me lança-t-il par-dessus la table. Et d'ajouter, ce qui provoqua des rires : « Après tout, une cuvette, ce n'est pas la mer à boire! » De l'autre table même, les grands m'adressaient des signes qui me donnaient soudain le sentiment exagéré de mon importance : Bouchereau me faisait voir sa main, qu'il avait large et plate; le grand Sureau, les poings serrés, me menaçait d'une correction; Couratin (qu'on appelait la Vipère) annonçait qu'en sortant on me passerait à la visite; et Escoffier, que la privation de stade affectait le plus, me lançait de loin : « Fais pas la vache! » tout en me promettant, lui aussi, si je m'entêtais, des gifles. « Alors, tu te dénonces? » me souffla le Paxon, que le football ne laissait pas indifférent. « Qu'est-ce que tu attends? Dénonce-toi! » renchérit Lécureur. Ce dernier mit un comble à ma confusion lorsque, avant de finir son bol de chocolat, il me jeta un regard qui était comme un adieu, un regard dans lequel je crus lire, mêlés à un reste de tendresse et d'amitié blessée, un peu de mépris et de la pitié. Enfin, il laissa tomber ces deux mots qui me serrèrent le cœur, car ils étaient soudés en un seul comme une injure, et je voyais leurs lettres narquoises se dessiner dans les airs et danser devant mes yeux : « Pauv' type! »

A partir de ce moment, je fis effort pour me défendre : « Ce n'est pas moi! Je vous dis que ce n'est pas moi! » m'écriai-je en m'adressant à toute la table, mais en particulier à Lécureur qui, maintenant, évitait mon regard, et roulait dans ses doigts des boulettes de pain. Comme on s'en doute, des ricanements accueillirent mes dénégations. (Moi-même, je finissais par trouver que ma voix sonnait faux.) C'est alors seulement que j'éprouvai véritablement le sentiment de l'injustice dont j'étais la victime. Comme on s'apprêtait à quitter la table, j'esquissai encore un mouvement de révolte et répétai, assez fort pour que Totoche entendît (je le vis, en effet, se retourner à demi et me regarder de ses gros yeux par-dessus son épaule) : « Je vous dis que ce n'est pas moi! » Et j'ajoutai, en tendant la main : « Je vous le jure! — Sur la tête de ta mère? » me lança Potiron, goguenard. « Sur la tête de ma mère! » répétai-je sans hésiter. « Sale menteur! » Alors, cachant mon visage dans mon coude replié sur la table, je fondis en larmes. Pendant quelque temps, je n'entendis rien d'autre que mes propres sanglots et, lorsque j'entrouvris les yeux, ne vis rien que les mailles, démesurément grossies, de mon chandail. Je me sentais seul, abandonné de tous; je pensais à mes parents, qui étaient au loin... Quand, brusquement, Potiron, qui me tirait les cheveux, me força de relever la tête. A travers mes larmes, je distinguai la haute taille de Flandry qui, dressé à son banc, au bout de la table, et s'adressant à toute la salle, s'écriait, hurlant presque : « Non, ce n'est pas lui! » (Il me désignait du doigt.) « Le coupable, reprit-il en se frappant la poitrine, c'est moi! »

Naturellement, ce fut un coup de théâtre. Pourtant, on connaissait Flandry, ses idées bizarres, son humeur fantasque, ses réactions imprévisibles. Il avait un penchant immodéré pour la pose, voire la grandiloquence; avec son grand front et ses longs cheveux rejetés en arrière, il ressemblait au Victor Hugo jeune que l'on montrait dans mon livre de français; le sentiment du ridicule devait lui être inconnu et, plus d'une fois, il avait fait étalage d'une sincérité qu'il poussait jusqu'à l'exhibitionnisme, en même temps qu'il montrait un goût du martyre en se chargeant, à l'occasion, de fautes imaginaires. Aussi, le premier moment de surprise passé, personne ne crut-il Flandry.

Le résultat fut pour moi à l'inverse : d'avoir laissé un autre s'accuser à ma place fit qu'on me méprisa davantage. Alors qu'avec les autres je montais l'escalier pour me rendre en étude (j'avais pu éviter, dans la cour, les tracasseries, en m'isolant aux cabinets), je m'entendis décerner des qualificatifs dépourvus d'aménité. Cet incident, au lieu de demeurer banal et vulgaire, prit pour moi des proportions inattendues; il contribua à aigrir mon caractère; il fit que je ne me confiai à personne, et me renfermai davantage; que, durant le temps de ma vie en pension, je ne sus jamais, même avec ceux de mes camarades qui me paraissaient les plus disposés à y sacrifier, trouver le culte de la véritable amitié. Il est vrai que, bien que j'eusse été gâté par mes parents, j'avais vécu une enfance solitaire, dont je n'étais pas sorti au reste, puisque, quelques mois plus tôt, j'avais soufflé avec eux les dix bougies de mon anniversaire. Rien, jusqu'alors, pas même les jeux à l'école, chez ma mère, ou les batailles à coups de pommes au retour du catéchisme, ne m'avait préparé à vivre dans cette communauté qui préfigure la caserne et emprunte à la prison. Ici, comme là, des lois non écrites régissent subtilement les rapports entre les êtres; chacun doit apprendre, à ses dépens le plus souvent, la règle d'un jeu absurde, suivant laquelle le désintéressement de tous doit s'exercer au profit de l'égoïsme de chacun.

Longtemps, l'incident de la cuvette me poursuivit dans mes pensées et dans mes rêves. Beaucoup plus tard même, lorsque j'appris la vérité et que fut connu (de quelques-uns seulement) le coupable, — et aujourd'hui encore, je me suis souvent demandé si ce n'était pas moi qui avais renversé la cuvette.

La Fille

Lorsque j'entrai en pension (où, dès le premier jour, je perdis mon prénom), mes cheveux, bouclés et réunis en une sorte de toupet, composaient une coiffure assez ridicule et qui, chaque matin, me demandait des soins assidus. J'avais toutes les peines du monde à vaincre la résistance qu'elle opposait au peigne, dont les dents se cassaient parfois. Bientôt, j'imitai les autres; j'adoptai le genre à la mode, et trouvai plus simple de mouiller abondamment mes cheveux pour les démêler; enfin, j'abandonnai le tracé, toujours incertain, des deux raies. Du même coup cessèrent mes souffrances, et l'on renonça à m'appeler, comme on avait fait jusqu'alors, la « Fille ».

La première fois que mes parents me virent avec cette coiffure d'« embusqué », ils en furent chagrinés, tant ils s'étaient montrés fiers, dans mon enfance, des cheveux frisés que m'enviaient bien des gens. « C'est dommage, soupiraient des dames (qui se faisaient faire chez le coiffeur de coûteuses indéfrisables), c'est dommage qu'un garçon ait des cheveux pareils ! — Et pourquoi, je vous le demande un peu, mon fils ne friserait-il pas ? » répliquait ma mère, qui se fâchait.

Nombrils

Le dimanche matin, à l'occasion de la grande toilette, nous comparions quelquefois nos nombrils. Ils étaient de formes si différentes ! Il y en avait de larges, de creux, de profonds, de retroussés, de tire-bouchonnés ; certains étaient ouverts comme un œil, d'autres muets comme des lèvres closes ; d'autres encore montraient le dessin compliqué d'une oreille.

Lorsque j'essayais d'ouvrir mon nombril, j'avais d'abord quelque peine à en écarter les replis ; puis j'en apercevais bientôt le fond, où la peau était brunâtre. Un jour, je demandai avec innocence à deux de mes camarades à quoi pouvait bien servir cet orifice. Ils se regardèrent en riant, se chuchotèrent quelques mots à l'oreille et s'éloignèrent, laissant ma question sans réponse. Pendant plusieurs jours, je m'interrogeai encore. A la fin, je trouvai que le nombril ne servait à rien, puisque, de toute manière, on ne pouvait rien faire de ce trou trop petit.

L'horloge

Dans le corridor aux lavabos, on pouvait voir, derrière une cage vitrée, le mécanisme de l'horloge. C'était un assemblage compliqué de roues, de chaînes et d'engrenages dont le cuivre luisait dans la pénombre. Précédant la sonnerie, un déclic se faisait entendre; une roue à ailettes se mettait à tourner à une vitesse folle et avec un ronronnement très doux; puis, secouant la vitre et le silence, les coups tombaient avec force, bien espacés, cependant que le tintement de la cloche juchée sur le toit ne nous parvenait qu'étouffé par l'épaisseur des murs, comme une harmonique dérisoire. Dans ces moments, j'avais l'impression que la cloche, au-dehors, marquait un temps différent du nôtre, et que ces deux temps (aussi dissemblables que pouvaient être les mondes dont ils réglaient la marche, celui, clos, de la pension, et l'autre, vaste et libre comme la mer) ne se confondraient jamais. Ensuite, une chaînette, en remontant, faisait entendre un long bruit de ressac, et tout rentrait dans l'ordre.

La nuit, si j'étais en éveil, j'écoutais s'abîmer les heures. Dans l'intervalle, le fracas qui accompagnait la chute des demies était si bref et vite repris, qu'il me faisait l'effet d'un accident, ou d'une erreur, et que je doutais presque de l'avoir perçu. Lorsque, me levant pour aller aux cabinets, je m'approchais, à pas feutrés, de l'horloge, j'espérais toujours de la surprendre, et de découvrir que le mécanisme, qui devait être ancien, avait, comme un cœur fatigué, cessé de battre. J'appliquais mon oreille contre la vitre froide : de fait, le mouvement était si lent, si lent, que je m'attendais, chaque fois, à voir mes craintes justifiées. Un cliquetis, fragile mais net, venait me persuader bientôt du contraire. J'avais cru, un instant, que le temps s'était arrêté, alors qu'il avait seulement retenu son souffle.

Naturellement, on ne pouvait lire l'heure que les jours de sortie (ou encore, quelquefois, en rentrant de la promenade), puisque le cadran se trouvait à l'extérieur.

Un mauvais rêve

Certains matins d'hiver, il faisait si froid que le thermomètre, en haut du perron, descendait quelquefois à vingt degrés au-dessous de zéro. On nous envoyait courir dans la cour à la queue leu leu autour des arbres, et nos galoches martelaient le sol verglacé qui résonnait comme un plancher. Nous nous arrêtions, essoufflés; chacun ôtait ses mitaines pour réchauffer ses doigts gourds au fond de ses poches, cependant que de petites fumées blanches s'échappaient de toutes les bouches. Le grand Hy, habitué qu'il était, tout comme son père, à parcourir des plaines livrées toutes nues au vent et au froid, dansait comme un ours d'une jambe sur l'autre et balançait ses bras. Son nez était rouge, ses joues violacées, et des larmes perlaient à ses yeux. Il riait.

Ma mère m'envoya des vêtements chauds et me tricota des chaussons de nuit. Une nuit, durant mon sommeil, je m'oubliai dans mon lit. Au matin, la tache humide m'enveloppait d'un froid glacial. Je ne pouvais guère dissimuler ma mésaventure dont s'aperçut bien vite, au reste, Baudelet, mon voisin. « Tiens, dit-il, tu as pissé au lit. — Oui, commençai-je à expliquer, sans trop me démonter, car je savais parfois mentir avec aplomb. Je vais te raconter ce qui m'est arrivé. Figure-toi que j'ai eu trop chaud cette nuit, et que j'ai beaucoup bougé. A un moment, j'ai eu envie et, comme mes draps étaient emmêlés, je n'ai pas réussi à me lever à temps. D'ailleurs, je dormais à moitié, et j'ai cru que j'étais déjà aux cabinets. Mais je devais rêver... » Et, comme Baudelet, sans répondre, se contentait de hocher la tête : « Tu comprends? demandai-je. — Je comprends », dit-il. Alors, aggravant mon cas, j'ajoutai, après un silence effrayant : « C'est drôle, hein? »

Dimanche matin

Le dimanche matin, nous avions une étude fort longue, qui durait plus de trois heures, et que surveillait le directeur lui-même. Fougon s'installait au bureau et, après nous avoir demandé le silence le plus complet, s'absorbait dans son travail. Il lisait les devoirs écrits de la semaine, et ne manquait pas d'apostropher à l'occasion un élève pour telle faute ou tournure de style qu'il avait relevée. On le voyait aussi, de temps à autre, corriger les épreuves en placards de cours qu'il donnait à un bulletin pédagogique. Enfin, il prenait connaissance des lettres que les pensionnaires destinaient à leurs parents, et qui formaient une pile sur le coin de son bureau.

Dimanche matin.

Fougon est assis au bureau il a l'air d'un curé avec sa blouse noire il serait comique avec une barrette ses cheveux sont rejetés en arrière de temps en temps il passe sa main dedans comme un peigne mais il fait le geste machinalement quelquefois même il garde la main sur la tête comme si ses doigts étaient pris au piège ses cheveux font comme des touffes d'herbe entre ses doigts des pointes s'avancent en haut du front de chaque côté d'une longue mèche bientôt il sera chauve il est vieux mais on dit qu'il est jeune et quel homme actif entreprenant courageux dévoué lui au moins il s'intéresse à ses élèves ce n'est pas comme le père Grouille il était au bout de son rouleau l'autre jour il descend le perron en courant c'était la récréation il se précipite au-devant des maîtres qui parlaient entre eux il a le sourire aux lèvres il rayonne il se plie en deux d'un air modeste comme pour s'excuser il leur annonce qu'il a été reçu premier du département à un concours un concours de quoi et les autres le félicitent et font de grands gestes ah oui vraiment il est extraordinaire vous vous rendez compte il n'a pas quarante ans il se penche davantage sur son bureau il baisse la tête ses cheveux retombent de chaque côté il les remet en place ils tombent encore il cligne des yeux il a de longs cils et de petits yeux un grand front bombé avec des rides très fines quand il fronce les sourcils il a l'air en colère les rides font des petits dessins comme si l'on voyait les circonvolutions de son cerveau avec un front pareil il doit être très intelligent mais quel petit bout de nez il est un peu pincé du bout on ne peut pas dire qu'il soit laid Fougon non mais il n'est pas beau il a des joues creuses des pommettes osseuses un grand sillon vertical sur chaque joue comme deux cicatrices il passe souvent sa main sur ses joues pour voir si elles ne sont pas trouées la bouche est droite le menton petit aussi comme le nez ils vont bien ensemble la moustache rousse est taillée en brosse il a un tic je l'ai remarqué tout de suite dès le premier jour dans son bureau il recevait mes parents en les écoutant il sortait un peu sa langue comme s'il voulait leur faire une grimace tiens le voilà qui recommence oh juste un peu la langue dépasse mince et plate il la tire progressi-

vement à l'extérieur et en même temps il la remonte elle grimpe sur la moustache il la frotte dessus il la rentre dans sa bouche mais la ressort aussitôt et la remonte encore plus haut les poils doivent le piquer pourquoi fait-il cela de nouveau il la rentre elle se repose c'est pour mieux prendre son élan attention elle va sortir elle sort elle décalotte elle monte elle monte elle frotte le paillasson elle monte encore un petit effort il n'y parviendra pas ses traits se crispent cela doit lui faire mal il tire il se tend victoire il a gagné le bout de la langue a touché le nez

La cloche

Dans la cour, au-dessus du perron, pendait la chaîne de la cloche. Elle était retenue par un piton fiché au mur, et formait une courbe gracieuse et immuable.

Du matin au soir, la cloche rythmait notre existence; mais, selon la main qui l'agitait, son langage était différent. Tantôt, elle balbutiait et bégayait presque; tantôt, elle était bavarde, elle jappait ou jacassait; tantôt encore, elle disait un long monologue, et la même note, lentement assenée, tintait longtemps dans l'oreille. Parfois ses coups, après m'avoir empli la tête, me serraient le cœur. Il est vrai que j'avais pris l'habitude de faire traduire par la cloche toutes sortes de sentiments ou d'états d'âme qui étaient les miens au moment où elle s'ébranlait. Ainsi, la cloche du matin était froide et blessante; celle de midi claire comme le soleil du milieu du jour; celle de cinq heures, plutôt nostalgique et, certains jours, franchement lugubre. La cloche la plus joyeuse annonçait, à sept heures, le dîner, en même temps qu'elle nous délivrait d'une longue étude. Pour la dernière étude du soir, on ne sonnait plus la cloche (sans doute pour ne pas réveiller les voisins) et le surveillant se contentait de claquer des mains.

Le directeur avait une façon bien à lui, nerveuse et brève, de tirer la cloche. Quant à Paulette, la cuisinière, elle l'agitait à toute volée, comme si son repas dût souffrir d'attendre plus longtemps. Robuste, les joues en feu, la poitrine offerte, la jambe en avant, Paulette se campait au haut des marches et, lorsque je la voyais faire aller son bras en cadence, je ne pouvais m'empêcher de penser à la gravure qui, dans mon livre d'histoire, montrait Jeanne Hachette repoussant, sur les remparts de Beauvais, les Bourguignons de Charles le Téméraire.

Quelquefois, occupé qu'il était, au milieu de la cour, à bavarder avec un collègue, le surveillant faisait signe à un petit d'aller sonner la cloche. Plusieurs se précipitaient à la fois, grimpaient quatre à quatre les marches et se bousculaient jusqu'à ce que le plus agile attrapât la chaîne, s'y suspendît et ne la lâchât plus; il la sonnait sans fin, et la cloche, harcelée, tiraillée, hoquetait et demandait grâce. D'autres fois, à la récréation, l'un de nous, par jeu, après avoir, au prix d'une longue patience, doucement, très doucement manœuvré la chaîne, parvenait à incliner la cloche sans qu'elle se fût mise à sonner (on voyait le battant docilement couché au bord de la gueule sombre). C'est à ce moment qu'un autre vous tirait la manche par-derrière. Il ne restait plus qu'à fuir au plus vite.

Le réfectoire

Les repas étaient bruyants, et l'on nous demandait rarement de faire silence. Groupés autour d'une petite table placée au centre, les surveillants et les maîtres discutaient à qui mieux mieux. Ils tiraient de leur poche un journal dont j'apercevais le titre, interminable pour *Le Populaire*, épais et souligné d'un trait noir pour *L'Œuvre*. (C'est ainsi que j'appris, sans bien savoir au juste ce que cela voulait dire, que l'Anschluss était « réalisé », puis que les nazis avaient envahi la Tchécoslovaquie, ou encore que la France et l'Allemagne avaient signé un traité d'alliance, ce qui me parut un moyen infaillible d'éviter la guerre.) Dans ces cas-là, ils gesticulaient, parlaient haut, rejetaient le torse en arrière ou, au contraire, se penchaient au-dessus de leur assiette en martelant la table du poing. Le directeur venait de temps en temps bavarder avec eux, cependant que la bonne, presque furtivement, déposait au bout des tables de grandes chopines de faïence blanche au col évasé et qui contenaient de l'eau rougie. Quelqu'un venait-il à renverser un verre, le liquide se répandait en courant sur la toile cirée, et ceux d'en face, en soulevant la table à l'aide de leurs genoux, le faisaient s'écouler de notre côté où, après avoir chu sur le carrelage, il éclaboussait nos mollets nus.

Il y avait des plats que je détestais, tel le boudin (d'un goût si différent de celui que je mangeais aux Bergeries, chez ma grand-mère Joséphine) et qu'accompagnaient des pois cassés, purée verte qui sentait la toile de sac et ressemblait au caca des nouveau-nés. Que de fois j'en ai rempli la pochette de ma serviette pour la vider ensuite dans les cabinets! Je n'aimais pas non plus le miel dont raffolaient les autres, et que Mme Fougon prenait avec une pelle dans des seaux dorés où celle-ci enfonçait avec peine. De cette pâte dure et givrée au goût opulent, le seul parfum me donnait des maux de tête. Quant au riz, dont j'étais friand quand, le dimanche, ma mère le faisait cuire dans une cocotte de fonte où elle avait mis d'abord à rissoler des oignons, j'en fus tout à fait dégoûté le jour même de mon entrée en pension. Ce soir-là, la bonne avait apporté deux fait-tout d'aluminium. Mme Fougon, dont le visage disparaissait dans la fumée qui s'en élevait, emplissait l'une après l'autre les assiettes qui passaient de main en main. Certains, déjà, faisaient la grimace. « Tu aimes ça, toi, le riz ? » me demanda-t-on. Je répondis que oui. Aussitôt, mon vis-à-vis versa sa portion dans mon assiette. A peine avais-je eu le temps de m'en rendre compte que mon voisin de droite, puis celui de gauche en avaient fait autant de la leur. Je demeurais interdit et n'osais protester, cependant que, de divers côtés, je voyais s'avancer de lourdes cuillers chargées de la bouillie blanchâtre. Toutefois, ma propre assiette n'en pouvant contenir davantage, les assaillants, renonçant à leur entreprise, se contentèrent de me regarder manger tout ce riz, avec un appétit invraisemblable et qui dissimulait mal la répulsion que me causait le parfum à l'orange.

Chaque matin, au petit déjeuner, c'était pour moi un supplice que de boire mon café au lait. Après avoir ôté à l'aide d'une cuiller (dont je ne voulais plus me servir ensuite) la fine pellicule que j'avais vue se former à la surface, j'étais à demi rassuré; mais soudain ma langue éprouvait le contact de ces lambeaux de crème, doucereux et blêmes, qui nageaient entre deux eaux; plus encore, j'étais pris de nausées lorsque je trouvais cette croûte à l'envers qui tapissait le fond des chaudrons et qui, une fois recrachée et déposée à l'extrémité du doigt, montrait un dessin en creux fait d'alvéoles, et dont on eût dit d'une peau marquée de pustules, ou de la petite vérole. Si, ayant proposé mon café au lait à mes voisins, ils n'en avaient pas voulu, il ne me restait rien autre à faire qu'à en répandre une partie sur la toile cirée (où j'imbibais des miettes de pain qui traînaient), d'en laisser un peu dans mon bol (ce qui est un signe de savoir-vivre) ainsi que dans la petite cuiller (car, si petite fût-elle, c'était toujours autant de gagné) et, sans être vu, de renverser le reste sur le carrelage. Lorsque je ne pouvais faire autrement, et qu'on me surveillait, je buvais très vite, en me pinçant les narines, imitant ceux qui prenaient de l'huile de foie de morue d'une bouteille où, dans le liquide épais et jaune, nageaient des glaires.

Une année, des Parisiens apportèrent des flacons de *Gaduase*, qui était sucrée, et qu'ils buvaient en la dégustant à petits coups, comme une liqueur, pour nous épater.

Les galoches

Lorsqu'en rangs par deux, nous montions, au signal donné, en étude ou au dortoir, les escaliers tremblaient sous nos pas. Durant quelques minutes, le vacarme emplissait les couloirs et un bruit de tonnerre résonnait dans toute la maison. Le silence revenu, on sentait pendant longtemps l'odeur de la poussière soulevée.

L'hiver, nous étions toute la journée en chaussons de feutre; l'on n'entendait plus, dans les escaliers, qu'une rumeur assourdie. Pour sortir, nous mettions des galoches, ces sabots noirs et galbés qui blessaient parfois le dessus du pied. Les galoches s'alignaient au bas des fenêtres, dans le corridor d'entrée et, bien qu'elles fussent groupées par rang de taille, celles des grands ensemble, les petits à l'autre bout et les moyens au milieu, elles se ressemblaient toutes, et l'on avait souvent du mal à reconnaître les siennes. Aussi mon père avait-il eu l'idée de piquer à l'intérieur de mes galoches une punaise dont la tête argentée se voyait de loin.

Le gaz

La première année, l'électricité n'avait pas encore été installée dans les salles d'étude, de même que dans les corridors. Le soir venu, les surveillants allumaient les becs qu'on voyait aux murs dans les couloirs et les laissaient brûler en veilleuse, ce qui était fort triste et plongeait dans l'ombre les escaliers situés aux extrémités et où l'on ne s'aventurait qu'à tâtons, en cherchant les marches du bout des pieds.

Dans la salle d'étude, c'étaient les grands qui, après avoir mis le feu à un journal roulé en torche, le promenaient sous le manchon assez longtemps avant qu'une petite flamme bleue et indécise s'y accrochât avec peine. Le gaz sifflait, puis se mettait à ronronner doucement, tandis que se répandait une lumière jaune. On restait le nez en l'air, à regarder les grands se disputer ; c'était à qui allumerait le plus de becs à la suite, en sautant d'une table à une autre et en bousculant livres et cahiers. Quand tout rentrait dans l'ordre, le silence revenu, on n'entendait plus qu'un petit bruit longuement répété, comme un murmure, *po-po-po-po-po-po-po-po*... C'était un manchon dont la gaze était déchirée, ou effrangée sur les bords.

Trente !

Mon linge et mes vêtements étaient marqués à mes initiales ainsi qu'au numéro trente. Souvent, le matin, lorsque nous nous apprêtions à quitter le dortoir pour nous rendre à la cordonnerie, j'entendais crier par-dessus les têtes :

« Trente ! » Aussitôt, je me retournais comme si l'on eût appelé mon nom, étant déjà accoutumé à ce matricule, et sachant ce qu'il voulait dire : une amende de cinquante centimes pour un gant de toilette qui traînait, un franc pour une serviette, un franc cinquante pour une chemise, etc.

Les poches de ma blouse

Alors que la plupart de mes camarades mettaient encore des tabliers de satinette noire, je portais, comme faisaient les grands, des blouses grises qui, suivant les modes qui avaient cours à la pension, étaient tantôt dépourvues de ceinture, tantôt retenues à la taille par une courroie, ou une corde tressée, ou encore par une vulgaire ficelle *lieuse* dont on se servait à l'époque dans les campagnes. Mes poches, qui étaient vastes, étaient certains jours si bien remplies et bourrées qu'elles ballottaient à mes côtés et gênaient ma marche. Le directeur en voulut faire une fois l'inventaire ; voici ce qu'il y trouva :

un grand mouchoir à carreaux
de la ficelle
de la craie
des bonbons acidulés dans leur emballage de papier cristal
des bouts de papier sur lesquels je notais des rimes
une gomme
une lime à ongles
des tickets d'autobus de la dernière sortie
deux ou trois lettres que m'avaient adressées mes parents
un agenda miniature et parfumé
un taille-crayon
un miroir circulaire portant, au verso, la photo de l'actrice américaine Irène Dunne

des morceaux de sucre
un aimant
une boîte de cachou
mon stylographe
deux crayons
des billes de terre
un biscaïen d'acier
des boutons
mon porte-monnaie (qui avait la forme d'une petite casquette de jockey)
la clef de ma boîte à provisions
un cure-dent
un minuscule marteau dont le manche, une fois dévissé, formait tournevis et libérait un diamant à couper le verre lui-même terminé à l'autre bout par un tire-bouchon et qui, par une encoche sur le côté, pouvait aussi servir d'ouvre-boîtes
encore quelques billes, dont une de verre irisé
une épingle de nourrice
une cartouche de chasse, jouet publicitaire d'un armurier, qui contenait trois petits dés
un peigne
des bracelets de caoutchouc pour tenir les chaussettes
un canif
une pince à linge
un jeu de cartes de petit format
des timbres-poste neufs
d'autres, oblitérés
une boussole, placée au revers d'un cadran au verre bombé, sous lequel s'agitait une minuscule bille
enfin, accessoire indispensable à tout pensionnaire, la « pétoche », c'est-à-dire une lampe électrique de poche.

Récréations

Aux récréations, un jeu faisait fureur; c'était la pelote basque; elle remplaçait, il est vrai, le football et le volley-ball, qu'on ne pouvait pratiquer qu'au stade, ou dans la cour les jours où il y avait moins de monde, c'est-à-dire les jeudis et les dimanches. On jouait à la pelote à deux ou bien à quatre; la balle rebondissait contre la porte du gymnase ou le mur des préaux; lorsqu'on la recevait dans la main, on l'entendait claquer comme un coup de feu, cependant que les petits qui se trouvaient sur le passage des joueurs étaient impitoyablement bousculés.

D'autres jeux, inventés par les externes ou répandus par eux, accaparaient notre intérêt pendant des jours, voire des semaines, comme le téléphone, fait de deux couvercles de boîte à cirage percés de trous et placés de part et d'autre d'une longue ficelle tendue et enduite de poix; ou encore les castagnettes, deux bouts de bois grossièrement taillés et qui, tout le monde en possédant, faisaient un bruit de crécelle si insupportable en semant ses échos dans toute la cour, que les surveillants finirent par les interdire.

Parmi les jeux stupides prenaient place des concours, comme à qui cracherait le plus loin; souvent, un petit passait, écopait, et se promenait ensuite avec un filet de bave qui lui coulait dans le dos. Les billes étaient une distraction innocente à laquelle se livraient les plus jeunes, encore que certains, qui possédaient de ces grosses billes d'acier appelées *caïens*, ou biscaïens, pussent parfois s'arroger des privilèges extraordinaires. Les petits jouaient dans toute la cour, alors que les externes se tenaient le plus souvent près de la grille qu'ils franchissaient matin et soir. Quant aux grands, s'ils ne jouaient pas à la pelote, ils demeuraient sous l'un des préaux, toujours le même, où ils formaient des groupes compacts, à l'abri des regards, et d'où les surveillants, quelquefois, cherchaient à les déloger. On voyait alors les grands s'avancer un par un, les mains dans les poches, et comme à contrecœur. Dans ce renfoncement, ils avaient pris l'habitude de bavarder, d'échanger des plaisanteries, de se livrer à des jeux défendus ou à des brimades sur de plus petits, de jouer aux cartes, ou même de fumer des cigarettes.

C'était là aussi, sur le chambranle de la porte des ateliers, qu'on inscrivait chaque jour à la craie la *tangente*, c'est-à-dire le nombre de jours qui nous séparaient encore de la prochaine sortie ou, si l'on était au printemps, des grandes vacances. (Comme le temps était toujours lointain où l'on verrait $tg = 0$!) Au-dessous, l'on pouvait lire en permanence les initiales VLGF, ce qui voulait dire : *Vive la grande fuite!*

Jeux interdits

Un soir, à l'heure de l'étude, je me trouvai aux cabinets en même temps que Couillard, le fils d'un gendarme. (Il était rare, pourtant, qu'on nous autorisât à quitter l'étude à deux en même temps; mais ce pouvait être une inadvertance du surveillant.) Couillard me fit entrer avec lui, referma la porte et là, après avoir comparé son anatomie avec la mienne, me demanda de prendre place derrière lui. J'obéis, m'interrogeant pourtant sur ce qu'il attendait de moi. Il se pencha en avant et me présenta ses fesses qui faisaient deux taches blondes dans la pénombre. Puis, comme, debout, je demeurais immobile, il tourna la tête par-dessus son épaule et me dit : « Qu'est-ce que tu attends? Vas-y! » Je n'avais pas vraiment envie (car si j'avais demandé à descendre, ce n'était que pour échapper quelques instants à l'étude), mais

Couillard s'étant frotté un peu contre moi, je finis par uriner longuement en l'arrosant, comme je croyais qu'il voulait me voir faire. Il s'écarta vivement. Il était furieux.

La visite

Environ toutes les trois semaines, mes parents venaient me voir le dimanche après-midi. Ils arrivaient avant le départ pour la promenade, à laquelle j'échappais ce jour-là. Nous laissions l'auto garée devant l'école, et descendions à pied en ville. Sur la place de l'Église, je remarquais au passage la grande affiche qui montrait un chevalier à l'armure étincelante, et où les trois lettres du mot FIX, enchâssées sous la visière du casque, me fascinaient comme un regard. Puis, nous tournions à droite et, quelques pas plus loin, après avoir monté deux marches, nous poussions la porte de la pâtisserie *Chez Spitz*, ce qui déclenchait une sonnerie interminable. Au fond de la salle, comme au théâtre, une main invisible écartait une tenture pourpre, et je voyais apparaître une petite vieille qui portait de grosses boucles d'oreilles et ressemblait un peu à ma grand-mère Joséphine, dont elle avait les manières et la démarche rapide. Déjà, j'avais fait le choix d'une religieuse (dont je mangerais d'abord la tête couronnée d'un clocheton de crème torsadée comme on en voit aux églises russes), tandis que ma mère désignait pour elle-même un baba au rhum et pour mon père un éclair au chocolat. Nous passions dans la pièce attenante, un minuscule salon de thé au mobilier de style mauresque. Le fils Spitz, qui vivait seul avec sa mère, avait la peau hâlée, les yeux bleus et perçants, et de longs favoris déjà gris. Il venait causer avec mon père et nous racontait ses voyages. Il avait été cuisinier dans de grands hôtels et sur des bateaux qui faisaient le tour du monde. Aux murs du salon se voyaient des trophées de chasse ou des objets curieux qu'il avait rapportés, comme cette grande sucette rose marquée *Niagara Falls*, ou cette vue du Grand Canyon aux rochers rouges et dont le cadre, fait de petits cailloux bleus, verts et argentés qui provenaient du Colorado et que retenait un verre, ne laissait pas de m'intriguer. De part et d'autre d'une longue photographie en couleurs qui montrait le paquebot *Normandie* étaient accrochées deux gravures anciennes. Sur l'une, un homme encore jeune était accoudé à une table chargée de victuailles, de fruits et de vins; deux femmes l'entouraient de leurs bras; elles riaient, la tête à demi renversée; leurs cheveux dénoués coulaient sur leurs épaules et sur leur gorge presque dénudée; au premier plan, deux petits chiens aux allures de chatons mangeaient dans une écuelle dorée. L'autre gravure montrait un vieillard aux vêtements fatigués, à moitié chauve et au regard dur, qui jouait du violon en sautillant sur une jambe; autour de lui étaient posés à même le sol des sacs dont l'ouverture laissait voir des pièces d'or amoncelées; la pièce était lugubre et froide, sans meuble ni décor; dans un angle, deux petites souris esquissaient, elles aussi, un pas de danse. Mon père me faisait remarquer que la légende des deux gravures, contrairement à ce que j'avais cru d'abord en lisant trop vite la grande écriture anglaise, n'était pas la même. Sur la première, c'était « La danse *des* écus », et sur la seconde, « La danse *aux* écus ».

Quand mes parents avaient pris leur café, on quittait la salle sombre, où ne venait personne d'autre que nous à cette heure. Des gens entraient au cinéma *L'Alhambra*, situé juste en face. On se promenait dans les rues désertes de la ville, où les rideaux de fer des magasins étaient tirés, et où l'on trébuchait parfois sur des pavés. Les cloches se plaignaient comme si elles allaient fondre; leur son mielleux se répandait partout. Le soleil hivernal jetait sur les façades sa lumière froide. J'observais le clocher effilé où l'ardoise prenait des tons d'acier; à l'autre bout de la toiture s'élevait un petit campanile ajouré dont ma mère disait, suivant le mot de Blaise, son premier mari (mort à l'autre guerre), que c'était « le clocher des enfants ». On passait sous une porte en ruine où l'herbe poussait entre les créneaux. On traversait la Vivonne sur un petit pont, et mon père s'arrêtait un instant, penché au-dessus de l'eau pour voir s'il y avait des poissons. Il nous rejoignait aussitôt, s'efforçant d'accorder sa démarche à la nôtre et de ralentir son pas, ce qui le fatiguait. En rentrant ainsi, lentement, nous apercevions quelquefois les pensionnaires qui revenaient de la promenade et allaient en rangs serrés (parce qu'on était en ville), deux par deux, les petits devant et les grands, à l'arrière, causant avec le surveillant, lequel se tenait sur la chaussée, en contrebas, comme un chien de berger le long de son troupeau. Déjà, je pouvais voir en haut de la côte, sur la droite, et derrière les branches noires des sapins de l'école des filles, les bâtiments de la pension se dresser comme une forteresse. Mes parents demeuraient un moment dans le corridor d'entrée, debout, à observer certains de mes camarades qui passaient près de nous, parfois en courant. « Qui est-ce, celui-ci ? » me demandait ma mère. « Et celui-là, là-bas, qui a l'air tout *berlaud ?* » Je répondais aux questions qu'elle me faisait, la sachant curieuse de nature; pourtant, je ressentais le plus souvent une certaine gêne à lui donner des explications, qui appelaient elles-mêmes d'autres détails, ce qui m'entraînait trop loin; enfin, je comprenais que mes parents avaient maintenant envie de partir, et que mon père ne souhaitait pas de rentrer à la nuit. L'un après l'autre, ils me disaient au revoir. Par les fenêtres, je les regardais ouvrir les portières, monter en voiture; un instant encore, je voyais leurs deux profils, côte à côte, presque superposés comme sur les médailles; puis la voiture avançait doucement et disparaissait aussitôt, cachée par l'aile droite du bâtiment. Je ne pouvais percevoir le bruit du moteur, mais j'avais encore dans l'oreille, pour quelque temps, celui qu'avait fait, en se refermant, la lourde porte d'entrée qu'ils avaient tirée derrière eux.

Dimanche matin.

Tiens voilà Clystère j'aperçois ses cheveux roux derrière la porte vitrée Clystère pourquoi l'appelle-t-on comme ça Jacques Fougon je n'en sais rien il a mon âge de grands cils les yeux bleus qu'est-ce que va dire son père il cogne à la vitre un coup discret pourquoi frappe-t-il à sa place je ne me ferais pas remarquer mais non il n'a pas frappé il a les bras embarrassés il a du mal à tourner la poignée il ouvre la porte elle s'entrebâille il la pousse du pied elle va heurter le socle du poêle elle vibre cela fait du bruit tout le monde lève la tête ses bras sont chargés de livres et de cahiers dans tous les sens un petit carnet un encrier il appuie son menton dessus il entre plié en deux le dos rond il jette un coup d'œil à son père vlan un cahier tombe à terre il appuie davantage son menton vlan cette fois c'est un livre il veut le ramasser le reste menace de s'écrouler on a envie de rire on n'ose pas son père se lève d'un bond il lui crie est-ce que ça va durer longtemps cette comédie Jacques Fougon se penche tend le bras la pile oscille paf son père le gifle vlan badaboum tout dégringole on en profite pour remuer les jambes quelques-uns rient d'autres se grattent la gorge ou raclent le plancher de leurs pieds paf encore une gifle paf une autre les cheveux de Clystère voltigent broum un grand coup de pied dans le derrière zim crac ftttt la bouteille à l'encre a valsé elle rebondit sur le mur elle se brise il y a une grande tache bleue à terre comme celle de la cuvette au dortoir Jacques Fougon cache sa tête dans ses mains son père le bat encore c'est tous les dimanches la même chose tu ne peux pas arriver à l'heure il pleure c'est bien fait pour lui mais non il ne faut pas dire cela après tout il est gentil Clystère bien qu'il soit le fils du patron quoique un peu distant avec moi c'est égal je ne voudrais pas être à sa place avoir un père pareil ce n'est pas une vie il lui fait apprendre trop de choses à la fois de l'allemand de l'anglais du latin et puis du grec ce doit être difficile le grec il va avoir une méningite sa tête va éclater aussi il est toujours en retard il pleure il renifle il se mouche bruyamment deux fois de suite on voit une grosse bulle sous son nez elle crève il pousse des soupirs il regarde la tache d'encre il ramasse ses cahiers ses livres le petit carnet il s'installe à sa place au premier rang sur la droite il remet ses affaires en ordre ses doigts sont tachés d'encre il les essuie sous le pupitre ça ne se verra pas son père du haut de son bureau le fusille du regard Jacques Fougon dévisse son stylo il est vide il jette un coup d'œil sur l'encrier il n'a pas de porte-plume il fait signe à son voisin le voisin ne dit rien son père observe le manège attention ça va recommencer j'ai peur pour lui pauvre garçon j'aime mieux que ce soit lui plutôt que moi et après tout ça fait passer le temps

La leçon d'allemand

« *Geh an die Tafel! Nimm die Kreide! Wisch die Tafel ab!* » Ces trois phrases, adressées par Fougon à un seul élève, mais clamées pour être entendues de toute la classe, inaugurèrent nos leçons d'allemand. C'était une chose si nouvelle de parler une langue inconnue aux accents rauques et imprévus, que je me sentais soudain tout neuf, aussi neuf que le matin, ou que le soleil qui entrait par les fenêtres, dans cette salle de classe encore étrangère, bien plus vaste que celle où enseignait ma mère, et où les pupitres, se dirigeant vers l'estrade en rangs serrés, avaient eux-mêmes l'air d'écouter, mais où je retrouvais les odeurs de mon enfance, celles de la craie, du papier et de l'encre. Les difficultés viendraient ensuite, avec les quatre déclinaisons en forme de litanies, les particules traîtresses et le long cortège des verbes irréguliers. Pour l'heure, on dénombrait les genres et l'on découvrait, grâce à l'emploi du neutre, que des noms n'avaient pas de sexe, mais que d'autres, au contraire, en avaient un à l'inverse du français, et qu'il fallait dire, par exemple, *le* table, *le* chaise et *la* tableau, et *la* soleil et *le* lune.

Inlassablement, Fougon nous faisait répéter les mêmes tournures et marteler des syllabes. Il se précipitait au tableau pour y écrire un mot, et le long bâton de craie qu'il tenait à la main, régulièrement, se cassait.

L'histoire ancienne

On apprenait l'histoire ancienne, en commençant par l'Égypte. C'était une révélation, et ma curiosité était excitée par la façon dont les Égyptiens conservaient leurs morts, en les entourant de bandes Velpeau et après en avoir, à l'aide d'un crochet, retiré la cervelle par les narines. J'étais fasciné par le visage émacié et noirâtre de Ramsès II qu'on voyait dans mon livre; et le dieu chacal était bien amusant quand, assis sur son derrière comme un gros chien et surveillant les plateaux de la balance, il s'apprêtait à dévorer l'âme du défunt. Puis, c'étaient les Phéniciens, qui voyageaient sur mer et fondaient Marseille; venaient ensuite la Mésopotamie, la Chaldée, des rois aux noms fabuleux, Assurbanipal et Nabuchodonosor, les jardins suspendus de Babylone. Les guerres médiques traînaient un peu en longueur; l'Acropole et tous ces temples en ruine me faisaient une impression plutôt fâcheuse; pourtant, la Vénus de Milo était bien intéressante à regarder. Quand nous en arrivions à Rome, cela devenait franchement ennuyeux, n'eût été l'éruption du Vésuve, qui me passionnait au même titre qu'une catastrophe de chemin de fer; et je ne me retrouvais plus parmi ces empereurs qui s'appelaient tous du même nom : César.

La dictée

Fougon dictait en se promenant dans les allées. Lorsqu'il passait à ma hauteur, je penchais de côté la tête pour mieux cacher ce que j'écrivais; j'attendais qu'il eût tourné le dos pour lever les yeux, le temps de voir s'éloigner sa haute taille et sa blouse noire. Sa démarche semblait adopter le rythme de la phrase; ainsi marquait-il, pour les virgules, une imperceptible halte, pour les points-virgules, un temps plus long et, pour les points, une vraie pause. Quand il fallait aller à la ligne, Fougon faisait une volte-face et marchait dans le sens opposé. Il avait — du moins interprétais-je à mon idée ses gestes — pour chaque signe de ponctuation une mimique particulière : le bras levé pour le point d'exclamation, replié pour celui d'interrogation, les paumes gauche et droite tour à tour ouvertes pour les parenthèses, et ainsi de suite. Il accentuait les liaisons, répétait les mots difficiles en en faisant chanter les voyelles et sentir les consonnes doubles. La dictée terminée, il relisait plus vite, puis nous demandait de poser nos porte-plume. On entendait dans la classe comme un énorme soupir, que suivait un silence angoissé.

Alors Fougon s'approchait de moi, parcourait le texte par-dessus mon épaule, cependant que je ne savais où porter mon regard. Soudain, il me fait mettre debout dans l'allée, me demande pourquoi je n'ai pas accordé un participe puisqu'il est placé avant et, comme je ne réponds pas ou bredouille une excuse, il ordonne : « Mets tes mains-z-au dos! » La première gifle s'abat sur la joue gauche; la position oblique que prend du coup ma tête donne à la joue droite une orientation favorable pour recevoir la deuxième gifle. Après un bref répit, durant lequel Fougon, en bégayant presque, m'accable de reproches, tombe la seconde paire de gifles. Il saute sur place, ses cheveux dansent de côté et d'autre, et dans la poche de sa blouse tinte le trousseau de clefs. Un instant, j'observe la main aux doigts raidis qui vient de me frapper. Il s'en sert maintenant comme d'un peigne.

Après m'être rassis, je cachais mon visage dans mon coude replié pour pleurer. Lorsque je rouvrais les yeux, c'était pour apercevoir un coin de mon cahier inondé de soleil et où se lisait, démesurée, mon écriture, et se montraient la faute, les fautes qu'il ne fallait pas faire. A présent, Fougon s'en prenait à René Humbert qui, le regard absent, bronchait à peine; c'est tout juste si, à chaque gifle, il clignait des yeux; son visage, par degrés, s'empourprait; à la sixième faute et à la troisième paire de gifles, il était violacé. Il est vrai qu'Humbert passait, non sans raison, pour le cancre de la classe; mais, comme son père était le secrétaire général de l'Inspection académique, Fougon ne l'épargnait pas plus que moi, qui me trouvais parmi les bons élèves. Aussi estimais-je que les autres, auxquels il ne s'intéressait que médiocrement, avaient bien de la chance, et qu'ils s'en tiraient à bon compte.

Souvent, je remâchais des désirs fous de vengeance. J'eusse souhaité qu'une justice immanente terrassât soudain Fougon, ou que le ciel s'abattît sur sa tête, ou encore qu'il se trouvât lié étroitement à un poteau comme un prisonnier des Indiens, et que je pusse à mon aise lui faire subir de vilaines tortures.

Quelquefois même, j'imaginais que je disposerais d'une sorte de main mécanique et articulée, qui, se dépliant soudain avec une détente fulgurante, irait le gifler à distance sans qu'il me vît faire.

Il y eut des soirs, au dortoir, que, la lumière éteinte, j'allais m'endormir, quand j'entendais tourner la clef dans la serrure de la porte qui donnait sur l'escalier. Dans l'ombre s'avançait la haute silhouette de Fougon qui parcourait d'un bout à l'autre l'allée centrale. Comme il s'approchait de mon lit, je cherchais en pensée ce que j'avais à craindre et qu'il pût me reprocher. Mais il se penchait sur moi en masquant de sa main refermée le faisceau de sa lampe électrique. Alors, abaissant son visage jusqu'au mien et le touchant presque, il me chuchotait quelques mots à l'oreille; ainsi, pourquoi, aujourd'hui encore, pourquoi avais-je fait deux fautes dans ma dictée? Sa voix était douce, presque paternelle. Il me traitait de « vilain », me tiraillait les cheveux et, furtivement, m'embrassait sur le front. J'avais hâte alors qu'il s'en allât, car je ne pouvais retenir mes larmes.

Le style

Sur la langue et le style, Fougon se montrait particulièrement exigeant. On pouvait bien n'avoir, prétendait-il, que quelques mots à sa disposition pour s'exprimer, pourvu qu'on eût du style. Dans nos devoirs, il pourchassait les répétitions, faisait la guerre aux verbes *être* et *avoir*, qu'il jugeait trop vagues et impersonnels; il bannissait les clichés, proscrivait l'abus des épithètes et des adverbes et vantait les mérites de la ponctuation, qui donnait à la phrase sa respiration, sa cadence; notamment, il entendait réhabiliter le point-virgule, ce parent pauvre, qui jouait un rôle aussi important selon lui que les soupirs dans la musique, et qu'on avait tort trop souvent de remplacer par un point.

Un jour, il engagea les plus grands à lire un livre qu'il venait d'acheter. L'auteur s'appelait Saint-Exupéry (cet aviateur qui était tombé en panne dans le désert) et le volume avait une couverture blanche avec des filets rouges et noir. Fougon nous commentait l'ouvrage et donnait en exemple la leçon de courage que proposait l'auteur; notre époque avait bien besoin, disait-il, de cette sorte d'héroïsme tranquille et quotidien. Toutefois, il trouvait à redire à l'écriture, qu'il jugeait un peu relâchée. Effectivement, je vis que l'exemplaire que Fougon avait prêté aux grands était émaillé, dans ses marges, de fines corrections à l'encre rouge, comme s'il se fût agi d'une copie d'élève.

La polycopie

Fougon avait une polycopie qui servait à reproduire le texte des récitations ou des lectures expliquées. Plusieurs fois, je le vis faire : il appliquait une feuille (remplie de son écriture fine et retroussée qu'à force d'admirer je finis par imiter) sur une gélatine jaunâtre, enserrée dans un moule comme un gâteau. Le report s'effectuait à l'aide d'une autre pâte, odorante et grise celle-ci, sur laquelle on promenait longuement, et dans les deux sens, une raclette; à la fin, c'était une surface unie et lisse, mais fragile, le moindre contact y laissant une trace. Cette fragilité même, comme celle du mastic dans mon enfance, m'attirait : il m'était difficile de résister à l'envie que j'avais de toucher cette pâte si vulnérable, d'y poser un doigt, sans même appuyer fort, pour m'étonner plus facilement ensuite d'y voir inscrite mon empreinte;

de chercher à réparer, en l'aggravant encore, cette marque qui m'accusait; enfin de m'en venger en la blessant et la châtiant à coups d'ongle.

Fougon nous distribuait à chacun des tirages à l'encre violette où, par endroits, le texte était effacé; il nous dictait les mots qui manquaient et que nous ajoutions nous-mêmes. Puis, nous collions la feuille dans notre cahier; mais parfois, c'était notre cahier lui-même que Fougon passait à la polycopie. Comme il trouvait que j'avais une belle écriture, Fougon alla jusqu'à me demander de préparer l'original; ce que je fis, en souhaitant de pouvoir ainsi, un jour, imprimer des poèmes ou des textes de mon invention. Pour l'heure, on apprenait *La Mort du loup* de Vigny, le combat de Roland et d'Olivier, de *La Légende des siècles*, des souvenirs d'enfance de Chateaubriand à Combourg, des fables de La Fontaine et de Florian, et des contes d'Alphonse Daudet qui faisaient comme une douce musique. A ce sujet, je m'étonnais que cette prose chantante fût plus facile à retenir que les vers de Laurent Tailhade (*Les asters et les véroniques — de leurs corolles sans parfum* — etc.) dont je trouvais qu'ils ne rimaient pas à grand-chose, puisque d'abord ils n'avaient pas de rimes, et qu'ensuite, ils s'écrivaient comme de la prose, sans aller à la ligne et avec seulement des tirets pour séparer les vers. Combien plus amusantes étaient les curiosités prosodiques que nous citait Fougon, comme les ïambes d'Auguste Barbier, ou ce sonnet monosyllabique de Jules de Rességuier :

Fort
Belle
Elle
Dort,

Sort
Frêle,
Quelle
Mort !

Rose
Close,
La

Brise
L'a
Prise !

On étudiait des pièces de Corneille, auteur que chacun préférait à Racine, dont les tirades d'*Iphigénie* ou d'*Andromaque* nous paraissaient assommantes, et ces histoires de grands prêtres et d'enfants sacrifiés bien invraisemblables. On ne s'amusait vraiment qu'avec le songe d'*Athalie ;* mais c'était pour mieux s'en moquer, en le récitant à toute vitesse. Au contraire, la rivalité des Horaces et des Curiaces (qu'on appelait les *Voraces* et les *Coriaces*) avait quelque chose de sportif qui faisait un peu l'effet d'une partie de football. Certes, le vieil Horace plaçait, à notre sens, le sentiment de l'honneur un peu haut; mais on ne pouvait se défendre de l'admirer; et puis, l'on attendait son *Qu'il mourût !* comme s'il eût dû toujours nous surprendre. Fougon nous enseignait à le dire, après en avoir hurlé les deux mots dans la classe. Il nous contait aussi qu'une grande actrice d'autrefois, lorsqu'on faisait à Camille le récit de la mort de son amant, se renversait par degrés de son siège jusqu'à tomber presque à la renverse. Mais, autant le soufflet que donnait Rodrigue à don Diègue avait quelque chose de commun qui le mettait à notre portée, autant ses stances, ensuite, nous plongeaient dans l'ennui. Au surplus, Fougon nous avait fait apprendre une autre récitation où il était question d'un Cid (c'était sans doute le même, mais je n'en étais pas certain) ; or, non seulement je mélangeais les textes, mais ne savais s'il fallait dire *caparaçon*, ou, à cause sans doute de l'homophonie avec « carapace », *carapaçon ;* ce qui m'avait valu une gifle.

Le Poète

A l'inverse des autres, j'eus une soudaine attirance pour la poésie, ayant appris en classe *La Jeune Tarentine*, de Chénier, dont les premiers vers :

> *Elle a vécu, Myrtô, la jeune Tarentine ;*
> *Un vaisseau la portait aux bords de Camarine...*

me paraissaient parmi les plus beaux. Je me les répétais sans cesse à voix basse, et j'en faisais chanter les rimes dans ma tête. J'aurais bien voulu lire d'autres poèmes de Chénier, mais il n'y avait aucun recueil de cet auteur dans la bibliothèque. Alors, ayant trouvé à la maison un petit classique des *Harmonies poétiques et religieuses*, qui avait appartenu à ma sœur Suzanne, je me rabattis sur Lamartine. Aux récréations, je me plaçais un peu à l'écart pour en lire des pages; puis, comme je vis qu'on se moquait de moi, je pris le parti d'emporter, chaque soir, mon fascicule au dortoir et d'attendre que les autres fussent couchés et les lumières éteintes pour m'installer à plat ventre dans mon lit, les draps et les couvertures rabattues par-dessus ma tête, mon Lamartine ouvert et ma « pétoche » allumée. Au bout d'un moment, j'étouffais, la sueur ruisselait sur mes joues. Un instant, j'éteignais ma lampe, sortais la tête pour respirer l'air frais; puis je recommençais. Comme, dans cette position incommode, les bruits du dehors ne me parvenaient plus et qu'au surplus, j'avais pris l'habitude de chuchoter les vers pour mieux en percevoir la musique et l'écho que faisaient les rimes, je n'entendis pas, certain soir, le directeur qui s'approchait de mon lit, où devait se voir une grosse bosse et d'où filtrait, peut-être, un peu de lumière. Il souleva le drap, me causa une vive frayeur, et demeura stupéfait. S'étant emparé de mon petit livre, il en lut le titre, le feuilleta rapidement à la lueur de sa lampe, me le rendit fermé, et me gronda à voix basse, en me menaçant de confisquer ma « pétoche ». Mais je sentais bien que cela n'était pas sérieux. Quand il m'eut quitté et que je le vis s'éloigner, de dos, dans l'allée centrale, je crus même deviner qu'il riait. Toutefois, les soirs suivants, je n'osai poursuivre ma lecture. Puis, comme j'avais fini Lamartine et que je ne trouvais rien d'autre à lire à la suite, je décidai d'écrire des poèmes. Au début, les rimes me causèrent bien des difficultés; lorsqu'elles me venaient à l'esprit, dans la cour ou à la promenade, je tirais un petit carnet de ma poche pour les noter. Je recopiais ensuite mes vers. Mais les autres, ayant vu que j'écrivais des lignes de longueur inégale, comprirent tout de suite à quelle occupation je me livrais. Ils se moquèrent de moi, m'appelèrent le « Poète »; et ce surnom me resta tout le temps que je passai en pension.

Baugé

Baugé enseignait les mathématiques et était mon professeur de violon. On ne l'appelait pas autrement que « Mimile », bien que ce surnom ne lui allât pas du tout, car il était plutôt distant, même avec ses collègues, et se montrait peu enclin à la familiarité; c'est ainsi qu'il était le seul, parmi les maîtres, à nous vouvoyer. Quoiqu'il fût jeune encore, on ne savait pas lui donner d'âge; il n'était pas bien beau au reste : il avait un peu d'embonpoint, pas de cou, des bras trop courts et un front fuyant que surmontait un toupet blond et enroulé sur lui-même comme la crosse d'un violon.

En classe, comme j'étais au premier rang, Baugé avait pris l'habitude de s'asseoir devant moi et d'appuyer ses coudes sur mon pupitre. Je n'osais plus lever la tête, car j'avais sous les yeux son visage qui me paraissait monstrueux, surtout lorsqu'il ôtait ses lunettes pour en essuyer longuement les verres. Dans ces moments, je ne le reconnaissais plus; il avait l'air d'un hippopotame. Par-dessus ma tête, il s'adressait aux autres d'une voix forte qui emplissait mes oreilles; en même temps, à mesure qu'il parlait, je suivais les mouvements que faisaient ses lèvres, au coin desquelles s'amassait un peu de salive. Lorsqu'il me posait une question, je ne savais où porter mes yeux, tant son visage était proche du mien. Quelquefois, m'enhardissant à chercher son regard, je ne trouvais, sur le verre de ses lunettes, que ma propre image, dédoublée et enflée jusqu'à l'absurde, et qu'encadrait le rectangle clair d'une fenêtre.

Au réfectoire ou dans les couloirs, lorsqu'il causait avec des collègues, Baugé avait une façon bizarre de rire. Il pouffait brusquement, s'étouffait, puis s'empourprait et renversait la tête en arrière en agitant les bras comme quelqu'un qui se noie. A la fin, il riait, mais continuait de frétiller et de pivoter en tous sens, cependant que la sueur perlait à son front et qu'il ôtait ses lunettes pour frotter vigoureusement ses yeux.

Baugé était célibataire et l'on imaginait mal qu'il pût un jour se marier. On n'en fut que plus stupéfait d'apprendre qu'il allait épouser Berthe Citron, une institutrice de l'école de filles voisine, qui était sèche et maigre, mais *savante*, comme on disait. Pendant quelques semaines, on se posta aux fenêtres : on le regardait franchir la cour d'honneur, refermer la grille avec une lenteur feinte, s'avancer dans la rue d'un air irrésolu, hésiter un instant, jeter les yeux au ciel puis, comme à la dérobée, à sa montre; revenir sur ses pas en flânant presque, enfin disparaître au coin de la rue. Alors, traversant le couloir et les salles de classe, on se précipitait aux fenêtres qui donnaient de l'autre côté et d'où, par-dessus le mur de la cour, l'on avait vue sur la rue dans laquelle, maintenant, s'avançait Baugé d'un pas rapide. Lorsqu'il parvenait au bas de la côte, il courait presque;

alors, derrière un mur de brique, se montrait une mince silhouette dont Baugé, aussitôt, prenait le bras. L'espace d'un instant, on apercevait le couple qu'il formait avec sa bonne amie — un couple aussi mal assorti que possible.

La leçon de violon

Dans une salle de classe déserte, on dépliait le pupitre (ce personnage aux bras et jambes dorés et articulés) sur lequel on disposait le *Petit Ševčik*. C'était une méthode pour débutants où l'on trouvait, au bas des pages, des exemples faciles empruntés à Haydn ou à Grétry et des extraits du *Freischütz* de Weber. A chaque instant, Baugé me rappelait de garder le coude gauche collé au corps et me contait que son professeur avait l'habitude de placer une assiette sous son aisselle. Avec moi, il préférait y renoncer, car il y aurait eu trop de vaisselle cassée. En revanche, si j'avais commis une faute, il me cognait brusquement le coude ou, de son archet, me tapait sur les doigts. Le plus souvent, il m'accompagnait; lorsque, ayant perdu pied, j'hésitais à poursuivre, il continuait de jouer seul. Il se tenait bien droit, écrasant son violon de sa joue épaisse. Bientôt, il fermait les yeux comme s'il allait s'endormir (mais il rêvait seulement). Quelquefois, il renversait la tête et se penchait en arrière où je craignais de le voir tomber. Il ne paraissait pas tenir son archet tant il le tirait avec délicatesse, cependant que les doigts de la main gauche sautillaient d'une corde à l'autre et que le poignet, sous le manche, était agité parfois d'un mouvement si rapide qu'on n'en voyait plus qu'une image floue. De temps à autre, Baugé laissait échapper des soupirs et faisait avec sa bouche des petits bruits vite étouffés. Il arrivait aussi que l'instrument piquât soudain du nez, tandis que la ligne blanche de l'archet, impitoyable, le traversait d'un coup dans toute sa longueur, comme si elle allait le scier en deux.

Baugé traçait quelquefois dans les marges de la méthode des figures qui montraient le tétracorde, l'échelle des tons et des demi-tons, et même à l'occasion un archet, de profil et partagé en son milieu par deux flèches : *poussez*, *tirez*.

Lorsqu'on attaquait une nouvelle leçon ou, plus tard, lorsque j'étudiais les positions et eus une autre méthode, celle de Mazas, j'étais un instant effrayé par les forêts de notes qui couvraient les pages; je ne me sentais un peu rassuré qu'ayant aperçu des rondes, bien dessinées, et qui, d'endroit en endroit, formaient des îlots de tranquillité.

A la fin du mois, Baugé envoyait à mes parents sa note d'honoraires. C'était un petit carton aux coins arrondis et dorés. D'une écriture précieuse et retroussée, il ajoutait des observations sur mon travail, ainsi que les politesses d'usage.

Disques

En plus des mathématiques, nous avions chaque semaine une heure d'instruction civique et de morale avec Baugé. En général, je trouvais ces matières fort ennuyeuses, et les quelques photographies qui ornaient mon manuel et montraient la Chambre des Députés, le Sénat ou des magistrats en robe ne parvenaient pas à me distraire. Une seule fois, je pris de l'intérêt à ce que disait Baugé; ce fut lorsqu'il nous parla de Saint Louis. Selon lui, l'image touchante qu'on avait gardée de ce roi rendant la justice sous un chêne à

Vincennes ne devait pas nous faire oublier qu'il n'était, comparé aux hommes de notre temps, qu'un barbare.

De temps à autre, Baugé remplaçait la morale par la musique, ce qui excitait notre joie. Ayant mis en place son phonographe, il nous faisait écouter des disques qu'il nous commentait. Dans *La Truite* de Schubert, on écoutait chanter

le cristal limpide
D'un torrent écumant

de même que dans des pièces de Debussy, on entendait tomber les notes comme des gouttes d'eau. Ce qui nous amusait plus encore, c'était la musique imitative, *La Poule*, de Rameau, une composition de Reinhardt (?) où il y avait un chat qui courait, qui courait, puis se mirait dans l'eau d'une mare; enfin, majestueux et lent comme la voix du violoncelle, *Le Cygne* de Saint-Saëns glissait à la surface de l'étang.

Mme Fougon

Mme Fougon était petite et un peu tassée sur elle-même; elle enfonçait dans ses épaules une tête aux traits masculins et que rendaient plus sévères encore des cheveux coupés court et des pull-overs noirs dont le col lui arrivait sous le menton. Elle portait toute l'année des blouses blanches qui tranchaient avec celles uniformément noires de son mari. Au réfectoire, elle emplissait les assiettes sans mot dire et en arborant toujours le même air grave et un peu triste. S'il lui arrivait de sourire, elle paraissait, dans ces cas-là, encore plus triste.

C'était elle aussi qui s'occupait de la lingerie; tous les dimanches soir, nous nous rendions à tour de rôle dans cette pièce située sous les combles, où s'étouffaient les bruits et s'empilaient, dans des casiers sur le pourtour, les draps, les serviettes et le trousseau de chaque élève. C'était elle encore qui, au dortoir, allait d'un lit à l'autre prendre les températures lorsqu'il y avait des malades. Elle apportait à chacun le bol de bouillon ou la cuiller de la potion. Un jour, ma mère s'étant trouvée avec elle dans la salle de réfectoire déserte, la vit qui préparait un grog pour un jeune malade. Elle versait du rhum d'une bouteille ficelée de raphia. Comme nous n'avions à la maison qu'un rhum ordinaire, et que celui dont usait Mme Fougon s'appelait « Negrita » et passait pour être d'une qualité supérieure, ma mère avait conclu que nous étions bien soignés, car on ne regardait pas à la dépense.

Enfin, Mme Fougon nous enseignait le dessin. Elle nous apprenait à passer des fonds sans que se vissent les bavures ou les reprises, à mélanger les couleurs et à faire faire la pointe à nos pinceaux. Choisissant le plus gros que je possédais (c'était celui qui portait le numéro douze gravé sur le manche), je l'introduisais dans ma bouche et faisais glisser sans cesse entre mes lèvres arrondies son gros bulbe noir jusqu'à ce que la pointe en fût parfaitement effilée.

Les bonnes

Les bonnes ne restaient guère plus d'un an ou deux. Souvent, lorsqu'elles s'en allaient, on apprenait qu'elles s'étaient mariées. Il y eut ainsi Paulette, puis Jeanine, enfin Andrée.

D'ordinaire, elles se tenaient à la cuisine; mais, à l'occasion, elles remplaçaient la directrice pour servir au réfectoire, où parfois aussi elles passaient la tête à la porte, en gardant la main sur le chambranle, juste le temps d'affronter le regard intrépide des grands, et de rougir un peu.

De temps à autre, des grands s'aventuraient dans la ruelle, le long de la cuisine, là où les seaux battaient le pavé et où l'on voyait encore une ancienne pompe à eau et sa grande roue condamnée; ils venaient retrouver la bonne, avec laquelle ils plaisantaient ou se chamaillaient. Elle leur échappait en riant, ou bien, le corps rejeté en arrière et les joues en feu, elle levait haut le bras pour les menacer; car elle était plus forte qu'eux.

Dimanche matin.

Diphile commence par un oiseau et finit par mille sa maison n'en est pas égayée mais empestée la cour la salle l'escalier le vestibule les chambres le cabinet tout est volière ce n'est plus un ramage c'est un vacarme les vents d'automne et les eaux dans leurs plus grandes crues ne font pas un bruit si perçant et si aigu on ne s'entend non plus il ne faut pas oublier non plus on ne s'entend non plus parler les uns les autres que dans ces chambres où il faut attendre pour faire le compliment d'entrée que les petits chiens aient aboyé ce n'est plus pour Diphile un agréable amusement c'est une affaire laborieuse et à laquelle à peine il peut suffire il passe les jours ces jours qui échappent et qui ne reviennent plus à verser du grain et à nettoyer les ordures il donne pension à un homme qui n'a point d'autre ministère oui c'est bien ministère qui est écrit il faudra que je regarde dans mon Larousse ce que cela veut dire mais je ne peux pas l'atteindre il est au fond du casier ça ferait trop de bruit ministère que de siffler les serins au flageolet qu'est-ce que vient faire un haricot dans l'histoire et de faire couver des canaris il est vrai que ce qu'il dépense d'un côté il l'épargne de l'autre car ses enfants sont sans maître et sans éducation ils ont bien de la chance il se renferme le soir fatigué de son propre plaisir sans pouvoir jouir du moindre repos que ses oiseaux ne reposent et que ce petit peuple qu'il n'aime que parce qu'il chante ne cesse de chanter il retrouve ses oiseaux dans son sommeil lui-même il est oiseau il est huppé qu'est-ce que cela veut dire encore il gazouille il perche il rêve la nuit qu'il mue ou qu'il couve donc hier soir les troupeaux rentraient depuis le matin le portail attendait ouvert à deux battants les bergeries étaient pleines de paille fraîche non celle-ci je la sais jusqu'à la fin un pays noir où il y a des loups et de grandes digitales de pourpre pleines de rosée jusqu'au bord Alphonse Daudet les nuages couraient sur la lune enflammée comme sur l'incendie on voit fuir la fumée encore des loups toujours des loups je la sais aussi sauf à la fin je ne me rappelle jamais prier gémir pleurer gémir prier pleurer pleurer prier gémir prier pleurer gémir gémir pleurer prier pleurer gémir prier est également lâche et cetera et cetera kennst du das Land wo die Citronen blühn im dunkel Laub die Gold-Orangen glühn Dahin dahin möcht'ich mit dir o mein Geliebter ziehn enfin vous l'emportez et la faveur du roi montre à tous qu'il est juste ne le méritoit pas moi vous ton impudence téméraire vieillard aura sa récompense il lui donne un soufflet clac une gifle don Diègue mettant la main à l'épée achève et prends ma vie ça suffit comme ça

Le goûter

On faisait la queue dans le corridor d'entrée, à la porte du réfectoire où Mme Fougon nous tendait une corbeille remplie de longues tartines de pain blanc. On se dirigeait ensuite vers le réduit, situé sous l'escalier, et où, dans la pénombre, s'alignaient sur des étagères les boîtes à provisions. De taille et de forme différentes, certaines étaient en bois clair, d'autres d'une teinte plus sombre; quelques-unes portaient sur le devant des initiales faites de clous à la tête ronde et luisante; beaucoup avaient des coins de métal noir, des serrures ou des cadenas, pour empêcher qu'on vînt y *piquer* des provisions, quand la porte du cagibi, par mégarde, avait été laissée ouverte. (Plusieurs fois, durant l'étude, alors que je venais des cabinets et me voyais seul, je m'étais faufilé au fond du couloir et, soulevant des couvercles, avais dérobé des morceaux de chocolat.) Certaines boîtes, enfin, par leurs dimensions, ressemblaient à des cercueils.

On déposait les boîtes à même le sol, sur le carrelage et, pendant quelque temps, dans le couloir, régnait la bousculade, cependant que des relents de camembert se mêlaient au parfum des oranges écorchées. Puis chacun, après avoir serré sa boîte, descendait dans la cour, tout en mordant à belles dents dans ses tartines; on s'asseyait sur les bancs, avec ses provisions à portée de main. Je faisais des goûters assez frugaux, et enviais les fils de cultivateurs qui étalaient dans leur mouchoir des victuailles de toute sorte; ils se seraient rendus malades plutôt que de partager celles-ci avec d'autres ou de les laisser perdre; et comme la plupart avaient des parents qui, venant au marché le lundi, leur apportaient de nouveaux vivres, ils se hâtaient de finir ce qui leur restait. Je les voyais manger des œufs durs, de la viande froide, de la saucisse, de l'andouille ou du boudin, du fromage, des figues, de la confiture et, selon les saisons, des pommes, des poires, des mandarines, des noix, des pruneaux, des bananes, des cerises, avec le même appétit apparemment insatiable. Lorsqu'on croyait qu'il avait fini, le grand Hy sortait encore un quart de beurre et, faute de pain, croquait à même; il s'en barbouillait les lèvres et les joues, et riait de voir les autres, rien qu'à le regarder faire, être malades à sa place.

Mon père

Le lundi soir, à l'heure où arrivaient des parents qui rentraient du marché, mon père me faisait quelquefois une brève visite. Nous demeurions debout dans le corridor d'entrée, dans le renfoncement d'une fenêtre d'où je pouvais voir, derrière les grilles de la cour d'honneur, la silhouette de son auto qu'il avait garée sur le terre-plein. Étant plutôt avare de paroles, mon père se confiait peu; aussi, au bout d'un moment et en dépit du plaisir que me procurait sa visite, ne trouvions-nous plus rien à nous dire. Dès qu'il l'apercevait, Fougon venait saluer mon père; sans me quitter du regard, il lui parlait de mon travail et, s'il avait lieu de se montrer satisfait, j'observais l'effet que faisaient ses paroles sur mon père, dont les yeux se plissaient, puis brillaient, brillaient, comme s'il allait pleurer. Il ajoutait toujours, dans ces cas-là : « Vous savez, monsieur Fougon, que je suis fier de mon gamin! » Et Fougon ne répondait rien, mais, par politesse, me caressait les cheveux.

Lorsque nous étions de nouveau seuls, mon père, soudain pressé de partir, me faisait à la hâte ses recommandations : « Choisis bien tes camarades; ne va pas te lier avec n'importe qui; et surtout, n'oublie pas de délacer tes souliers lorsque tu les ôtes. »

Pions

Certains pions, plus que d'autres, étaient chahutés. Avec ceux-là, l'étude se passait dans un brouhaha permanent. On parlait à voix haute, sans se gêner; au fond de la salle, c'était pis encore : on riait, on échangeait des coups ou des plaisanteries, on faisait claquer les règles sur les pupitres. A tout moment, un élève demandait à sortir pour aller aux cabinets. Une fois dehors, il en retrouvait un autre avec lequel il musardait; puis chacun remontait, l'un après l'autre, non sans avoir flâné dans les escaliers. Bientôt, alerté par le bruit qui venait de l'étude, le directeur surgissait. Aussitôt, c'était le silence. A son bureau, le surveillant baissait le nez sur ses livres, tout comme s'il ne se fût aperçu de rien. Fougon lui disait quelques mots à voix basse (l'autre faisait signe que oui de la tête), nous jetait un regard de colère, et s'en retournait. Quelquefois aussi, le directeur prenait la place du surveillant qui, ravi, s'en allait faire un tour en ville.

De la première étude qu'il aurait à surveiller dépendait le sort qui serait fait par nous à un nouveau pion. S'il savait se montrer ferme tout de suite, il avait quelque chance de nous en imposer, quitte à détendre un peu la discipline dès qu'une trop grande sévérité ne lui paraîtrait plus nécessaire. Aussi, certains pions, avec habileté, savaient-ils dès le début mettre les grands avec eux, en se faisant en quelque sorte leur complice, voire en encourageant certains chahuts sans conséquence, pour mieux s'en rendre maîtres ensuite et en marquer ainsi les limites. Au reste, la différence d'âge n'était pas si grande qu'elle pût séparer vraiment les uns des autres. Pourtant Locoche — « Totoche » — fut à peu près le seul qui parvint, au prix d'efforts répétés, à se faire détester de tous. On lui reprocha même d'être laid.

Pions (suite)

Laîné arrivait le dimanche midi, après la longue étude du matin. Il remontait de la ville, neuf et rasé de frais, sentant bon l'eau de Cologne et portant toujours la même cravate d'un rouge écarlate qu'il n'osait sans doute mettre en semaine, car c'était une manière de provocation, à l'époque, que d'afficher ainsi la couleur de ses opinions politiques. Il tenait, roulé dans sa main, le journal *L'Humanité.*

Un autre pion, Piault, avait eu une jambe estropiée dans un accident de voiture. Cette jambe roide, allongée de travers sur l'estrade ou les bancs de la cour, se terminait par une chaussure volumineuse, au talon haut et à la semelle épaisse. Cela n'empêchait pas Piault de faire du sport et de jouer avec les grands au stade ou dans la cour. Il n'avait pas son pareil pour « shooter », faire des chandelles (je voyais le ballon s'élever au-dessus du toit du gymnase) ou renvoyer la balle à la pelote. Vif, rapide, il donnait de furieux coups de pied, pivotait sur lui-même, et se recevant sur sa jambe fichée dans le sol comme un pieu, tournoyait et jetait ses bras de côté pour garder l'équilibre, tandis que ses mèches blondes voltigeaient.

Il y eut aussi un surveillant, Cattineau, qui était un ancien élève de quatrième année. D'humeur fantasque, Cattineau étonnait tout le monde par ses reparties; mais on ne le prenait pas au sérieux; ses études étaient dominées par le brouhaha et, si le directeur ne le renvoya pas, c'est qu'il avait un faible pour lui; c'était un garçon intelligent. Cattineau, en outre, jouait admirablement du violon. Dédaignant les partitions, il passait sans transition de la musique sérieuse à des variations brillantes sur des airs à la mode, et savait tout aussi bien tirer de son instrument des sons plaintifs et tristes, comme font les tziganes.

A la rentrée, on apprit que, pendant les vacances, Cattineau s'était noyé. Comme on ne l'aimait guère et qu'on savait qu'il était capable de tout pour se faire remarquer, on ne prit pas la chose au sérieux, et l'on pensa que c'était, de sa part, une fantaisie de plus.

En revanche, Guillaumain et Maillot (qui étaient à la fois pions et instituteurs) nous en imposaient par leurs traits durs, leur regard calme et leur corpulence. Quelquefois, l'un de nous, armé d'un double décimètre, posait la question : quelle pouvait bien être la longueur de leur bite ?

Voisins de lit

La première année, je couchais tout contre la cabane du pion. C'était sans doute à cause de mon extrême jeunesse que le directeur, pour rassurer mes parents, m'avait assigné cette place où je me trouverais un peu à l'écart des grands (qui couchaient tout au fond) et à l'abri des chahuts. J'avais pour voisin Gilles Baudelet, un grand garçon un peu timide qui était comme moi un fils d'instituteurs. Un soir — il y avait quinze jours à peine que j'étais en pension — la lumière une fois éteinte, il se pencha vers moi et me chuchota qu'il avait quelque chose à me montrer dans son lit. Là, à la lueur d'une pétoche, il me fit voir sa bite, qui était droite et faisait comme un piquet sous les draps.

L'année suivante, j'eus pour voisin Philippe, un garçon doux et sensible, qui était un peu plus âgé que moi. Souvent, il m'attirait dans son lit. Bien que j'eusse, dans l'intervalle, plusieurs fois changé de main, je trouvais ces séances trop longues et bien fatigantes; et, lorsqu'il me demandait de recommencer, je le suppliais de me laisser dormir. Alors, il se montrait déçu et, à mon tour, je m'attristais de lui faire de la peine. Cependant, j'avais regagné ma place et, comme je glissais déjà dans le sommeil, j'entendais encore les ressorts du sommier de Philippe qui grinçaient.

Plus tard (me trouvant dans les « secundos », je faisais un peu partie des grands), mon voisin était un enfant chétif et agité de tics. Bien que l'année scolaire fût fort avancée, il ne s'était encore rien passé entre nous. Un soir, je ne sais à la suite de quel échange de propos un peu équivoques, il s'enhardit et vint me rejoindre. Il avait une petite queue aussi chétive que sa personne, mais roide.

La cordonnerie

Lorsqu'on entrait dans la cordonnerie, toutes les chaussures alignées sur le pourtour faisaient comme des pieds dans la pénombre. La pièce étant située sous les combles, on voyait la charpente à nu et les tuiles du toit. Souvent, on entendait le vent souffler dans des interstices par où, en hiver, s'infiltrait la neige. On apercevait aussi, par une tabatière, le ciel bleu, la nuit, les étoiles, ou des nuages qui passaient. L'endroit sentait bon le cuir, le cirage, l'encaustique. Le matin, les brosses y crissaient en cadence.

Dans la cordonnerie, les grands aimaient à s'assembler pour bavarder. C'est là qu'un soir je vis Escoffier (qui n'apprenait jamais ses leçons) ouvrir au hasard son livre de sciences naturelles et potasser un sujet qu'il eut par miracle le lendemain à l'examen.

Marboué!

La promenade du dimanche était bien ennuyeuse. Les surveillants nous emmenaient fort loin, sur des routes détrempées que la bise, en hiver, transformait en miroirs verglacés sur lesquels s'élançaient les petits en glissant. A la mauvaise saison, à cause du froid, on ne pouvait s'arrêter nulle part, et l'on marchait parfois pendant des heures sans jamais se reposer. Dès les premiers beaux jours, au contraire, on faisait une halte, et l'on se dispersait dans les bois avec de grands cris.

Un dimanche que, les sous-bois étant trop humides, nous n'avions pu y pénétrer et que je me demandais jusqu'où le surveillant nous conduisait ainsi, j'attendais depuis longtemps le signal du retour. Nous allions par petits groupes sur des routes où la pluie avait laissé de grandes flaques que les petits s'amusaient à franchir à pieds joints. Nous longions des champs de blé en herbe où la terre brune avait l'air de suppurer; puis, c'étaient des jardins, des vergers où des gouttes d'eau gorgées de soleil pendaient aux branches basses. Nous traversions des hameaux dépeuplés qui sentaient l'étable et où, dans les cours, montaient du fumier des vapeurs blanches. Parfois, une vieille au visage hostile nous regardait passer. Soudain, quelqu'un s'écrie : « Marboué! » (C'était le nom d'un village au bord de la grand-route, à huit kilomètres de Bellerive, et où habitaient les parents de Beaudouin). Des voix répondent : « Marboué! » Le cri est repris en chœur : « Marboué! » On cherche des yeux Beaudouin, on le trouve, on l'apostrophe, on l'entoure, on l'acclame : « Marboué! » Pourtant, Beaudouin ne dit mot; il se contente de sourire.

Je me croyais à Marboué, c'est-à-dire très loin; au vrai, nous n'y étions pas encore. Mais, mesurant en esprit le chemin qu'il nous resterait à faire dans l'autre sens, je me demandais si je n'allais pas plutôt laisser continuer les autres (qui allaient bon train) pour m'allonger dans le fossé tout proche, où j'attendrais la mort.

La première cigarette

Quelquefois, en promenade, on apercevait les filles du pensionnat voisin. Elles avaient un uniforme bleu marine, des cols blancs et un petit béret posé sur l'oreille. D'autres fois aussi, nous les rencontrions sur notre chemin. Elles marchaient souvent deux par deux en se tenant par la main. Au moment de nous croiser, elles prenaient un air sage et baissaient les yeux; mais quelques-unes riaient sous cape en rougissant. Les plus âgées venaient derrière, un peu à la traîne; on les voyait s'éloigner comme à regret. Les grands les interpellaient au passage, en les nommant parfois par leur prénom. De loin, ensuite, ils les sifflaient, ou leur adressaient des plaisanteries qu'elles ne pouvaient peut-être entendre, et les plus délurées se retournaient.

C'est en promenade, un dimanche, que je fumai ma première cigarette. Nous nous étions égaillés dans les bois d'Ozeray, quand, dans un buisson, je vis l'aîné des frères Mouton, Jean-Jacques, déboutonner sa culotte et commencer de se masturber devant nous. Il ployait les jarrets, courbait le dos sous l'effort et tendait comiquement sa tête en avant. Bientôt je vis jaillir le liquide glaireux qui tomba dans les feuilles mortes. Puis il se rajusta et me demanda si je voulais une « cibiche » blonde. Je n'osai lui refuser, de crainte de paraître ridicule. Il gratta une allumette, et j'aspirai à grosses bouffées, en sentant sur mes lèvres une saveur à la fois piquante et sucrée. A ce moment, de la route toute proche, dont j'apercevais le dos bombé à travers les fourrés, je m'entendis appeler. « Tes parents! » me cria-t-on. Déjà, j'apercevais la silhouette de mon père, lequel portait les yeux dans ma direction en s'efforçant de distinguer, derrière les broussailles, l'endroit où je me trouvais. J'avançais à petits pas en faisant craquer les feuilles, et tenant toujours à la main ma cigarette allumée. Soudain, les branches s'écartèrent. Ma mère était là, devant moi, à deux pas. De saisissement, je lâchai ma cigarette qui, en tombant, fut retenue un instant par le bourrelet que formait ma chaussette, et me brûla la jambe. J'embrassai mes parents, en redoutant qu'ils ne sentissent que j'avais fumé. Mais ils ne s'aperçurent de rien.

Dimanche matin.

A côté de moi Coutaleur recopie sa leçon d'histoire il s'applique il écrit bien sa plume gratte le papier c'est une plume neuve Sergent-Major elle grince davantage elle est raide et pointue comme une baïonnette il la trempe dans l'encre il la trempe de nouveau entre les deux il réfléchit il pense son front se plisse il gonfle un peu ses joues il va geindre on dirait qu'il est aux cabinets il suçote le porte-plume ça y est il écrit Coutaleur Coutaleur quel drôle de nom c'est comme du beurre ses parents sont cultivateurs ils habitent à Dangers quand mon père y passe avec sa voiture il dit attention danger ils ne sont pas riches ses parents il travaille il travaille bien il apprend toutes ses leçons ce n'est pas comme moi il n'est pas le premier moi non plus il fait des fautes pas trop pas de gifles il est sage son tablier est trop petit les manches de son chandail dépassent il a une tête de veau il n'est pas beau il est déjà vieux de la sueur perle à ses naseaux une boucle tombe sur son front si je touchais sa joue de mon doigt qu'est-ce qu'il dirait il serait surpris il me regarderait je le verrais de face comme c'est curieux on ne voit jamais ensemble les deux profils ils se cachent l'un l'autre et de face on ne les voit plus du tout c'est comme le croquis coté il faudrait que je sois au plafond pour voir de plan Coutaleur j'aimerais aussi le voir de coupe on le scierait en deux dans le sens de la hauteur ce serait amusant le crâne la cervelle les boyaux le zizi les côtelettes comme chez le boucher mais le sang le sang et Coutaleur il serait mort s'il savait qu'en ce moment mais il ne peut pas savoir il dirait que je l'ai tué non ce n'est pas moi je mentirais on me montrerait du doigt je rougirais comment s'empêcher de rougir c'est le sang qui monte aux joues il faudrait avoir les joues rouges on ne pourrait plus rougir si je mettais mes mains on ne verrait plus les joues mais on verrait les mains je dirais que j'ai mal aux dents des deux côtés à la fois tu rougis donc c'est toi si ce n'est toi c'est donc ton frère nous l'allons montrer Coutaleur je sais bien que ce n'est pas moi si c'était moi je m'en souviendrais je le dirais est-ce que je le dirais ce n'est pas certain c'est cela oui c'est cela je rougis parce que si ç'avait été moi je ne l'aurais peut-être pas dit pourtant personne ne peut m'obliger à le dire surtout si ce n'est pas moi et si c'était moi je mentirais donc cela revient au même Coutaleur on ne l'accuse pas on le laisse tranquille il a de la chance il n'est pas très intelligent sa main est plus grosse que la mienne quand il la pose sur le cahier les doigts s'écartent l'encre doit baver à cause de la sueur il travaille Coutaleur prends modèle sur lui je veux bien être Coutaleur mais je ne veux pas avoir sa tête oh là là ce que je vais être en retard une fois de plus ce n'est pas qu'il soit paresseux mais il est lambin cet enfant il a des facilités croyez-moi s'il voulait se donner la peine mais voilà il est dans la lune il a toujours fini après les autres encore heureux s'il trouve le temps de finir il faut constamment être sur son dos pour cela il ne tient pas de son père oh non pour sûr si vous connaissiez mon mari mais peut-être qu'avec vous il changera on verra bien qui vivra verra ainsi soit-il moi c'est moi et pas les autres si je pouvais être à leur place est-ce qu'ils pensent tous en même temps comme moi on ne peut pas savoir ce qu'ils pensent s'ils parlaient tout haut pour dire ce qu'ils pensent cela ferait beaucoup de bruit j'ai dit silence complet vous m'entendez je ne veux pas entendre le moindre bruit ni personne remuer à son banc pas de bruit dans les casiers la règle qui tombe le premier qui la prochaine fois que je ne le répéterai pas il aura affaire à moi la grande plaine est blanche immobile et sans voix pas un bruit on n'entend nulle plainte Guy de Maupassant où pronom relatif a pour antécédent eaux complément direct de lieu de s'éteignaient expliquer les expressions soulignées le participe passé employé avec l'auxiliaire avoir donc la contenance totale du baril est de soixante-cinq litres école de Bellerive dirigée par M. Fougon cours supérieur deuxième année cahier de mathématiques appartenant à

Mickey

Il y avait un pensionnaire que tout le monde appelait Mickey, y compris le directeur, et dont je n'ai connu le véritable nom, Grimeau, et le prénom, Michel, que bien plus tard (de même que j'appris aussi, par la suite, qu'il avait pour frère aîné Noël, qui ne lui ressemblait en aucune manière).

A table ou au dortoir, aussi bien qu'à la toilette ou à la gymnastique, de même que dans la cour, dans les rangs ou en promenade, Mickey passait son temps à faire le pitre. Tout le long du jour, il semblait qu'il n'eût d'autre souci ou ambition que celui d'amuser la galerie et de demeurer fidèle au personnage qu'il avait créé (car, pour la plupart d'entre nous, Mickey, c'était avant tout Mickey, c'est-à-dire Michel Grimeau, et non la petite souris imaginée par Walt Disney). Il n'y avait guère qu'en classe ou en étude où Mickey se tînt un peu tranquille; encore chahutait-il jusqu'au moment de s'asseoir ou, à la fin, lorsqu'il se levait, la cloche ayant sonné. Certes, il connaissait la règle du jeu, et savait quelles limites il ne devait pas dépasser.

Mickey avait des dons comiques réels, encore qu'il lui suffisait d'ôter ses lunettes pour faire rire : alors, il clignait des yeux, il louchait, il tordait la bouche ou l'ouvrait toute grande, il tirait la langue, il faisait semblant de pleurer ou d'avoir la joue enflée. Si même il éternuait, ou simplement reniflait, ou se mouchait, ou se grattait la gorge, Mickey faisait rire. Et, lorsqu'il remettait ses lunettes dont les verres épais dissimulaient des yeux de taupe, on riait encore, parce que de garder son sérieux n'était pas naturel à Mickey, et aussi, sans doute, parce que sa laideur même, ainsi que ses cheveux en bataille et ses oreilles décollées, étaient comiques. Lorsqu'il était à bout de ressources, ayant épuisé son répertoire de grimaces, Mickey se servait de tous les accessoires qui lui tombaient sous la main : une règle, une fourchette, son cache-col, sa ceinture ou, en promenade, sa « gapette », la sempiternelle casquette, qu'il posait à l'envers sur sa tête, ou qu'il retournait, la doublure en dessus, ou encore la visière de carton bouilli noir (qui était décousue) passée sous le menton.

Les surveillants, les maîtres et le directeur étaient avec Mickey d'une indulgence peu commune et ne le punissaient que rarement. Ses punitions même, il les faisait avec le sourire, et elles lui donnaient parfois prétexte à de nouvelles plaisanteries. Car un rien l'amusait, il riait de tout et n'eût pas voulu nous priver d'un plaisir dont il se savait être l'heureux dispensateur. Avec cela, bon cœur, et partageant volontiers, aussi facilement qu'il recevait; car chacun avait toujours une pensée ou une part pour Mickey. Si on lui faisait des niches, ce n'était jamais méchant; au reste, il était ravi qu'on le prît pour cible et se fût au contraire attristé qu'on l'oubliât. Je n'ai vu Mickey pleurer qu'une seule fois et, ce jour-là (c'était à table), le silence se fit soudain, cependant que toutes les têtes se tournaient dans sa direction, comme on faisait à l'ordinaire pour s'assurer de sa présence, et savoir de quelle manière il accueillerait tel propos ou repartie du directeur. Car, on s'en doute, il était devenu très vite le bouffon du directeur, qui l'adorait.

Mickey était orphelin. Le reste de sa famille, qui habitait Paris, ne se souciant guère de son existence, Mickey restait en pension tout le temps que durait l'année scolaire. Aussi pouvait-il, à Noël, à Pâques et à la Pentecôte, s'offrir le spectacle de la joie de ceux qui partaient et à qui il promettait de bien s'amuser. Il aurait pour compagnie, il est vrai, un ou deux autres Parisiens dont les parents étaient divorcés, ou dont la famille demeurait aussi incertaine que la sienne. Ils auraient pour eux seuls le dortoir vide, les salles d'étude abandonnées, le réfectoire morne, les couloirs silencieux, la cour vaste et dépeuplée comme un désert. Sans doute auraient-ils droit à quelques douceurs supplémentaires dans les menus; pourtant, ils ne trouveraient guère de plaisir à chahuter, puisqu'il n'y aurait aucun risque à le faire. Ce seraient des clowns sans public. Leurs jeux, leurs appels et leurs cris se perdraient dans l'immense demeure, qui résonnerait de leurs exploits.

Minnie

Mickey avait un compagnon dont il était inséparable et que le directeur avait appelé « Minnie ». D'origine grecque, Séféris avait les cheveux courts et bouclés, comme on en voit aux statues. Il était beau et décalottait facilement, parce qu'il était juif.

Potiron

Potiron — un fils de collègue, comme disait ma mère — avait des cheveux courts et crépus et un visage étrangement poupin. Nous étions côte à côte au réfectoire et, pour le taquiner, je lui donnais, assez sournoisement, des coups de pied et de poing sous la table, alors même que Mme Fougon était occupée à nous servir. Il bouillait de riposter, mais n'osait le faire en sa présence et, en attendant qu'elle retournât à la cuisine, il marmonnait des menaces et sifflait entre ses dents. Certaines fois, il ne pouvait se contenir et me pinçait au travers de mon chandail. Alors, sursautant de douleur et bousculant mon autre voisin, je m'étonnais à voix haute : « Eh bien! Qu'est-ce qui te prend, mon petit Potiron ? » Aussitôt, Potiron piquait du nez dans son assiette, tandis que Mme Fougon, la louche à la main, demandait à son tour, avec sévérité : « Qu'y a-t-il, Potiron ? — Rien, madame », répondait Potiron d'une voix blanche. « Ne fais donc pas l'innocent! » Et, comme Potiron se taisait, elle ajoutait, comme pour elle, tout en continuant d'emplir les assiettes : « Mon Dieu, que cet enfant est dissimulé! »

A la sortie, sitôt dans la cour, nous nous jetions l'un sur l'autre et roulions à terre. Il m'arrachait des poignées de cheveux, cependant que les siens n'offraient que peu de prise. Potiron était à peu près le seul avec qui je me fusse jamais battu; mais cela n'allait jamais bien loin, car nous nous neutralisions en quelque sorte, étant de force égale.

Le Paxon

René Marlin, dans ma classe, était un peu plus âgé que moi. Il avait des traits durs, de petits yeux enfoncés sous des sourcils broussailleux, et paraissait déjà vieux, bien qu'il continuât de porter des culottes courtes. Il accueillait toutes choses avec la même moue dédaigneuse et affichait en permanence un air sceptique, voire pessimiste, qui contrastait avec notre propre insouciance. On lui avait donné un surnom, le « Paxon », car il avait coutume d'employer le mot (ainsi, il tombait un *paxon* de neige, un tel avait reçu un *paxon* de gifles, ou cela coûtait un *paxon* d'argent) à la moindre occasion. Pour abréger, on disait même parfois le « Xon ».

Lorsqu'il voulait se moquer de la langue allemande, qu'il détestait, le Paxon avait inventé une phrase toute faite; c'était *Vasistas-Tannenbaum-Grossmutter-Mahlzeit!* qu'il faisait suivre quelquefois de *Gefunden-Eureka!* Pour l'anglais, dont il se gaussait pareillement, c'était (prononcé comme par les clowns) : *Aoh, yes! Transpercé, boîte d'allumettes, cacahuètes, support-chaussettes,* etc.

Tout cela ne voulait rien dire, mais nous faisait rire, au début.

La Crédence

Lempereur était le fils d'un cultivateur des environs qui, comme on disait, tirait un peu le diable par la queue. C'était un garçon intelligent, mais orgueilleux, vaniteux même, qui attachait sur vous l'éclat insoutenable de ses yeux bleus, et s'exprimait avec recherche, en grasseyant quelque peu et en relevant sans cesse le menton. « Qu'est-ce qu'il se croit, celui-là ! » entendait-on souvent à son propos; d'où son surnom, la « Créance », devenu bien vite la « Crédence », celui qui se *cret* (qui se croit).

Lempereur adorait parler de politique. Comme nous n'y connaissions rien, il nous en remontrait sans peine, encore qu'il fût le plus souvent contraint à monologuer. De l'air le plus sérieux du monde, il prenait la parole, élevait la voix et le débat, balayait des objections, réfutait des arguments, s'emportait, décourageait d'avance la contradiction, et poursuivait ainsi son discours aux cabinets, derrière la porte, et même accroupi. Il se disait communiste.

Quelques-uns

Régis Savin avait une abondante tignasse noire comme on en voyait aux indigènes de la Mélanésie dans mon livre de géographie. Il riait sans cesse et prenait des mines de petite fille pour conter des histoires où les mêmes mots d'argot potache revenaient continuellement. Le plus souvent, il parlait pour ne rien dire, et son bavardage était une mécanique un peu folle qu'on laissait tourner à vide. Il était, disait-on, *comme une pie sur un tambour*. Avec cela, il ne tenait pas en place et sautillait tout le temps. Le dos voûté, la tête dans les épaules, il avait toujours l'air de se cacher (comme s'il eût craint, à tout moment, d'être pris en faute) et de surveiller d'un œil inquiet l'arrivée du Patron. Il se trahissait facilement et rougissait pour un rien; même lorsqu'il gardait son sérieux, ses yeux riaient encore. On l'appelait la « Pie ».

Chavert avait le visage empâté et couvert de boutons; il portait de grosses lunettes d'écaille et avait une tête sans cou, un buste massif et de toutes petites jambes. On l'appelait le « Pou du ciel ». Un matin, un externe apporta un magazine où, sur des pages tirées en bistre, s'étalaient les photos d'un reportage sur ce bizarre petit avion dont on parlait tant. Chavert se saisit du journal, le parcourut des yeux, puis le déchira en petits morceaux. Bien que l'externe se fût contenté d'en rire, je me scandalisai de ce geste; car on avait coutume, à la maison, lorsqu'on nous donnait un vieux magazine, de le lire attentivement jusqu'au bout, avant de le ranger avec les autres au grenier.

Boussard, dans ma classe, était gros, bouffi, avec un visage rose, un nez écrasé, et des mains couvertes de soies blondes. Son père était marchand de porcs.

Quelques autres

Bouchereau était en quatrième année. Il était si corpulent qu'il pouvait à peine se tenir à son banc. En étude, je l'observais, penchant sur ses livres sa face rougeaude et boutonneuse, cependant que, d'un doigt distrait, il tortillait sans cesse la même boucle blonde de ses cheveux.

Lucas, lui aussi en quatrième année, avait une tête massive, une voix caverneuse et des yeux en amande derrière des lunettes à monture dorée. Comme il était de haute taille et se trouvait le seul, parmi nous, à porter de longues blouses noires, on le prenait parfois pour le patron. On l'appelait tantôt le « Chinois », tantôt le « Cube », ou encore « Puissance Trois ».

De Lanus, qui avait un visage assez vulgaire et le nez busqué, on disait qu'il avait une « tête de fesse ». Il souffrait de son nom, qu'on lui lançait comme une injure. On l'appelait le « Trou du cul », ou encore, pour abréger, tantôt le « Cul », tantôt le « Trou ».

Babault

Babault avait des yeux de batracien dissimulés sous de lourdes paupières qu'il avait peine à ouvrir, ce qui l'obligeait à renverser la tête en arrière pour mieux voir. Il me donna un jour une cartouche de chasse en métal peint et très bien imitée, sur laquelle on lisait le nom de son père qui était armurier, et qui contenait trois minuscules dés.

Rativet

Armand Rativet était le type même de l'enfant instable et de l'élève indiscipliné. Le cheveu en bataille, l'œil noir et fureteur, la blouse déchirée, c'est ainsi que les maîtres voyaient entrer Rativet dans leur classe où, pour mieux le surveiller, ils l'installaient au premier rang, devant la chaire. (D'autres avaient essayé, sans succès, la méthode inverse, en le reléguant au fond de la salle, à une table isolée. Mais, même en cet endroit, il trouvait le moyen de se faire remarquer et d'attirer tous les regards.)

Bavard, Rativet savait taire le nom d'un coupable; menteur, ses propos étaient parfois d'une franchise déconcertante et qui frisait le cynisme; étourdi, il soufflait à temps la bonne réponse à celui qui était interrogé; paresseux, les tâches les plus ingrates ne le rebutaient pas; égoïste, il distribuait volontiers les bonbons dont ses poches étaient remplies, ou partageait d'un coup de dent des plaques de *sem-sem-gum*; resquilleur, voire fripon, il oubliait de se faire rembourser les petits journaux, sucreries ou autres brimborions qu'il achetait en ville pour des pensionnaires (car il était externe). De son pupitre comme de ses poches, il tirait des choses toujours nouvelles, des objets étonnants, des jouets stupides, des riens importants, des photos osées, des engins coupants, des poudres explosives. Le plafond des classes était constellé de boulettes qu'il fabriquait avec des buvards roses et qu'il projetait à l'aide d'une sarbacane. Le mercure des instruments de physique avait disparu : il était dans une vieille boîte de cachou et, de temps à autre, Rativet vous en offrait une goutte. Il y avait le feu dans les cabinets; du trou noir comme la nuit s'échappaient maintenant des flammes, et Rativet, rayonnant, courait d'une latrine à l'autre, aux deux bouts de la cour, pour surveiller la progression de l'incendie. Une autre fois, excédés de voir de tout petits s'époumoner à souffler dans des ballons de baudruche, des surveillants se firent remettre ceux-ci : c'étaient des capotes anglaises dont Rativet avait distribué tout un lot; lui-même, pendant la récréation, s'était livré à une intéressante expérience : suspendant l'une d'elles à une branche d'arbre, il l'avait gorgée d'eau, provoquant à mesure une dilatation monstrueuse; au moment où il s'apprêtait à verser le contenu d'une cinquième bouteille, l'énorme vessie s'affaissa et *floc!* éclaboussa tous les assistants.

C'est Armand Rativet encore qui nous conta comment il s'était fait une grosse bite (un truc de soldat, disait-il). « Le soir, avant de te coucher, tu la frictionnes bien avec du savon noir. Tu l'enveloppes dans une bande Velpeau, bien serrée. Le lendemain matin, quand tu la déballes, elle est grosse comme ça! » Des grands firent l'expérience et obtinrent de bons résultats. J'avais bien envie d'essayer, moi aussi; déjà, je m'étais procuré un morceau de savon noir. Mais je n'avais pas de bande Velpeau.

La Pissette

Collignon avait la tête rasée d'un bagnard, de grands yeux doux de bovidé et des lèvres d'angelot. Il couchait à l'autre bout du dortoir, tout contre le mur, et avait des incontinences fréquentes. L'hiver surtout, presque chaque matin, ses draps étaient trempés. Le directeur venait inspecter le lit, rejetait au pied les couvertures et arrachait les draps dans lesquels il enveloppait Collignon, lui faisant pour finir une espèce de turban. Ensuite, il le poussait, ainsi travesti, dans l'allée centrale, qu'il l'obligeait à parcourir d'un bout à l'autre et dans les deux sens. Nous formions la haie, tandis que s'avançait Collignon, les yeux baissés (d'où une larme, quelquefois, ne parvenait pas à tomber) et la lippe boudeuse. Derrière lui, marchait le directeur, les mains jointes et tout roide dans sa longue blouse noire qui lui faisait comme une soutane. Il chantait des phrases en latin. On riait beaucoup. On appelait Collignon la « Pissette ».

Gaston Callot

Parmi les fils de paysans, Gaston Callot était celui qui craignait le plus les réprimandes ou punitions. Il ne se permettait jamais la moindre incartade, apprenait bien ses leçons, les récitait par cœur, mais ne pouvait, en classe d'allemand et en dépit des remontrances qu'on lui faisait, prononcer *zu* (tsou) autrement que *zou*, ce qui provoquait les rires. Il portait des tabliers noirs dont l'odeur me rappelait la rentrée des classes et avait une figure plutôt porcine que tempérait un regard calme et doux.

Un jour, à la récréation, je lui fis voir le porte-monnaie que m'avait donné mon père et qui contenait mon argent de poche, quelques pièces qu'on apercevait en tirant la fermeture éclair. J'en sortis une large pièce de cinq francs que je mis sous ses yeux et qui sembla exciter particulièrement sa convoitise. « Tu vois cette pièce, lui dis-je. Eh bien, je te la donne!... » Callot me regarda, incrédule. « Je te la donne, repris-je, si tu transportes cette pierre au fond de la cour, jusqu'au préau et que tu la rapportes là où tu l'as prise. » C'était une lourde dalle de ciment qui fermait un regard d'égout et se trouvait (c'était là, précisément, que résidait la difficulté) au pied du perron, là où se tenaient les maîtres lorsqu'ils causaient ensemble. L'entreprise n'allait pas sans risque, et je savourais une joie mauvaise à la pensée que je n'avais allumé la convoitise de Callot que pour mieux me repaître, ensuite, du spectacle de sa déception; car il verrait la pièce lui échapper, et cinq francs, c'était une somme considérable pour Callot, que je n'avais jamais vu dépenser un sou, et qui, sous le prétexte de mettre en pratique les vertus paysannes de l'économie, s'adonnait à une avarice intempérante. « Tu me fais marcher, fit Callot avec tristesse. Tu ne me la donneras pas, ta pièce. » Je vis qu'il prenait la chose au sérieux, et commençai d'être ennuyé. Si vraiment il la transportait, la pierre? Je me rassurai : lui, si timide, si timoré même, il n'oserait jamais! Mais Callot tenait à son idée : « Tu n'es pas chiche », reprit-il avec une incrédulité à laquelle se mêlait maintenant un peu de mépris. Je ne pouvais plus reculer : « Je te donne ma parole, commençai-je, que si tu... — Lève la main droite », ordonna-t-il. Je levai la main droite. « Crache par terre! » Je crachai à terre, le plus loin que je pus. Pourtant, Callot, méfiant, voulait réunir le maximum de garanties. Prenant à témoin Bélot, qui passait, il lui expliqua l'enjeu. « Donne ta pièce à Bélot, me dit-il. C'est lui qui me la remettra. Si je me dégonfle, il te la rendra. » Un peu vexé de ce manque de confiance, je tendis ma pièce à Bélot, non sans y avoir jeté un dernier regard, car j'étais presque certain, maintenant, de ne plus la revoir.

Alors, Callot, avec le plus grand calme, se dirigea vers le perron où les surveillants, providentiellement pour lui, tournaient le dos (ils demeuraient dans cette posture familière qui les faisait s'appuyer les reins à la rampe). Je vis Callot cracher dans ses mains. Puis il frotta celles-ci l'une contre l'autre; lentement, il se baissa, souleva la pierre en la tirant par l'anneau de métal, la hissa jusqu'à sa poitrine, cependant qu'il rejetait le dos en arrière et écartait les jambes. Un instant, il parut hésiter. Il allait renoncer, la pierre étant décidément trop lourde. Mais non; après avoir titubé un peu comme un homme ivre, il se mit à courir presque. Il allait droit devant lui, le regard farouche, le torse couché sur son fardeau qu'il pressait étroitement. Il atteignit le préau, gratifia d'un coup de pied au passage l'un des piliers de bois en même temps que, d'un mouvement du menton, il voulait me faire comprendre qu'il avait touché le but. Déjà, il revenait; pourtant, à mesure qu'il avançait, il pliait davantage sous la charge, ses jambes diminuaient à vue d'œil et continuaient de s'agiter bizarrement sous le buste. C'était comique!

Callot avait remis la pierre à sa place. De nouveau, il frottait ses mains endolories, les portait à ses reins, se redressait, reprenait haleine. Il s'avança vers nous. Il rayonnait. Sans cesser d'attacher sur moi son regard où brillait une larme, il tendit simplement sa main ouverte à Bélot. Et je vis ma pièce de cinq francs disparaître dans la poche de Callot.

Le plus étonnant, c'est que personne ne s'était aperçu de rien.

La Misère

Il y avait parmi les externes un gamin toujours coiffé du même béret marin dont le nœud fané lui pendait sur la tempe. Il était si chétif et si maigre, et sa voix était si frêle et implorante, qu'on l'appelait la « Misère ». Il avait de beaux yeux bleus et un regard profondément triste qui laissait deviner une vocation pour le martyre. Pourtant, il savait se protéger des coups en décourageant d'avance l'adversaire : dès qu'on l'approchait ou lui parlait, il se mettait à pleurer et dérobait à demi derrière son coude replié une expression de bête apeurée.

Qu'il fît chaud ou qu'il fît froid, la Misère, insensible aux rigueurs de la température, dédaignait de se réfugier, comme les autres, sous le préau ou à l'ombre. S'il pleuvait à verse, la Misère continuait de se promener tranquillement dans la cour, en recevant sur les épaules l'eau des branches ou des gouttières. Dans ces moments-là, l'enfant était heureux : on le voyait patauger dans la boue, barboter dans les flaques d'eau où son visage douloureux s'inscrivait à l'envers, maçonner de ses mains des barrages, édifier des digues, ouvrir des écluses, dévier le cours des ruisseaux, vider des crevasses, assécher des fondrières, créer des lacs artificiels.

Après avoir fait naître les sarcasmes, ces grands travaux

attirèrent l'attention, retinrent l'intérêt, enfin, forcèrent l'admiration. A la moindre giboulée, les regards se portaient sur la Misère, dont on suivait l'activité. Les grands, puis les surveillants eux-mêmes observaient avec sympathie ce patient travail de fourmi que guidait une volonté inspirée. D'abord indifférent à la curiosité dont il était l'objet, la Misère finit sans doute par trouver encombrants les égards qu'on lui prodiguait. A présent, on ne se moquait plus de lui, personne ne lui voulait du mal; certains lui parlaient avec douceur, et des grands le prenaient sur leurs genoux, alors que, si peu de temps auparavant, il suffisait, pour avoir une place sur un banc, de pousser un peu l'enfant et de le faire choir le derrière dans une flaque d'eau!

Bientôt la Misère délaissa ses grands travaux. La pluie pouvait tomber : l'enfant n'avait plus la foi; et les ruisseaux, de nouveau, envahirent la cour. Les mains dans les poches, il contournait maintenant avec méfiance les petites mares et enjambait au passage les rigoles. On finit par oublier la Misère. On l'oublia si bien qu'on ne s'aperçut pas même que, depuis quelques semaines, l'enfant ne venait plus, car il était mort d'une méningite, ou de quelque chose de ce genre.

Philippe

Philippe était doué pour la musique et jouait fort bien du violon (il en était à la cinquième position). Parfois, il me disait sa crainte qu'à force de se servir des mêmes notes, on épuisât tous les airs possibles et que, faute de pouvoir les assembler d'une manière différente, on ne pût rien composer qui n'eût déjà été dit. Comme cette pensée le rendait triste, je tâchais de le rassurer en lui représentant que bien des choses existaient que nous ne connaissions pas et qu'il nous restait à découvrir. Alors il demeurait songeur et murmurait qu'il faudrait inventer des notes nouvelles, des notes inouïes, ou bien, peut-être, modifier les écarts qui séparaient celles qui existaient déjà.

Hy

Il se trouvait à la pension un vague cousin du côté de ma grand-mère et dont le nom était Hy. Il avait grandi trop vite; les manches de ses chandails lui arrivaient au-dessus du poignet; ses chaussettes retombaient sans cesse et ses cols de chemise, devenus trop étroits, étaient toujours déboutonnés. Son allure était dégingandée et sa conversation quasiment inexistante, à l'exception de monosyllabes ou de quelques phrases toutes faites qu'il répétait en traînant sur les mots.

On l'appelait le « Grand I », ou encore « I grec ». Quelqu'un ayant trouvé « H-i », il sourit finement, parce qu'il aimait bien le hachis.

Jacquelin

Jacquelin était un grand qui habitait, dans la région parisienne, une ville du nom de Houilles, que j'imaginais noire, enfumée et encombrée de terrils comme ceux que j'apercevais chaque année, aux vacances, lorsque nous nous rendions dans le Nord, chez ma grand-mère Victoire. C'était un grand garçon, presque un homme, qui avait à la lèvre supérieure un duvet prononcé, comme une vraie moustache, en forme d'accent circonflexe. Il n'avait pas de blouse et se montrait en toute saison dans des costumes pied-de-poule bien coupés et aux plis précis. Il avait coutume de dire qu'il « portait à gauche » et, lorsqu'il m'expliqua un jour le sens de cette expression, je me rappelai avoir déjà remarqué le renflement que formait le tissu sur son ventre. Il m'en imposait par sa prestance davantage que par les airs d'adulte qu'il se donnait. Au demeurant, il montrait toujours à mon égard la même gentillesse où je ne voyais pas trace de la moindre condescendance. Simplement, il devait jouir de l'étonnement qui devait être le mien lorsqu'il me racontait ses jours de sortie et me parlait, tandis que nous faisions cent fois le tour du quadrilatère formé par les tilleuls de la cour, de Paris, des grands boulevards où dansaient les lettres des enseignes, des « cinoches », ou des chanteurs en vogue. Je l'écoutais, n'osant l'interrompre. J'enviais ses cravates, sa faconde, son accent et, par-dessus tout, ses cheveux bruns et plaqués comme ceux de Tino Rossi dont il imitait la voix pour fredonner :

Tu n'as que seize ans, et faut voir comme
Tu affoles déjà tous les hommes...
Est-ce ton œil si doux qui les mine
Ou bien les rondeurs de ta poitrine
Qui les rend' fous ?...

Il avait dans son portefeuille de box noir des photos de vedettes qu'il me faisait voir (Pouget, un autre Parisien, au nez écrasé comme celui d'un boxeur, possédait, lui aussi, des photos; mais c'étaient celles de femmes nues qu'il ne nous montrait que la nuit, sous les draps, à la lumière d'une « pétoche »).

Quelquefois, Jacquelin, qui se promenait à mes côtés,

m'invitait à le suivre jusqu'aux cabinets. Sous le préau, il me serrait la main avec effusion, comme s'il devait me quitter pour longtemps. Puis, me plantant là, il ouvrait la porte, la refermait avec soin derrière lui; d'un geste élastique et doux, il faisait mine de tirer une grille métallique; enfin, il appuyait sur un bouton de côté. Alors, derrière la petite porte des cabinets, je regardais avec des yeux émerveillés le buste de Jacquelin descendre lentement, puis disparaître, tout comme s'il eût été emporté par la cage d'un ascenseur.

Escoffier

Pendant quelques mois, en étude, j'eus à côté de moi Coutaleur, qui était un élève consciencieux et appliqué, encore qu'il n'eût guère de facilité pour apprendre. Bientôt le directeur, pour être à même de mieux surveiller mon travail, me fit avancer au second rang, au bord de l'allée. J'eus alors pour voisin un grand qu'on avait également rapproché de l'estrade, car au fond de la salle, où il se trouvait d'abord, il dissipait les autres.

Escoffier était dans les « tertios », où il redoublait. C'était un grand garçon à la peau mate, qui portait hiver comme été un col ouvert et qui, au stade, jouait au football sans mettre des protège-tibias, et se précipitait sur l'adversaire en poussant des cris sauvages.

A mes côtés, Escoffier s'ennuyait ferme. Au début, il ne cessait de s'agiter à son banc et tournait à tout moment la tête pour lancer des œillades à ses camarades du fond de l'étude. A la longue, il finit par se tenir tranquille et parut même bientôt s'absorber dans son travail. En réalité, il passait son temps à lire des livres de la bibliothèque, qu'il plaçait ouverts sous d'autres livres, d'histoire ou de sciences. Comme il lisait vite, il lui fallait souvent tourner la page, ce qui l'obligeait à faire glisser constamment les volumes l'un sur l'autre.

Un soir, à la fin de l'étude, Escoffier, levant la tête, vit soudain le directeur debout près de lui. Aussitôt, il se troubla, rougit et, n'ayant plus le moyen de dissimuler le papier qui était sur son pupitre, le froissa et l'enfouit au creux de sa main. Pendant ce temps, nous avions quitté la salle et nous apprêtions à monter au dortoir. Par la fenêtre qui donnait sur l'escalier, je voyais maintenant la scène sans pouvoir en entendre les paroles. Escoffier s'était levé de son banc; il était pâle, avait les yeux fixes et les traits tendus comme tout son corps; il tenait tête à Fougon qui rapprochait son visage du sien tout en pointant son doigt sur la main d'Escoffier obstinément fermée. Il n'osait pas le gifler; mais l'on sentait qu'il se retenait de le faire et sautillait sur place comme un coq ou comme s'il eût été monté sur des ressorts. « Ouvre ta main! » criait Fougon. Bien que le surveillant nous pressât d'avancer, j'eus néanmoins le temps d'apercevoir la main d'Escoffier qui s'ouvrait et libérait le chiffon de papier dont s'emparait le directeur.

Je me demandais bien ce qu'Escoffier avait pu écrire et qu'il voulût dissimuler ainsi aux regards. J'interrogeai Couratin, un moyen qui, en toute occasion, cherchait à se faire bien voir des grands. Il affecta d'abord de n'attacher à la chose qu'une importance médiocre; puis, comme j'insistais, il me conta que c'étaient des fariboles, des injures qu'Escoffier avait griffonnées à l'adresse du directeur. Mais j'appris ensuite qu'il s'agissait d'une lettre qu'Escoffier s'apprêtait à faire passer par un externe et qui était destinée à Jacqueline, une pensionnaire de l'école de filles. Innocent comme j'étais, je n'avais pas imaginé qu'on pût entretenir une correspondance avec une jeune fille de l'établissement voisin sans qu'on eût des motifs sérieux de le faire. Aussi, comme Escoffier devait nous quitter à la fin de l'année scolaire, demandai-je s'il se marierait bientôt avec Jacqueline. Mais Couratin se contenta de me rire au nez.

Les frères Mouton

Les deux frères Mouton ne se ressemblaient guère. L'un, Jean-Jacques, était un vrai chenapan, l'autre était doux et triste. Au bout d'une année, le premier quitta la pension, où il revint quelquefois, en arborant des airs d'adulte. Les parents venaient le lundi, jour de marché. Le père avait ses habits du dimanche et un col haut et étroit dont les pointes s'enfonçaient sous le menton, comme dans les photographies anciennes. La mère était une grande femme au visage maigre et toujours vêtue de noir.

Un jour, le directeur fit venir Michel Mouton dans son bureau et demeura quelque temps avec lui. Quand on le vit ressortir, Michel était pâle. Il montrait un air hébété et ne répondait pas aux questions qu'on lui faisait et qu'il ne semblait pas même entendre. Il monta au dortoir, rassembla ses affaires, descendit sa valise et partit. Certains dirent que son père était gravement malade; d'autres ajoutèrent qu'il était déjà mort.

Le lendemain, on apprit par les externes (qui l'avaient lu dans le journal) que la mère de Mouton avait, d'un coup de rasoir, tranché la gorge de son mari pendant qu'il dormait, puis qu'elle s'était suicidée. Au bout de quelques jours, Michel Mouton revint, et personne ne lui posa de questions. Il parla peu, et fut seulement un peu plus triste qu'avant.

Cattelin

Cattelin faisait partie de ces quelques Parisiens que leurs parents avaient mis en pension en province pour se débarrasser d'eux, ou encore dans l'espoir qu'en les éloignant des distractions de la capitale, les études leur seraient d'un meilleur profit. Pourtant, à Bellerive, Cattelin ne travaillait guère. Il avait en permanence des allures d'oisif et ne s'intéressait vraiment qu'à une chose : le piano, qu'on voyait au fond d'une salle de classe et dont personne ne jouait, faute de professeur. A la récréation qui suivait le déjeuner, je le voyais grimper furtivement à l'étage et là, oubliant soudain qu'on pouvait l'entendre (et que cette salle nous était particulièrement interdite, car elle avait vue, au-delà de la rue, sur l'école des filles), il commençait à jouer. N'ayant pas appris la musique, il jouait d'instinct encore plus que de mémoire. Comme on s'étonnait de la facilité qu'il montrait, il nous contait que sa grand-mère avait, chez elle, un orgue de salon sur lequel, enfant, il avait exercé ses dons. Bientôt, nous nous glissions à quelques-uns dans la salle déserte et, accoudés près de lui, nous écoutions, oubliant tout, et jusqu'à la crainte qui, au début, gâtait notre plaisir. Avec une intrépidité tranquille, Cattelin attaquait la *Sonate pathétique*. Je regardais ses doigts courir sur le clavier et se lancer à la poursuite de notes qui s'enfuyaient, effarouchées, ou se dérobaient un instant; mais il les rattrapait toujours, les traquait, les clouait sur place. Quelquefois, les doigts faisaient de la gymnastique, sautillaient ou trottaient, puis, recrus de fatigue, s'affaissaient sur les touches; alors, la musique était plus lente, plus langoureuse. D'autres fois, la main gauche, délaissant les graves, passait par-dessus la droite. Lorsque trop d'obstacles se présentaient à la fois, Cattelin, après s'être empêtré quelque peu, jouait autre chose, *Sur un marché persan* ou *Dans les jardins d'un monastère*, de Ketelbey; ou bien encore des airs de jazz, de ceux qu'on entendait à la T.S.F. (et mon père, dans ces cas-là, tournait aussitôt le bouton et cherchait un autre poste). Au bout d'un moment, après qu'ils eurent parfois attendu, sur le pas de la porte, et hésité à interrompre trop vite ce récital improvisé, le surveillant ou le directeur entraient et nous demandaient ce que nous faisions là. A regret, nous quittions la pièce, cependant que Cattelin refermait le couvercle du piano. Il nous retrouvait dans la cour où, de nouveau, il promenait un ennui distingué; sa lèvre s'ornait d'un sourire un peu dédaigneux, juste au-dessous de la vraie petite moustache qu'il était le seul, parmi les grands, à porter.

Polyte

On appelait Moindrot « Polyte », de son prénom Hippolyte, et plus souvent encore « Patte folle », car il avait une jambe de bois, sa jambe (la vraie) ayant été broyée par une batteuse. La première année, il était mon voisin en classe; il allongeait sa jambe du côté du mur, et je voyais luire dans l'ombre la tige chromée qui dépassait du pantalon. Il faisait beaucoup de fautes d'orthographe (je lui en signalais quelques-unes), mais on ne lui disait jamais rien. Dans les couloirs et les escaliers, son pilon faisait un bruit terrible. Polyte venait avec nous en promenade et marchait bon train, en tordant le buste à chaque pas; pourtant, le soir, au retour, il traînait un peu à l'arrière.

Au dortoir, avant de se coucher, il rangeait sa prothèse sous son lit. Bien qu'il enfilât prestement son pyjama, j'avais le temps d'apercevoir la bouffissure blanche du moignon. Quelquefois, on faisait à Polyte la farce de lui cacher sa jambe. Au matin, il la cherchait partout et rampait à plat ventre sous les lits. Il se relevait, prenait appui sur ses mains (des mains énormes et douées d'une force peu commune), jetait autour de lui des regards angoissés, puis se fâchait, menaçait, et s'élançait enfin à cloche-pied dans l'allée centrale. Quand on lui rendait sa jambe, il s'en saisissait vivement, cependant que, pour faire durer la plaisanterie, son adversaire, refusant encore de lâcher prise, l'attirait à lui avec violence. Alors, Polyte s'écroulait sur le plancher, et tout le monde riait. Une dernière fois, il brandissait sa jambe au-dessus de sa tête comme une massue, et l'on fuyait de tous côtés.

Dimanche matin.

Je voudrais bien savoir qui remue ainsi les pieds depuis tout à l'heure c'est agaçant à la fin c'est toi Jeantet ne fais pas l'innocent cela ne te va pas veux-tu que je t'attache les jambes à ton banc ce serait la meilleure solution et toi Pouget quand auras-tu fini de te gratter la gorge veux-tu que je t'offre des pastilles et ne renifle pas comme cela mouche-toi un bon coup et qu'on n'en parle plus c'est cela avec la manche de ta blouse tu n'as pas de mouchoir espèce de saligaud c'est du propre et relève tes cheveux qui te tombent dans les yeux avec quoi t'es-tu peigné ce matin avec un clou tout le monde rit c'est permis dans ces cas-là et cela fait du bien ça détend mais aussitôt après c'est le silence j'ai dit que je voulais le silence complet il y a donc plusieurs sortes de silence le silence complet et le silence incomplet silence c'est six lances ou encore s'i lance cil anse qu'est-ce que c'est le contraire de silence das Gegenteil von von von quoi il faut que j'attrape mon dico d'allemand c'est celui qui appartenait au père de ma sœur Suzanne qui a été tué à la guerre on voit son nom Blaise écrit au crayon sur la première page il y a deux tomes avec une couverture noire ils sont petits épais on dirait de gros cubes je les aime bien pourtant ils sentent le vieux quand je mets mon nez dedans et que je respire très fort une odeur curieuse indéfinissable toutes les choses anciennes ont la même odeur je suis le seul à posséder un dictionnaire aussi gros les autres le leur est tout petit mais ils ont une grosse bitte si je pouvais en avoir une comme eux c'est dommage que les mots soient écrits comme autrefois avec des h *partout comme die Thür la porte et zu thun faire c'est ridicule à présent ça ne se fait plus et puis des pages s'en vont toutes seules au milieu le livre s'ouvre en deux morceaux qui s'écartent et laissent voir une mousseline comme celle dans laquelle ma mère fait son fromage blanc l'été à la cave mais je ne vais pas y arriver bon sang ils sont tous les deux dans le fond du casier je voudrais bien quand même en attraper un je le sens au bout de mon doigt peu importe si c'est le français-allemand ou l'allemand-français c'est la même chose comment est-ce qu'il s'appelle oui c'est cela Wörterbuch der deutschen Sprache si je pouvais me pencher je verrais comment faire pour l'atteindre mais cela va se remarquer je vais attendre un peu pourtant ce serait le moment il ne me regarde pas il corrige ses épreuves ça m'intrigue ces grandes feuilles qu'il tourne dans tous les sens pour lire ils ne peuvent pas imprimer le texte toujours du même côté ce serait plus simple et tous ces plis qu'on voit à quoi ça sert je n'y comprends rien surtout que le bulletin pédagogique une fois imprimé il ressemble à un cahier avec deux agrafes juste au milieu je me suis souvent amusé à les défaire chez ma mère à l'école sur son bureau il suffit de soulever les crochets ça pique un peu comme une épingle et quelquefois aussi ça rentre sous l'ongle là c'est désagréable et ça laisse une trace pendant plusieurs jours encore une chance si cela ne s'envenime pas je me rappelle maintenant le titre c'était La Jeunesse bulletin pédagogique de la lutte contre l'alcoolisme il était imprimé en violet pourquoi en violet on y voyait des dessins en ombres chinoises ma mère nous lisait en classe le petit fût de Maupassant Guy de Maupassant c'est sûrement le même que celui de la récitation et aussi l'histoire du petit garçon qui avait bu trop de cidre en Bretagne il vola une grosse locomotive qu'il mit en route il ne pouvait plus l'arrêter je voudrais bien voir comment cela se passe un déraillement de chemin de fer*

Bellerive

Sous la conduite de Fougon, on alla visiter la ville. Il nous fit pénétrer dans l'enceinte de l'asile, et l'on cherchait à apercevoir, comme on faisait en promenade le dimanche, des fous aux fenêtres; mais on ne vit personne d'autre qu'un jardinier qui nettoyait les allées et une infirmière en blouse blanche qui passait. On nous montra les ruines d'une antique abbaye, dont il ne restait qu'un pan de mur et l'amorce d'une voûte où grimpait le lierre. Dans la ville, on découvrit à des coins de rue, dans leurs niches, des statuettes devant lesquelles j'étais passé cent fois sans jamais les remarquer. On examina en détail une façade ancienne; on passa sous de vieilles portes surmontées de créneaux et que longeaient des fossés remplis d'une eau noirâtre. Au retour, on fit une rédaction pour raconter ce qu'on avait vu, et le directeur fut très fier de la mienne.

Le coiffeur

Tous les quinze jours, un coiffeur de la ville montait à la pension. Il s'installait dans une classe déserte, dans la clarté jaune d'une lampe à gaz. Du couloir, en passant, on apercevait la tache blanche de la serviette et les éclats argentés que jetaient les ciseaux; en entrant dans la pièce, on entendait leur cliquetis incessant, ainsi que le crissement des cheveux mordus par le fer.

Sans doute ne venait-on pas se faire couper les cheveux si l'on n'en avait pas besoin; pourtant, c'était une manière d'échapper à l'étude. A l'inverse, et pour que cela leur fît davantage de profit, de petits paysans se faisaient tondre entièrement. Durant quelques jours, je passerais ma main sur leur crâne et en retirerais une sensation bizarre, où se mêleraient le plaisir et le dégoût, mais que je ne pourrais m'empêcher d'éprouver de nouveau, en recommençant plusieurs fois de suite.

Culottes de golf

Après les petites classes, venaient les « primos », c'est-à-dire la première année du cours supérieur; on passait ensuite dans les « secundos » : c'était une catégorie quelque peu ingrate, à la frontière indécise du monde des petits et de celui des grands; car les grands, c'étaient les « tertios », qui préparaient le brevet élémentaire, et aussi quelques-uns de quatrième année, qui suivaient les mêmes cours, mais plus difficiles, et passeraient le concours d'entrée à l'École normale, à laquelle me destinaient mes parents. La tenue des grands était le plus souvent débraillée ; il régnait des modes vestimentaires, comme celle du col largement ouvert, de la tignasse en désordre, ou de la blouse sale et retenue par une ficelle en guise de ceinture. Il y avait celle enfin des culottes de golf, que portaient maintenant tous les garçons de mon âge, et que mon père avait en horreur, disant que c'étaient « des culottes pour chier dedans ». Une fois, en voiture, on croisa un groupe de jeunes gens qui en étaient tous revêtus. Tout à coup, mon père se fâcha, et je l'entendis dire à ma mère que si je devais en porter, il me tuerait plutôt. A quelque temps de là, la mode des costumes de golf s'étant répandue, même dans les campagnes, je commençai de harceler ma mère pour qu'elle m'en achetât, lui faisant valoir que j'étais l'un des rares à n'en pas avoir, qu'en culottes courtes je me trouvais un peu ridicule et qu'au surplus j'avais froid aux jambes en hiver. Elle finit par accéder à ma demande et, comme je lui rappelais imprudemment les propos inquiétants qu'avait tenus mon père, elle me pria de n'y plus faire allusion devant lui.

Avec mes culottes bouffantes, je portais des chaussettes à losanges ; quelquefois, l'agrafe s'étant défaite, la jambe du pantalon retombait sur la cheville ; c'était fort disgracieux, surtout quand l'autre jambe demeurait retenue à une hauteur différente ; pourtant, dans ces cas-là, je n'étais pas peu fier de ressembler aux grands : car c'était encore une mode, de se promener ainsi, dans la cour, avec une jambe plus haute que l'autre.

Samedi

Le samedi, à la fin de l'après-midi, on allait dans une pièce oblongue, aux fenêtres grillagées, qui donnait sur la cour et où, sur un poêle, fumait une grande lessiveuse. Chacun apportait une bassine ou quelque autre récipient (lorsqu'il n'y en avait pas en nombre suffisant, il fallait attendre que les premiers eussent fini de s'en servir pour le leur emprunter) dans lequel on versait un peu d'eau chaude, puis de l'eau froide. On s'asseyait sur des bancs disposés sur le pourtour de la pièce, et l'on se lavait les pieds.

Sports

Je ne pratiquais pas de sports et, à l'inverse des autres, le football ne m'intéressait guère. Jamais, au reste, je n'en pus saisir toutes les règles et je m'étonnais souvent de voir les joueurs soudain figés dans une posture immobile, dès que l'arbitre avait sifflé un hors-jeu. Je ne savais pas grimper à la corde, encore moins à la barre fixe. Le trapèze et les agrès me donnaient le vertige, et je ne sautais ni très haut, ni très loin. Comme je ne pouvais demeurer sur le stade à ne rien faire, que le temps me semblait long et que j'avais froid, je contournais quelquefois en courant, pour me réchauffer, l'immense pelouse, en longeant les barrières blanches qui la délimitaient. D'où me vint bientôt l'idée (peut-être suggérée par d'autres) de pratiquer le cross.

L'on m'avait enseigné à discipliner ma respiration et à calculer mon souffle; mais je ne pus jamais trouver le rythme exact de celui-ci, et hésitai toujours entre trois-six, trois-sept, quatre-six ou quatre-sept sans que je pusse m'arrêter à un choix définitif. A force de courir en épelant des nombres au gré des inspirations et des expirations (ce qui me faisait imiter, avec ma bouche, le bruit de la locomotive), je perdais bientôt haleine et m'arrêtais, essoufflé ou souffrant d'un point de côté. Pourtant, je fus engagé dans une épreuve scolaire qui se déroulait au chef-lieu du département. C'était en automne, à la veille de la Toussaint. Il avait plu, il tombait encore une pluie fine qui me piquait le visage à coups d'épingle, je pataugeais dans la boue des chemins et, dans les guérets que je devais parcourir en suivant les petits drapeaux qu'on y avait plantés, j'enfonçais parfois jusqu'aux mollets. J'arrivai au bout, exténué et transi, fus classé avant-dernier, et reçus tout de même un prix; c'était une paire de boutons de manchettes joliment émaillés.

Le magnésium

Quelquefois, les grands, ayant dérobé dans la resserre aux fournitures des rubans de magnésium, les faisaient brûler dans la nuit. Pendant quelques instants, il régnait dans la cour une clarté extraordinaire, faite d'une vive lumière blanche, et les bâtiments, les arbres, les visages ressemblaient à ceux qu'on voit en négatif sur les photos. Le temps qu'intervînt le pion, c'était fini.

La sortie

Dès le matin, au réveil, l'excitation nous gagnait. La toilette était expédiée, les lits faits à la hâte (il fallait pourtant en changer les draps); on s'habillait en vitesse; les valises sortaient de leur resserre; leurs couvercles se rabattaient en claquant; elles étaient traînées sans merci sur le plancher.

On descendait les marches deux par deux, quatre par quatre, en glissant la main sur la rampe qui gémissait. On s'apostrophait; on se posait de traviole la casquette sur la tête; on s'envoyait des tapes dans le dos, on se faisait des croche-pieds dans les couloirs; on ne pouvait se tenir tranquille, car le jour de la sortie était arrivé.

Au réfectoire, on avalait le petit déjeuner; on se précipitait ensuite dans la cour; on ne prenait pas au sérieux l'appel de la cloche; l'étude devenait une formalité; elle était bruissante, bourdonnante, remuante. Il y avait classe encore toute la matinée, mais l'on ne s'y intéressait guère, les compositions étant finies. Au reste, la récréation était plus longue que d'habitude, et les surveillants ne pensaient plus, eux aussi, qu'à la sortie. Déjà des pensionnaires, qui prenaient un train de bonne heure, étaient partis, et notre tour viendrait bientôt; on n'arrêtait pas de serrer des mains.

Depuis des semaines, je comptais les jours; à présent, c'étaient les heures, voire les minutes dont j'épiais la course lente. Chaque jour, à midi, j'allais, sous le préau, consulter la tangente inscrite à la craie. Dans mes calculs, pour réduire encore l'intervalle qui me séparait de la sortie, je retranchais les heures de sommeil, ce qui diminuait d'un bon tiers le nombre en question. Quand arrivait la dernière journée, j'avais le cœur bondissant et joyeux, et j'étais si heureux que je me demandais parfois si je pouvais l'être davantage, et si cette attente enfiévrée n'était pas plus agréable, en fin de compte, que la félicité engendrée par la sortie elle-même; car, quand j'aurais quitté la pension, ma joie serait dès lors empoisonnée par la pensée qu'il me faudrait y retourner.

Pour l'heure, la discipline s'était relâchée; on montait et descendait les escaliers, on courait dans les couloirs, on ouvrait et refermait des portes; tout ce qui, la veille, était interdit, semblait permis ce jour-là, et le directeur ne se montrait plus guère que pour surveiller les départs. A mon tour, je franchissais la grande porte, tenant à la main ma valise dont la poignée blessait mes doigts, cependant que, dans ma marche, le balluchon de linge sale ballottait de côté et d'autre dans mon dos. Dans la petite gare, l'attente se prolongeait quelquefois. On y voyait une bascule pour les marchandises et, aux murs, des affiches qui montraient La Bourboule, les Pyrénées et la côte basque. L'autobus s'avançait. Mon billet acheté, j'allais m'asseoir tout au fond pour regarder s'enfuir, de la vitre arrière, la route, les arbres, la plaine. Après la côte du Gibet, on dévalait la pente; j'apercevais, de mon village, les toits familiers, couleur de pain brûlé, la caserne de la gendarmerie, le peuplier du père Lachaume, puis, derrière la ferme de Bourdieu, la belle enseigne *Ford* qu'on avait peinte sur le mur du bureau de poste. Je demandais au chauffeur s'il voulait bien s'arrêter devant l'école, ce qui m'éviterait de retraverser le village à pied, la halte étant à l'autre bout. Je devinais le signe imperceptible que, de dos, il faisait de la tête; quelquefois, je pensais qu'il n'avait pas entendu, et n'osais insister. Pourtant, il ralentissait l'allure, puis s'arrêtait. Avant de descendre, je lui tendais une pièce jaune d'un franc, comme m'avait conseillé de faire mon père. Je poussais du pied mon sac de linge et rattrapais ma valise sur les marches. Mes parents étaient là, sur le trottoir, à m'attendre; ils avaient le sourire aux lèvres, et de voir leurs yeux briller me rendait heureux.

A la maison

Comme le temps passait vite! Tant qu'une nuit me séparait du retour, je me donnais l'illusion qu'il me restait longtemps encore à jouir de ma liberté retrouvée. Le dernier jour, c'était tout différent : à m'efforcer de ne pas penser au retour, j'oubliais du même coup de prendre conscience de mon bonheur et ne voyais plus même s'enfuir les heures. Alors, au contraire, cherchant à tirer parti du moindre des instants, je me condamnais à la quasi-immobilité (comme si j'eusse voulu, par là même, contraindre le temps à arrêter sa course) et, tantôt assis sur une chaise, tantôt allongé sur mon lit, je portais mes regards tour à tour sur chacun des objets et des meubles qui avaient composé le décor de mon enfance, et me répétais à voix basse : « J'en profite, j'en profite... »

Le retour

J'attendais, dans le café de Bouguin, à l'autre bout du village, le passage de l'autobus. Il avait souvent du retard, et bientôt je regrettais de m'être dépêché (mais aussi, mon père craignait toujours que je ne fusse pas prêt!). Debout entre les comptoirs de l'épicerie et les tables du café où traînait encore la monnaie qu'on y avait laissée, j'attendais en compagnie d'autres voyageurs dont l'immobilité, par moments, me devenait insupportable. De temps à autre, j'allais ouvrir la porte sur le vent et la nuit, et scrutais la rue en dansant d'une jambe sur l'autre. Dès que j'apercevais les gros phares devant lesquels courait la pluie, je rentrais en criant : « Le voilà! » et j'empoignais de nouveau ma valise. Lorsqu'il devait quitter son siège pour hisser des bagages sur le toit, le chauffeur bougonnait bien un peu. Debout dans la porte dépliante, je prenais mon billet, cependant que l'air froid du dehors mordait encore mes mollets. Assis derrière le chauffeur, dont la nuque formait un bourrelet sous la casquette hexagonale, j'avais sous les yeux la grande vitre droite du pare-brise où zigzaguaient des gouttelettes affolées par les trépidations. Le moteur ronflait; toutes les glaces, par moments, vibraient ensemble. Dans la nuit noire, je devinais, sur les côtés, des arbres, des poteaux télégraphiques, des maisons, un mur ou une clôture que réveillait soudain le pinceau des phares. On s'arrêtait à Vitray, au Bois-de-Feugères et à la petite halte, en rase campagne, de Moriers. Puis, la route filait toute droite jusqu'à une courbe serrée qui précédait le passage à niveau. Enfin, se montraient les premières maisons de Bellerive.

Il me restait cent mètres à faire à pied. Quelquefois, m'étant arrêté devant la silhouette imposante de la pension, j'hésitais un instant avant d'en franchir la grille. Je parcourais du regard le bâtiment central, les deux ailes, les fenêtres hautes et nues, et tous ces pilastres, ces balustres, ces rangées de briques qui me donnaient un peu le vertige. Tout encore était possible, y compris la fuite; mais pour aller où?

Alors qu'aux étages la nuit s'amassait derrière les vitres, le rez-de-chaussée, dans toute sa longueur, était éclairé comme au théâtre. Je traversais la cour intérieure où mes pas sonnaient sur les pavés, et pénétrais dans le corridor où le gaz brûlait en veilleuse. La grande maison semblait vide. Par des fenêtres intérieures, on avait vue sur des salles de classe désertes, où se pressaient en rangs serrés des pupitres luisants avec l'œil rond de l'encrier de porcelaine blanche. De l'escalier, j'observais les autres dans la salle d'étude. Ils étaient penchés sur leurs cahiers, ou musardaient, le nez en l'air. Dans les couloirs, les planchers exhalaient une odeur un peu âcre de poussière et d'humidité mêlées, car ils étaient fraîchement lavés. Avec des gestes lents, je montais tout en haut, au dortoir, ne laissant pas de m'étonner qu'aucun pilier ne vînt soutenir, d'endroit en endroit, cet interminable plafond peint en gris clair et qui, avec les murs nus et d'une même couleur, composait une perspective irréprochable. Par les fenêtres haut perchées, on ne distinguait rien d'autre que des nuages sales qui couraient dans le ciel. J'accrochais mon pardessus au vestiaire, rangeais mon linge et ma valise, et attendais, pour redescendre, que sonnât la cloche du dîner.

Je retrouvais les autres au réfectoire, qui était bruyant et joyeux. Beaucoup en avaient long à raconter; c'était encore un peu la sortie, et l'on nous laissait la bride sur le cou; au reste, la table des pions était déserte. Demain, tout recommencerait comme avant, jusqu'à la prochaine fois, qui se comptait en semaines, voire en mois. Sur mes genoux, ma serviette blanche, toute neuve, faisait une tache claire.

Un beau film

Quelquefois, à la suite d'une sortie, un pensionnaire racontait à un autre un film qu'il avait vu. Tous deux, dans le noir, se penchaient hors de leur lit, l'un vers l'autre; ils s'appuyaient d'une main au plancher et, quand celle-ci était engourdie et lasse de supporter ainsi le poids du corps, l'autre la relayait; puis toutes les deux rentraient quelque temps sous les draps pour se réchauffer.

Il arrivait qu'il manquât des mots, des scènes ou des images, ou encore que la mémoire du conteur fît défaut; l'autre demandait des explications; alors le premier, cherchant à rassembler ses souvenirs, forgeait une histoire qui devenait abracadabrante, et n'était plausible que pour lui seul.

. . . .

— Alors Françoise Rosay emmène la dame dans la salle à manger; elle lui montre où vont se placer les gens...

— Mais pourquoi fait-elle cela?

— Parce qu'elle est folle, voyons! Tu ne comprends pas? Et puis, elle cherche la clef pour faire voir son journal.

— Quel journal?

— Son journal intime, le journal intime de celui qui est mort.

— Il est mort?

— Oui, il s'est tué pour Christine. Après, on voit Jouvet en gangster avec des complices.

— Qu'est-ce qu'ils viennent faire?

— Mais c'est un autre film!

— Un autre film? Tu as été deux fois au *ciné?*

— Non, c'est le même, mais c'est un film à *skèches.*

— Qu'est-ce que ça veut dire?

— Ça veut dire... Je ne sais pas; c'est comme des histoires qui se suivent.

— Ah! Bon.

— Jouvet dit : « Le fric, il est au frigidaire; ça fait de l'argent frais. » Après, on voit une pendule, où il est deux heures dix. Jouvet vient voir Christine; il lui dit qu'il s'appelle Jo maintenant, et lui, il l'appelle Cri-Cri; il lui demande des nouvelles de son mari, mais elle dit qu'il est mort; on voit encore la pendule, où il est déjà quatre heures et quart, tu te rends compte?

— Ce n'est pas possible!

— Après, ça se passe dans la montagne; on montre des paysages, c'est vachement beau, comme sur des cartes postales. Il y a des avalanches...

— Des vraies?

— Je te crois! Ça dégringole de partout dans la vallée. On voit Pierre-Richard Wilm en gros, sa tête seulement. Il a une petite plume à son chapeau. Ensuite, il parle avec Christine...

— Christine?

— Oui, Christine, c'est toujours la même. Il fume la pipe et dit qu'il va mettre son cœur à nu; elle, elle répond qu'elle a souffert et qu'elle l'a attendu. Après, ils se serrent la main en disant qu'ils parleront de l'avenir la prochaine fois. Ils vont dans un chalet; il lui demande pourquoi elle a cherché à le revoir; elle dit qu'elle est partie sur les traces de son passé, et qu'elle a trouvé des morts, mais on ne les montre pas. Après, ils regardent par la fenêtre, on les voit de dos. Elle lui dit qu'elle ne l'aime pas, qu'il n'y a plus de place dans son cœur pour un autre amour. Alors, ils se rapprochent l'un de l'autre; je croyais qu'ils allaient s'embrasser, mais ils ne s'embrassent pas, ils mangent des conserves.

— Des conserves? Pourquoi?

— Parce qu'ils ont faim! Ensuite, il y a Raimu. Il est en colère, et ses bretelles pendent dans son dos. Il met un chapeau melon parce qu'il se marie. Je croyais que sa culotte allait tomber, mais elle ne tombe pas; il cherche son bouton de col, il se dispute avec sa femme, il veut tirer les rideaux et elle... Non, c'est le contraire, il ne veut pas; elle dit que le soleil attire les mouches. C'est marrant, il veut dire « crotte » au sous-préfet. Parce qu'il faut que je t'explique, sa femme, c'est sa bonne...

— Comment cela?

— Sa bonne, oui. Avant, c'était sa bonne, mais maintenant c'est sa femme, puisqu'il se marie avec elle. Alors, on voit arriver Christine. Elle arrive toujours quand on ne s'y attend pas. Elle porte un chapeau large comme cela, avec un ruban. Raimu l'embrasse...

— Ils se connaissent?

— Je ne sais pas, je n'ai pas compris. Alors, la femme s'en va...

— Laquelle?

— La vraie, sa femme, la bonne, quoi! Et pendant ce temps-là, Raimu dit à Christine qu'il l'aime à la folie. Soudain, on voit une ombre qui s'approche par terre, dans le soleil...

— Une ombre?

— Oui, l'ombre de quelqu'un, on ne sait pas qui c'est; mais c'est quelqu'un qui écoute ce qu'ils disent. Alors, Raimu demande à Christine de rester à déjeuner. Après, ça devient compliqué, tout tourne dans tous les sens, on voit Pierre Blanchar qui se promène sur des grues, au-dessus du vide, avec un revolver à la main, comme s'il allait tuer quelqu'un...

— Et alors?

— Alors, on voit Christine qui achète des cartes postales.

— Mais le revolver?

— Après, mais c'est une autre histoire, on voit Fernandel; il est rigolo. C'est un coiffeur; Christine a des bigoudis dans les cheveux et lui, il lui fait des tours de cartes. Il annonce qu'il va deviner une carte. « C'est l'as de carreau », qu'il dit. A ce moment-là, les cartes tombent à terre, et c'est toutes des as de carreau! Après, ils vont au bal, ils boivent du champagne, ils trinquent, ils dansent ensemble. Il dit à Christine qu'il l'aimera toute la vie, car sa femme ne sait pas danser. Alors, on voit comme un brouillard et les danseurs ont l'air de se promener en l'air, Fernandel baise la main de Christine. Il y a un homme qui dit que la chaîne est brisée, mais qu'il lui reste une carte, c'est l'atout cœur. On voit des palmiers, puis un lac, de grands escaliers; mais ça passait trop vite, je n'ai pas tout vu. Alors, Christine retrouve Gérard, mais ce n'est pas le même, c'est son fils, parce que son père est mort. Christine emmène Gérard au bal, ils fument une cigarette, et puis c'est la fin. Hé! Tu entends? Tu dors?

— Hein?

— Tu dors?

— Non... Mais écoute, tu me raconteras la suite demain, parce que j'ai sommeil.

Dimanche matin.

Est-ce que je vais réussir à attraper mon dico d'allemand je crois toujours que je vais atteindre le livre et au moment de le tirer tout vient avec qu'est-ce que je risque de me pencher il ne quitte pas ses épreuves des yeux je vois ses cils qui battent qui battent est-ce que les miens en font autant combien de temps je peux rester sans que mes cils bougent c'est plus fort que soi on ne s'en aperçoit pas mais ils bougent sans arrêt et pourquoi je vous le demande un peu c'est comme un tic on ne peut pas s'en empêcher ça y est le voilà qui recommence avec sa langue on voit le dessous c'est vilain c'est rouge avec du violet on dirait des veines je ne savais pas qu'on avait des veines sous la langue il se sert toujours d'encre rouge pour corriger ses épreuves il écrit dans les marges quelquefois il dessine de petits signes bizarres je les ai vus ou bien encore il tire de grands traits en travers de temps en temps il pose un mot comme une mouche sur le papier son écriture est fine fine j'essaie de l'imiter c'est comme le paraphe qu'il met sur nos cahiers je n'ai jamais bien su ce qu'il signifie cela commence comme un V et l'on ne sait pas ce qui vient après c'est peut-être sa signature non elle est différente je l'ai vue sur les factures trimestrielles mais je suis bête cela veut dire vu tout simplement ce qui m'intrigue c'est cette grande queue qui descend en travers on dirait que sa plume déraille comme une aiguille de phonographe sur un disque usé cela ressemble à une faux à une aile à une graminée ou bien une oreille ou un éclair ce n'est vraiment pas possible de me pencher pour regarder dans mon casier il va sûrement lever la tête au même moment c'est toujours comme cela le mieux serait de me baisser carrément mais il me verra et si je me laissais glisser doucement oh si doucement que je bougerais à peine il me faudrait d'abord allonger les jambes ensuite agripper des deux mains le bord du casier c'est bien risqué mais si je ne réussis pas je remonterai attention je commence je ne vais pas le quitter des yeux heureusement que le dos de Lenoir me cache un peu s'il se poussait un tout petit peu ce serait mieux mais s'il se penche de l'autre côté c'est la catastrophe je descends est-ce que je pourrai me retenir si je glisse non cela ne va pas du tout ma tête ne passe pas ah si j'avais les yeux sur le ventre ce serait plus simple et puis les autres me regardent faire si

Lenoir bouge je suis fichu c'est beaucoup plus difficile de remonter ça fait mal dans les bras il ne manquerait plus que Fougon lève la tête qu'est-ce que tu fiches dans cette position dirait-il tu descends à la cave je ne vois pas ce que je pourrais répondre je dirais que je cherche mon dico d'allemand après tout c'est de sa faute avec son silence complet il ne pense qu'à lui et pas aux autres nous aussi on a besoin de travailler il ne se gêne pas lui pour faire du bruit avec ses grandes feuilles quand il les déplie ça craque il ne me croira pas personne ne veut me croire mais enfin je ne suis pas fou si encore cela s'était passé il y a longtemps j'aurais pu oublier ou me tromper mais cela s'est passé ce matin même quelle heure était-il sept heures dix ou le quart et maintenant quelle heure peut-il être je n'ai pas de montre il faudra que mes parents m'en achètent une je croyais en avoir une pour mes dix ans je ne l'ai pas eue si je pouvais voir l'heure à celle de Sureau elle est cachée par sa manche je vais faire signe à Lhuillery il a une montre-bracelet elle est moderne les aiguilles sont phosphorescentes on peut lire l'heure même la nuit il a compris mine de rien il soulève sa manche en jetant un coup d'œil à Fougon il est dix heures vingt-cinq oui c'est bien cela j'ai cru un moment qu'il était onze heures vingt-cinq combien de temps cela fait-il encore à passer en étude voyons jusqu'à midi je fais la soustraction midi c'est douze avec deux zéros au bout cinq ôté de dix reste cinq et je retiens un deux et un trois ôté de dix reste sept mais non ce n'est pas possible je trouve soixante-quinze ah c'est vrai il faut convertir les minutes en heures oh si c'est cela alors j'aime autant y renoncer

Les bourses

Le directeur proposa à mes parents de me faire passer le concours des bourses. Durant des semaines, je travaillai ferme. Fougon me faisait réviser toutes mes leçons et, le soir, au lieu de me laisser en étude avec les autres, il s'enfermait avec moi dans une salle de classe déserte. Il ne me parlait pas avec rudesse, comme à l'ordinaire; au contraire, il me donnait toutes sortes d'explications en faisant montre, à mon égard, d'une patience et d'une gentillesse auxquelles je n'étais pas accoutumé. Il est vrai que nous étions seuls et qu'il ne cherchait pas à se donner en spectacle aux autres; enfin, il n'avait qu'une idée, une idée fixe : me voir réussir. Certes, il lui arrivait encore, si je ne comprenais pas, de s'énerver; et parfois, après s'être contenu longtemps avec peine, il explosait. Il agitait alors ses longs bras, et dansait devant moi comme un diable en me lançant des reproches d'une voix cinglante. Pourtant, dans ces cas-là, il ne me gifla jamais. Il se radoucissait vite. Quand l'heure s'avançait, il me renvoyait en étude. Le lendemain matin, de bonne heure, il montait au dortoir, me réveillait, promenait un instant autour de mon lit le faisceau de sa lampe électrique durant que je m'habillais à la hâte (je remonterais ensuite pour faire ma toilette avec les autres).

Le matin du concours, je partis seul avec lui en voiture. Il m'avait fait asseoir à côté de lui, et conduisait sans dire un mot, pas même lorsque nous traversâmes mon village encore endormi. L'examen avait lieu au lycée, et je fus tout de suite impressionné par l'immense bâtisse, bien plus grande que celle de la pension, avec ses cours, ses hauts murs, ses longues galeries où s'ouvraient, côte à côte, des salles de classe. Les épreuves se succédèrent à un rythme rapide : calcul, français, histoire, géographie, sciences. Dans l'après-midi, à quatre heures, tout était terminé, et l'on regagna la pension, non sans que j'eusse, cette fois, embrassé mes parents au passage. J'étais assez content de moi; pourtant, la seule pensée d'un échec me terrifiait. Que dirait Fougon? Or, on ne devait retenir, pour tout le département, que cinq boursiers, et quarante-huit candidats avaient concouru!

Quelques jours plus tard, le résultat nous parvint : j'étais admis! Plus encore, Fougon avait pu savoir, en dépit de l'anonymat des copies, que celles qui avaient le plus retenu l'attention du jury devaient être les miennes; tout au moins s'en persuada-t-il, quand on en eut vanté devant lui, accessoirement, l'excellente présentation ainsi que l'écriture et le style. Il reconnaissait là son œuvre, et il exultait. Mes parents aussi étaient très fiers et ne savaient comment remercier le directeur. Pendant quelques semaines, je fus regardé comme un héros. Puis, avec le temps, on m'oublia et, bientôt, du concours des bourses, il ne resta plus que la mention qui en était faite dans le mémoire que recevaient, chaque trimestre, mes parents. C'était une feuille polycopiée que Fougon nous distribuait en étude et où l'on inscrivait le chiffre des dépenses qui étaient à compter en sus du prix de la pension. J'étais le seul à ajouter, au bas de la page, « élève boursier », et à faire une soustraction, ce qui réduisait à rien, ou presque, la somme à payer.

Quand ma mère avait réglé la note, elle rangeait, dans le tiroir de la salle à manger, le reçu que lui avait remis le directeur; on y voyait écrite la somme sur des filets parallèles et serrés, qui faisaient comme une portée musicale.

La Terre sacrée

Fougon nous emmena plusieurs fois au cinéma de Bellerive, qui s'appelait *L'Alhambra*. C'était une salle aux murs tristes, où se voyait une charpente de poutrelles métalliques et dont les chaises pliantes, en se rabattant, faisaient beaucoup de bruit. On vit les actualités, qui étaient déjà anciennes, puisqu'on y montrait Mermoz et l'hydravion *Croix-du-Sud* avec lequel l'aviateur avait, depuis lors, disparu dans l'Atlantique Sud. Les sous-titres étaient en anglais, et le découpage rapide nous faisait passer des images de la guerre d'Espagne (*Spain*) à des défilés de troupes en Allemagne (*Germany*) sous l'œil vigilant d'Adolf Hitler. On vit ensuite *Le Dernier des Mohicans*, mais j'eus quelque peine à retenir le nom des personnages.

Une autre fois, Fougon commenta pour nous un film qui s'appelait *La Terre sacrée* et était fait de scènes de reportage sur la guerre de 1914-1918. On y voyait des fantassins courir sous la mitraille et dans la fumée des explosions. Leurs silhouettes armées de fusils passaient à toute vitesse sur l'écran qu'envahissait soudain la grande fleur noire des éclatements d'obus. Puis c'était le morne défilé des façades en ruine, des clochers culbutés, des arbres décapités. L'on nous expliquait qu'un opérateur avait été tué au moment précis où il filmait telle scène, et l'on nous montrait la dernière image qu'il avait eue lui-même sous les yeux avant de mourir.

La physique amusante

Dans la bibliothèque de l'école étaient rangés des instruments de physique auxquels on ne touchait jamais, la porte vitrée étant fermée à clef, et la clef elle-même ayant été égarée. Ils avaient des formes souvent étranges et compliquées, et je me demandais à quoi ils pouvaient bien servir. On voyait des disques, des sphères, des volants, des cylindres, des roues dentées, des tubulures, des leviers, des ressorts, des poulies, et aussi des balanciers, des axes, des poids et des contrepoids, des chevilles et des manivelles, le tout fait d'un assemblage de verre et de cuivre jaune, et reposant sur des socles d'un acajou luisant.

La chambre

La chambre de Fougon avait, sur le corridor du premier étage, une entrée dont la porte demeurait fermée à clef. J'avais pu observer souvent le manège des grands qui, après s'être assurés qu'on ne les voyait pas faire, se baissaient et appliquaient un œil au trou de la serrure; puis ils se sauvaient en courant sur la pointe de leurs chaussons et rejoignaient, à l'autre bout du couloir, leur petit groupe où l'on gloussait et chuchotait. On racontait qu'ils avaient surpris Mme Fougon au moment où elle se déshabillait et qu'ils avaient vu ses poils. Une autre fois, elle était au lit; son mari était entré par l'autre porte, avait ôté son pantalon et, gardant sa blouse, s'était allongé près d'elle.

A force de passer devant cette chambre, j'eus envie moi aussi de regarder à l'intérieur. Je choisis un moment où j'étais seul et me dissimulai dans le renfoncement obscur au fond duquel l'entrée de la serrure dessinait une minuscule tache de lumière, découpée en forme de personnage. A mon tour, je me baissai et collai mon œil tout contre la porte. Le cœur me battait à la pensée de ce que j'allais découvrir. Déjà, j'apercevais les pieds de la table, un fauteuil, l'un des montants du lit en noyer dont luisait le galbe, puis la soie rouge et capitonnée du couvre-pieds. J'attendis un peu; mais il ne se passa rien et quand, par la suite, je renouvelai l'expérience, je ne vis jamais rien d'autre que les mêmes meubles que baignait la même lumière dans laquelle le couvre-pieds jetait une note un peu sombre.

Le chef-d'œuvre

Le samedi, on allait faire de la menuiserie dans les ateliers qui s'étendaient sur tout un côté de la cour. On voyait arriver le père Durand, un menuisier de la ville, à la trogne rouge et aux cheveux blancs; il était toujours revêtu des mêmes vestes étriquées et blanchies par les lavages et portait, retenue en bandoulière par une courroie de cuir, une lourde caisse qui contenait ses propres outils, des instruments au fer sombre, à la lame acérée et au bois poli par l'usage. Lorsqu'il poussait sa varlope sur une planche, il en jaillissait de longs copeaux blonds qui s'enroulaient en d'interminables boucles; la planche, caressée ensuite, était douce et lisse sous la main.

Le père Durand nous apprenait à faire des tenons et des mortaises et à nous servir des trusquins ou des ciseaux à bois. Je n'étais guère adroit à ces exercices et me contentais de regarder faire les autres, tandis que, de tous côtés, résonnaient les coups de maillet dans la pièce aux fenêtres grillagées.

Tout au fond, se trouvait une forge autour de laquelle s'affairaient deux ou trois élèves au visage enluminé; étant plus robustes que les autres, ils avaient choisi un travail plus dur, celui du fer. On les voyait scier ou limer la même pièce pendant des heures, avec des grincements qui blessaient l'oreille. Au bout de quelques semaines, ils exhibaient un objet mystérieux, aux angles pointus, aux arêtes coupantes et dont les faces luisaient d'un éclat terne. C'était un polyèdre qui reposait sur son socle, et qui ne pouvait servir à rien d'autre qu'à démontrer leur savoir-faire.

Le pigeon

Un jour qu'en sciences naturelles on étudiait les oiseaux, un externe, à la demande du maître, avait apporté un pigeon. On le tira du panier où il était enfermé; tout d'abord, il sembla quelque peu effrayé de voir tout ce monde, battit des ailes et chercha à s'enfuir. Mais on le retint, et chacun, le prenant à tour de rôle dans ses mains, le caressa, lissa les plumes, observa la forme des ailes, l'éventail de la queue, la tête mobile avec l'œil rond sur le côté, les pattes grêles dont les griffes s'accrochaient aux doigts comme des rameaux d'églantine. Ensuite, Maillot, le maître, prenant la bête à son tour, la garda un moment au creux de ses mains, lui parla doucement, puis la posa avec précaution sur le bureau, passa à plusieurs reprises, sous la gorge aux reflets irisés, un doigt que l'oiseau picota à petits coups de bec. Après avoir imbibé d'éther un morceau de coton, il le fit respirer au pigeon qui s'endormit aussitôt. Alors, il coucha celui-ci sur le dos, déploya entièrement les ailes qu'il fixa avec des punaises, de sorte que l'animal paraissait maintenant crucifié. Le ventre rond était d'un beau gris qui devait être doux au toucher; mais je me gardais bien d'en approcher le doigt, ayant eu toujours pour les plumages une répulsion assez vive.

A présent, Maillot, dépliant un rasoir, commence d'ôter le duvet; il met à nu une peau blanche et frileuse. Il incise l'abdomen. Par la brèche ouverte, on aperçoit le cœur, qui bat faiblement comme un rouage d'horlogerie. Un à un, il retire le chapelet des intestins, la flaque brune du foie, nous fait voir les poumons. Toujours à l'aide du rasoir, il tranche le cœur dans la largeur, puis dans l'autre sens, et nous désigne les oreillettes et les ventricules. Chacun fait cercle, attentif et passionné; et je ne peux pas croire que le pigeon est mort.

Le Caustier

En plus du livre de sciences naturelles, certains avaient un « Caustier ». C'était un volume de petit format, à la tranche épaisse et à la couverture verte, où le texte était composé en petits caractères et, à l'inverse des autres manuels, presque entièrement dépourvu de figures. A la fin de chaque leçon, on trouvait un texte imprimé dans un corps microscopique et qui donnait des détails qu'il était, sinon indispensable, du moins intéressant de connaître. Le « Caustier » était l'apanage et le privilège des grands, et surtout de ceux de quatrième année. Je n'eus de cesse d'en avoir un à moi, et harcelai mes parents pour qu'ils en fissent l'achat.

Je me figurais qu'on trouvait, dans le « Caustier », une initiation aux mystères de la vie, et bien d'autres choses encore qu'il me restait à découvrir. Et je voyais avec envie les grands penchés sur leur petit livre vert, tout comme s'ils eussent été plongés dans la lecture du plus passionnant des romans.

Lectures

On trouvait, dans la bibliothèque de l'école, des volumes de Labiche, dont le nom m'amusait. C'était la première fois que je lisais du théâtre, et j'avais quelque difficulté à me faire à cette lecture sans cesse hachée par la mention des personnages, des jeux de scène ou des indications comme *à la cantonade*, dont le sens m'échappait. Je ne pouvais imaginer aussi qu'un acteur, comme cela arrivait souvent, pût faire à voix haute des réflexions pour soi seul et que les spectateurs pussent saisir sans que les entendissent en même temps ceux des personnages qui se trouvaient sur la scène. Les airs de vaudeville dont étaient encombrés les pièces me paraissaient inutiles, déplacés, voire franchement ridicules; en tout cas, ils ôtaient à l'histoire beaucoup de sa créance. Pourtant, dans *La Cagnotte*, les mésaventures parisiennes des bourgeois de La Ferté-sous-Jouarre m'amusaient fort, tout comme les accords de participes dans *La Grammaire* ou les quiproquos dans *L'Affaire de la rue de Lourcine*.

Je lus aussi *Le Merveilleux Voyage de Nils Holgerson*, en ne doutant pas trop que les bêtes, dans certaines occasions, pussent parler, *Michel changé en labri*, *Terres lorraines*, de Moselly, *Les Frères Zemganno*, *Eugénie Grandet*, des romans de René Bazin, d'autres d'Édouard Estaunié ou d'Edmond About, *Mon frère Yves* et *Pêcheur d'Islande*, et *Le Petit Chose*, où l'on voyait, dans un pensionnat, le directeur, comme faisait le nôtre, se promener toujours avec son trousseau de clefs à la main; des livres de Jules Verne enfin, qui m'ennuyèrent tant que je ne pus aller jusqu'au bout.

En revanche, je pris un plaisir véritable à *L'Oiseau bleu*, sorte de féerie moderne de Maeterlinck, où le pain, le vin, le sucre, et tous les objets sont représentés par des personnages, comme sont pareillement symbolisés des sentiments, des qualités ou des défauts; j'aimais beaucoup, entre autres, les « Gros-Bonheurs »; mais il y avait aussi le « Bonheur-de-voir-se-lever-le-jour », etc.

Ayant remarqué, sur la couverture de leurs livres, que Loti et Labiche étaient de l'Académie française, je décidai que, dorénavant, je ne choisirais plus mes lectures que dans les auteurs qui en faisaient partie.

Romans policiers

J'eus entre les mains un roman policier qui s'intitulait *Drame aux Six Jours*. C'était le numéro 1 d'une série à 25 centimes, de petit format, que m'avait donné un externe. J'en entrepris la lecture, que je trouvai passionnante. Sous le prétexte assez mince d'une rivalité entre « soigneurs » et qui avait pour conclusion un meurtre, l'auteur nous faisait assister à la grande course qui, chaque année, rassemblait un public populaire sur les gradins du Vél' d'Hiv'. Naturellement, le texte abondait en clichés de toute espèce, telle l'évocation de « cette atmosphère de kermesse où des chanteurs à la mode venaient dévider tout leur répertoire entre deux annonces tonitruantes du speaker et les ovations d'une foule en délire ». La course était comparée plus d'une fois à une « ronde éternelle », ou « incessante », ou encore « obsédante », et les coureurs à « de petits écureuils qui tournaient, tournaient sur la piste du vélodrome géant comme dans leur cage ». On les voyait toujours « penchés sur leur guidon, les genoux sous le menton », cependant que régnait dans la salle un « brouhaha perpétuel » et que « s'élevaient de temps à autre les clameurs du public ». Pourtant, j'étais fasciné par ces images d'un spectacle que je ne connaissais pas.

A quelque temps de là, nous fîmes une rédaction sur un sujet libre; c'était dans ces cas-là que je faisais le plus preuve d'originalité, à défaut d'une imagination véritable. Je choisis de décrire la course des Six Jours. Par ses allures de reportage, par son mouvement, et par les détails pittoresques dont il était émaillé, mon devoir étonna le directeur qui le lut en classe, mais s'inquiéta de savoir où j'avais emprunté ce sujet. Avec modestie, je contai que j'avais vu des photos de la course dans un illustré qui traînait chez mes parents; je me gardai bien de parler du roman policier, dont la lecture toute récente me valut une excellente note.

J'achetai à la suite d'autres numéros de la série. Il y eut *L'Effraction de la rue des Saints-Pères*, dont la couverture bleu de nuit montrait un homme masqué qui escaladait le mur d'un jardin éclairé par la lune; *La Vierge-aux-sept-couteaux*, où un hors-la-loi, traqué par ses poursuivants, trouvait refuge à l'intérieur d'une statue « ouvrante », comme il en existe en Espagne, et qui, en se refermant sur le prisonnier, enfonçait inexorablement dans son corps la lame de sept poignards (on voyait s'écouler le sang aux pieds de la statue dorée). Je ne découvrais qu'à la dernière page de ces petits livres la solution d'énigmes policières qui excitaient mon imagination. C'était si simple, pourtant! Une fois, un suspect avait menti en déclarant qu'il était parti, longtemps avant le meurtre, au volant de son auto; il avait été confondu par des témoins qui avaient remarqué le rectangle encore sec laissé par la voiture sur la chaussée trempée de pluie. Une autre fois, la balle de revolver avait sectionné le fil de la pendulette électrique, coupant net le courant et indiquant l'heure exacte à laquelle le crime avait été commis.

Il y avait enfin les histoires de gangsters qui prenaient pour cadre Chicago et avaient pour héros des personnages désormais légendaires comme Al Capone ou Dillinger. Commencées dans l'ascenseur d'un gratte-ciel ou dans les sous-sols d'un garage, les poursuites se continuaient dans les ruelles empuanties ou sur les autostrades, pour s'achever quelquefois dans un aéroport; et le gangster était pris au moment où il s'apprêtait à s'enfuir dans un avion. On lui passait les menottes sur la passerelle même; mais lui, sans mot dire, brisait avec ses dents (et, du même coup, se blessait aux lèvres) le chaton d'une bague qui contenait du curare, un poison très violent dont les Indiens enduisent leurs flèches. Le livre se terminait alors par ces mots quasi rituels : *A peine quelques secondes s'étaient-elles écoulées, qu'on le vit fléchir; puis ses jambes se dérobèrent sous lui; il s'écroula lourdement à terre. Il était mort.*

La fête

Pendant quelques semaines, on fut occupé par les préparatifs d'une fête qui devait avoir lieu dans la salle communale. Les grands se promenaient à l'écart et apprenaient leurs rôles dans de petits livrets. Je les vis ensuite répéter le soir dans une salle de classe. Fougon se conduisait avec eux comme eût fait un dompteur. Il ne les quittait pas des yeux, les interrompait à tout moment, tirait l'un par un bras, poussait l'autre du coude, et donnait des coups de pied dans le derrière d'un troisième.

Dans *La Vengeance de Lustucru*, Chavert était déguisé en chef cuisinier; la mère Michel était la propre nièce de Fougon, une fille au visage ingrat, qui devait marcher constamment pliée en deux, avec des besicles au bout du nez et un bonnet de dentelle; le chat était un jouet en peluche, tout pelé à force d'avoir servi. Je faisais partie du groupe des pages qui chantait la barcarolle des *Contes d'Hoffmann :* dans le réfectoire désert, Baugé nous séparait en deux groupes, les voix hautes d'un côté, les basses de l'autre. A la fin, nous répétâmes dans le gymnase, où l'on posa même pour une photo; nous portions un costume, des bas blancs et un feutre mou et à plumes posé sur l'avant-bras; nous avions gardé nos chaussons de feutrine, et la grande toile de fond, qui montrait une place médiévale avec un beffroi et des maisons gothiques, était plissée par endroits.

Le jour de la représentation arriva. Pendant qu'on s'habillait dans les coulisses, j'entendais les rires de la salle et les applaudissements. Fougon avait l'œil à tout; il rectifiait le pli d'un costume, désignait à un autre ses bas mal tirés. J'étais si ému que j'avais presque envie de fuir. Bientôt, l'on nous fit signe, et nous nous avançâmes sur le plancher de la scène qui sentait la poussière mouillée, comme lorsqu'on vient de balayer. J'avais sous les yeux l'envers du décor, des portants de bois, du contreplaqué, du carton, de la toile de sac, maintenus par des supports, des crochets, des tringles. A chaque pas que je faisais, il me semblait que je me rapprochais d'un abîme. La lumière, en m'aveuglant, m'empêchait de voir la salle. Au signal, nous entonnâmes :

Belle nuit, ô nuit d'amour,
A nos douleurs fais trêve...

En bas, Baugé faisait aller son doigt; tout d'abord, je ne distinguais rien d'autre de lui, dans la pénombre où il se tenait, derrière la rampe. Lorsqu'il tournait la tête, ses lunettes jetaient des reflets; puis, j'aperçus ses cheveux blonds et l'espèce de toupet qu'ils formaient au-dessus de son front où brillait la sueur. Peu à peu, mes yeux s'étant habitués aux éclairages, je vis les taches claires des visages et des mains calmement posées sur les genoux. Toutefois, je ne pus trouver mes parents; il y avait trop de monde. A nos pieds, montaient et descendaient en mesure les archets des musiciens. Quand ce fut fini, on nous applaudit, et nous nous inclinâmes pour saluer comme on nous avait appris à faire. Puis, avec ensemble, nous reculâmes vers le fond de la scène. On nous rappela trois fois; et nous nous regardions les uns les autres en nous demandant s'il fallait nous avancer encore, ou demeurer sur place. Mais Fougon, qui se tenait dans la coulisse et jetait sur nous un regard ardent, nous fit signe de sortir de scène.

J'étais déçu que cela fût déjà fini; c'était maintenant au tour des grands de jouer leur sketch. Escoffier était déguisé en commissaire et Jacquelin en clochard, avec de grosses moustaches et un haut-de-forme cabossé qui le rendaient méconnaissable. Ensuite, vint le chœur des Fileuses du *Vaisseau fantôme ;* puis Philippe joua des extraits de *Rosamonde*, accompagné par Baugé, et ils furent tous deux très applaudis.

A la sortie, mes parents m'embrassèrent; ils demeurèrent

quelque temps à bavarder, sur le Mail, avec des collègues de la région. Enfin, ils m'emmenèrent manger une pâtisserie chez Spitz.

Dimanche matin.

Je me demande qui a bien pu la renverser c'est étrange tout de même que personne n'en ait rien vu ça ne se fait pas tout seul ces choses-là moi je crois que c'est Couratin qui a fait le coup il est toujours le dernier comme moi le plus extraordinaire c'est qu'ils sont tous persuadés maintenant que c'est moi parce que j'ai rougi je n'aurais pas dû rougir mais rien que d'y penser je rougis il faudrait s'empêcher de penser cela n'est pas possible on pense toujours à quelque chose il en passe des choses dans la tête heureusement que ça ne se voit pas ainsi quand Fougon me pose une question en classe et que je le regarde il ne sait pas ce que je pense de lui mais je pense à une foule de choses je le traite de tous les noms des mots grossiers salaud bitte merde couille je voudrais le battre avec ma main mécanique est-ce qu'il sait l'histoire de la cuvette non car il en aurait parlé il est franc ce n'est pas comme Totoche qui fait ses coups en dessous Totoche n'a pas dû lui dire il veut régler cela avec nous mais s'il ne trouve pas le coupable alors il en parlera à Fougon alors alors que se passera-t-il j'aime mieux ne pas y penser

La Pentecôte

Entre les vacances de Pâques (c'étaient les plus agréables, mes parents m'emmenant parfois avec eux à un congrès d'instituteurs dans une ville lointaine et inconnue) et celles de la Pentecôte, il s'écoulait six semaines durant lesquelles, tant elles me paraissaient interminables, je m'ennuyais ferme et remâchais toutes sortes d'idées, de fugue ou même de suicide.

Ce samedi de Pentecôte, donc, nous étions tous très gais et brûlants d'une impatience folle de franchir les grilles de la pension. Pourtant, l'un de nous était malade, et Baudelet passerait sans doute au dortoir (en compagnie, il est vrai, de deux ou trois Parisiens) ces quelques jours de congé. Au moment de le quitter, son camarade Avisse, dont il était inséparable et qui avait en commun avec lui la passion des avions, lui lança, pour mieux dissimuler peut-être la tendresse secrète qu'il lui vouait : « Tu peux crever, grande salope, je n'irai sûrement pas à ton enterrement! »

Le surlendemain, alors que je pensais déjà avec tristesse qu'il me faudrait regagner la pension le soir même, nous vîmes arriver à la maison Mme Pelletier, l'institutrice de Saint-Leu, le village voisin. Elle avait un visage bouleversé; par les Goujon, de Cernay, elle avait appris que les Baudelet, leurs collègues, venaient de perdre leur grand fils. « Oui, ajouta-t-elle en me regardant et voyant ma stupeur, celui qui est avec toi à Bellerive. Il a eu une grippe intestinale et, avant de mourir, il a demandé pardon à son père de lui avoir un jour emprunté son auto en cachette; il avait heurté un mur et cabossé une aile. Le médecin n'a pas pu le sauver, et il était trop tard pour l'emmener à l'hôpital. »

Bien que je n'eusse jamais ressenti une sympathie exagérée pour Baudelet (qui avait seulement le tort, à mes yeux, d'être d'une taille supérieure à la mienne), je ne parvenais pas à croire que je ne le verrais plus. Aussi, quand je retournai à la pension, je cherchai tout de suite à savoir ce que dirait Avisse. Or, il ne parla pas, et demeura le visage fermé, cependant que les autres gardaient un air boudeur et ne parlaient pas davantage. Seuls, les petits étaient très gais et semblaient ne s'être aperçus de rien.

Le jour de l'enterrement, qui avait lieu à Bellerive, il n'y eut pas classe; nous nous habillâmes comme pour un dimanche et, au moment de partir, on nous fit mettre en rangs, en colonne par deux, dans la cour, tout comme si nous dussions aller en promenade. Nous descendîmes dans les rues de la ville en direction de l'église, dont les cloches se mirent à sonner, faisant se sauver du clocher des oiseaux affolés. Dans la grande nef, il y avait foule, et je ne me souvenais pas d'avoir vu tant de monde dans une église. Plusieurs prêtres officiaient en même temps; le cercueil était posé sur un haut catafalque et entouré de grandes gerbes de fleurs où se lisaient des inscriptions en lettres dorées. Tous les enfants, placés sur le devant, avaient un air sage et croisaient les bras. L'orgue, dont j'apercevais les grands tuyaux argentés, se mit soudain à ronfler et à pousser des plaintes graves et comme entrecoupées de soupirs. Je trouvai cela émouvant et, à un moment, je fus sur le point de pleurer; mais je vis que les autres demeuraient bien droits et ne pleuraient pas; alors, je me contins. A la sortie, le corbillard s'avança; il était tiré par des chevaux au pelage sombre et recouverts de caparaçons brodés de grosses larmes d'argent. Le cortège fut long à se former, et des messieurs graves et vêtus de noir allaient et venaient comme des chiens de berger et montraient à chacun sa place. Nous étions précédés de la fanfare qui jouait une musique lente et triste comme je n'en avais jamais entendu, et dont j'appris que c'était la *Marche funèbre* de Chopin. Il y avait aussi, dans ce cortège interminable qui suivait maintenant les rues de la ville, le Conseil municipal, le maire, les sapeurs-pompiers et de nombreux instituteurs de la région.

Au cimetière, j'aperçus, un peu à l'écart de la tombe, les parents de Baudelet. Sa maman disparaissait sous des voiles noirs qui frissonnaient au vent; près d'elle, son mari se tenait la tête haute dans un faux col étroit et avec le visage cramoisi que je lui voyais habituellement. Quand vint notre tour, nous défilâmes devant la tombe dont les bords avaient été tranchés net par la bêche, laquelle était encore plantée à côté, dans le gros monticule de terre. Au fond reposait déjà le cercueil de bois clair surmonté d'un crucifix d'argent. Au moment où Avisse, qui me suivait, s'approcha de la fosse, on entendit soudain un bruit terrifiant au-dessus de nos têtes; c'étaient deux petits avions de chasse qui volaient à faible hauteur. Ils disparurent aussitôt derrière le mur du cimetière; mais ils revinrent bientôt, toujours côte à côte, et tournèrent quelques instants au-dessus de nous, comme s'ils eussent voulu, eux aussi, dire un dernier adieu à Baudelet. Alors Avisse ne put s'empêcher de lever le nez en l'air pour admirer leurs évolutions; et, comme il se rappelait, sans doute, tous ces petits avions dont lui et Baudelet couvraient leurs cahiers de brouillon, il éclata soudain en sanglots.

Les jours suivants, il y eut dans notre classe une place vide, et c'était bien triste. Au réfectoire, l'absence de Baudelet se remarquait moins; car, comme nous étions assis sur des bancs, chacun se poussa un peu de part et d'autre; ce qui, en fin de compte, nous donna davantage de place.

Jardinage

Les soirs de printemps, après le dîner, on nous envoyait au jardin, qui s'étendait derrière le gymnase et descendait en pente douce jusqu'à la propriété des Brossard, dont il était séparé par un gros mur. On nous faisait bêcher la terre, arracher les mauvaises herbes, ensemencer, planter, biner, forer des trous, en boucher d'autres, ramasser des cailloux, pousser des brouettes. Je détestais ces travaux manuels auxquels s'adonnaient avec une joie visible les fils de paysans qui avaient pour un soir l'illusion d'être retournés chez eux.

Le certificat d'études

J'étais dans le cours supérieur, où je figurais parmi les meilleurs. Pourtant, à ma surprise, et bien que l'année scolaire fût déjà avancée, Fougon décida de me rétrograder d'une classe et de me faire passer le certificat d'études. Après le concours des bourses, cet examen ne devait rien proposer qui fût insurmontable. Or, il se trouva que Laillet, un élève effacé et studieux, réussissait mieux que moi ses compositions et, de ce fait, tenait le premier rang dans les bonnes grâces du maître, Favriou, qui était de Trizay-lès-Bellerive, mais roulait les *r* comme un Bourguignon et avait l'accent chantant des Méridionaux. Dans mes dictées, je faisais des fautes d'inattention, et Favriou, s'il ne me giflait pas comme Fougon, me donnait quelquefois des coups de règle sur les doigts, quoique sans méchanceté véritable. Ainsi, pourquoi avais-je ajouté un *t* à *poing?* Fallait-il dire *poingtées* et non poignées? Et la langue française n'était-elle pas déjà suffisamment compliquée?

Le jour de l'examen, je ratai une partie de l'épreuve de calcul; mais j'avais si bien répondu autre part que je n'avais pas de doute quant à l'issue finale. On proclama les résultats. Il y avait beaucoup de monde dans la cour, encore que la plupart des élèves, comme les parents et les maîtres, se fussent assemblés au bas du perron. Le nom de Laillet, qui précédait le mien dans l'ordre alphabétique, fut suivi de la mention « très bien ». Quand mon tour arriva, j'entendis le sang battre à mes tempes. J'avais une mention « bien ». J'en ressentis du dépit : une fois de plus, Laillet m'avait distancé. Cependant, mes parents, avec émotion, m'embrassaient; ma mère pleurait presque. Peu après, la lecture des résultats étant terminée, les gens commencèrent à s'égailler dans la cour. C'est à ce moment que mes parents virent arriver Baugé qui, sans prendre même la peine de les saluer, leur lança au visage que j'étais un « bon à rien », et impardonnable, en tout cas, d'avoir raté un problème aussi facile. A peine avait-il tourné le dos que Fougon se précipita sur nous. « C'est une honte! » dit-il en bégayant presque, tant il était en colère. « Une honte! » répéta-t-il. « C'est tout ce qu'il a réussi à décrocher : une mention bien! » Il leva les bras au ciel et nous quitta en haussant les épaules, non sans m'avoir foudroyé du regard. Je pus même craindre, un instant, de recevoir une gifle; mais il n'osa pas, devant tout ce monde, et en présence de mes parents.

Le coco

A l'approche de l'été, lorsqu'il faisait chaud, on jetait dans les verres d'eau qu'on nous donnait à l'heure du goûter des pincées de *coco*. Nous avions presque tous du *coco* dans nos poches. Il était dans une boîte ronde et grenat, dont il suffisait de tourner le couvercle pour faire apparaître, sur le côté, une échancrure qu'on appliquait directement aux lèvres. Cette poudre couleur de rouille (qui, une fois dissoute dans l'eau, devenait jaune et avait une saveur agréable et sucrée, assez proche de la réglisse) emplissait alors la bouche d'un goût violent, qui piquait la langue et les yeux, comme un alcool.

Le comice agricole

Cette année-là, un comice agricole eut lieu à Bellerive. On ne reconnaissait plus les rues de la ville, encombrées qu'elles étaient de faucheuses, de tracteurs, de semoirs, de brabants doubles autour desquels tournaient sans cesse des paysans endimanchés et des gamins turbulents. Des moissonneuses-batteuses attiraient l'attention; elles étaient encore une nouveauté quelque peu monstrueuse par ses dimensions, et l'on n'en finissait pas de scruter leurs rouages, d'admirer leur mécanisme compliqué et de sonder du regard leurs entrailles peintes dans un beau rouge sanglant. On voyait partout des banderoles, des guirlandes, des petits drapeaux de toutes les couleurs et que faisait claquer le vent; on entendait des musiques, des klaxons, la pétarade des stands de tir, des appels et des beuglements de haut-parleurs.

Le soir, nos amis les Müller, un jeune couple de Parisiens qui tenait depuis peu le bureau de poste dans mon village, vinrent en compagnie de mes parents. A pied, nous parcourûmes ensemble les rues. Il y avait maintenant moins de monde et la chaleur était presque tombée. Puis, l'on alla s'asseoir sur des bancs dans un jardin au bord de la Vivonne. On entendait encore au loin des musiques qu'apportait une légère brise. Les Müller avaient avec eux leur fillette qui n'avait que dix ans mais était si jolie que j'en étais presque amoureux. Comme il se faisait tard, et que la fraîcheur montait de la rivière proche, on se leva pour partir. Lorsqu'on fut de nouveau dans le centre de la ville, les Müller prirent leur voiture, une vieille C 4, dans laquelle on s'installa. On eut quelque peine à gravir la côte, avant de s'arrêter sur le terre-plein, devant la pension. Alors, je dis au revoir à chacun. La voiture s'éloigna. Je montai aussitôt au dortoir pour écouter, des fenêtres ouvertes sur le soir, les bruits de la ville.

Doryphores

A la fin de l'année scolaire, quand les grands préparaient leurs examens et que nous n'avions plus grand-chose à faire, on nous envoyait quelquefois, l'après-midi, dans les champs du voisinage pour ramasser les doryphores. Depuis peu, en effet, ce nouveau fléau s'abattait sur les campagnes et, comme pour la fièvre aphteuse, on disait : « Telle commune l'a » (sous-entendu : le doryphore), « telle autre ne l'a pas, mais elle ne tardera pas à l'avoir ». Dans les jardins, il était assez facile de s'en débarrasser : les loisirs crépusculaires d'un couple de retraités y suffisaient; mais dans d'immenses champs de pommes de terre, c'était une autre affaire, et l'opération, longue et laborieuse, demandait une main-d'œuvre qui faisait le plus souvent défaut.

Chacun se voyait donc attribuer un rayon et, muni d'une petite boîte où l'on enfermerait les insectes, avançait lentement jusqu'au soir, tantôt accroupi, tantôt les jambes écartées et le corps plié en deux. On saisissait les petites bêtes au dos bombé et dur, sur lequel se voyaient de jolies stries noires et jaunes qui leur faisaient comme un pyjama; parfois, elles s'envolaient à notre approche. Mais ce qu'il nous fallait ôter aussi et me répugnait le plus, c'étaient ces œufs roses et tassés les uns sur les autres comme une petite armée, qui s'accrochaient au revers des feuilles et s'écrasaient sous les doigts. Aussi trouvais-je plus simple de cueillir la feuille entière, ou même, en en brisant la tige, de supprimer la moitié de la plante, ce qui revenait à commettre d'un coup des ravages plus importants que n'en pouvaient faire les insectes eux-mêmes.

Tandis que, penchés sur les rayons, nous nous éloignions à mesure de la grand-route à laquelle nous tournions le dos, nous nous amusions, dès qu'une auto venait à passer, à en deviner la marque rien qu'en écoutant le seul bruit du moteur. Pour ma part, je me trompais régulièrement, à l'inverse des autres qui, sans se retourner, annonçaient : « Une Ford! Une Mathis! Une Peugeot! Une Citron! »

Ménagerie

La deuxième année, il se trouva, parmi les nouveaux arrivants, un garçon trapu, court sur pattes et qui avait la démarche pesante d'un ours, ou encore, à la manière dont il laissait pendre ses bras, d'un homme préhistorique. Son visage, ses mains, sa poitrine et tout son corps étaient recouverts de poils blonds, longs et soyeux, qui lui faisaient comme une toison, qu'on pouvait même caresser, et que chacun, le soir, observait avec une curiosité toujours renouvelée. Il s'appelait Barbu, de son vrai nom.

Les réfugiés

Au moment de la guerre civile, il vint, parmi les externes, des réfugiés espagnols. Ils avaient la peau mate, des yeux noirs et se tenaient un peu à l'écart, silencieux et parfois hautains. Au début, on les regardait un peu comme des bêtes curieuses. Ils ne parlaient pas la même langue que nous; on essayait de leur expliquer, avec des gestes, des expressions qu'ils ne pouvaient comprendre; et eux, à leur tour, nous apprenaient des mots d'espagnol : *blusa*, la blouse, *lentes*, les lunettes.

Hérisson

La deuxième année, j'eus pour voisin de lit un garçon au front bombé, au menton gras et au regard absent derrière des verres épais. Il était très soigneux de sa personne et de ses affaires, et passait beaucoup de temps, chaque matin, à refaire son lit. J'avais pour lui une aversion particulière en même temps qu'une admiration secrète, car, en dépit de mes efforts, je ne pus jamais réussir à tirer mes draps, à arranger mes couvertures et à tendre mon dessus de lit d'une façon aussi irréprochable. Personne ne l'aimait, au reste, car il ne parlait à personne, et moi-même ne pus jamais lier conversation avec lui. Le soir, il serrait avec les mêmes gestes lents et précis ses lunettes à monture dorée dans un étui qu'il glissait sous son oreiller. A peine avais-je le temps d'apercevoir ses petits yeux de taupe qu'il s'était déjà tourné de l'autre côté, comme s'il dormait dès l'instant qu'il n'y voyait plus.

Un soir, au moment de me coucher, je m'aperçus de

l'absence de Hérisson. Chacun s'en étonna; le surveillant fut alerté, puis le directeur. Tous deux se tenaient debout, au pied du lit vide, et se regardaient sans comprendre. Ils posaient des questions : Hérisson était-il à l'étude du soir? Oui, il y était. Ses chaussures étaient-elles à la cordonnerie? Non, on ne les y trouvait pas. Les salles de classe furent visitées une à une, tout comme la cour, les préaux, les escaliers, la lingerie. On ouvrit des portes sur des pièces désertes; on fouilla, à l'aide de lampes électriques, les placards, les resserres, les réduits, les soupentes et les recoins obscurs. On inspecta les cabinets, on souleva des trappes, comme celle qui, derrière les cuisines, fermait une ancienne citerne. Hérisson demeurait introuvable. On cria son nom : les échos seuls répondirent.

Comme la soirée se prolongeait et qu'on n'éteignait pas les lumières, certains en profitaient pour chahuter un peu plus qu'à l'ordinaire. D'autres, dont j'étais, se posaient des questions : on échafaudait des hypothèses, on imaginait des réponses. Hérisson s'était endormi à son banc, il avait glissé sous la table, on le trouverait le lendemain en faisant le ménage. Il s'était caché quelque part, Dieu sait où, pour embêter le monde et se rendre intéressant. Avait-on seulement regardé sous son lit? Il s'était suicidé; ou bien encore, grimpé sur le toit, s'apprêtait à s'élancer dans le vide. Cette dernière version ne remportait pas le moins de succès, et elle contribua à échauffer les esprits longtemps après qu'on eut éteint.

Le lendemain matin, à mon réveil, je jetai un regard sur le lit voisin. Il n'avait pas été ouvert. Dès lors, j'eus la certitude que Hérisson était mort; et, l'annonce prochaine de la nouvelle dût-elle me causer quelque saisissement, j'éprouvai déjà quelque remords à la pensée que je ne manquerais pas de me réjouir, en fin de compte, de la disparition d'un compagnon aussi peu sociable.

A la récréation, la nouvelle arriva, stupéfiante : Dans la nuit, Hérisson avait gagné la gare; il avait, supposait-on, escaladé les barrières de ciment le long de la voie, était monté dans le premier train pour La Laye, distante d'une vingtaine de kilomètres, où il avait retrouvé sa mère, avec laquelle il vivait seul et dont il s'ennuyait, disait-on.

Non, Hérisson n'était pas mort. Mais il ne reviendrait pas.

Feux

Un hiver, je fus préposé à l'allumage des feux dans les salles de classe. J'étais avec Cattelin qui, étant parisien et fils d'un industriel, ignorait tout de la manière de garnir un poêle; mais, la première fois, comme cela l'amusait, je le laissai faire. D'abord, il oublia d'ôter les cendres; puis, je le vis vider un seau de charbon et enfourner des bûches, qu'il recouvrit de rondins et de bois menu; enfin, il mit, sur le dessus, un journal qu'il ne prit pas la peine de froisser et qu'il enflamma en tirant de sa poche un briquet nickelé. Le journal brûla tout de suite, le petit bois frissonna et Cattelin, penché sur l'ouverture, regarda sans comprendre. Je lui expliquai sa méprise et lui contai, par modestie, que j'avais vu souvent, dans mon enfance, faire ma mère. Mais lui se détourna avec dégoût, disant que les cendres tachaient les doigts.

Les Perles de la couronne

Un samedi de sortie, ma mère m'emmena au cinéma où l'on jouait un film de Sacha Guitry qui était, disait-on, aussi instructif qu'une leçon d'histoire de France. On y contait les aventures d'un collier de perles qui passait de main en main depuis une époque ancienne jusqu'à nos jours, et l'on voyait à cette occasion défiler beaucoup de rois, de princesses ou d'hommes célèbres à qui il avait appartenu. Chaque fois que, pour un temps, les perles disparaissaient, on finissait par les retrouver toujours, mais c'était à une autre époque où les gens portaient de nouveaux costumes, toujours différents. Une fois, on admirait les perles dans un écrin; une autre, elles étaient la parure d'une jolie femme; une autre encore, elles étaient dans les mains de voleurs, et ainsi de suite, jusqu'à la fin où on les découvrait sur le paquebot *Normandie*. De temps à autre, un monsieur à grosses lunettes d'écaille, assis à son bureau, consultait des papiers ou décrochait le téléphone posé près de lui; mais c'était sans doute pour mieux faire admirer ses boutons de manchettes. Il faisait sur le film des commentaires d'une voix grave et monotone, et comme s'il eût été lui-même un spectateur.

N'ayant guère vu de films dans mon enfance, car je l'avais passée à la campagne, j'étais souvent dérouté par la succession rapide des scènes, ce qui me faisait perdre le fil de l'histoire. Ma mère, se penchant vers moi, me demandait si j'avais compris. Comme je lui disais que non, elle m'expliquait à voix basse ce qui venait de se passer.

Dimanche matin.

Le plus simple j'aurais dû y songer plus tôt c'est de vider entièrement mon casier en sortant les livres et les cahiers les uns après les autres cela va me prendre du temps c'est ce qu'il faut par la même occasion je mettrai mes affaires en ordre devoirs du soir cette phrase renferme quatre propositions sens propre et sens figuré l'auteur compare les cheveux blancs aux fils d'argent voilà mon cahier d'allemand il faudra que j'en change la couverture si Fougon voyait ce que j'ai écrit dessus c'est l'Allemagne qui a mangé l'Autriche et s'apprête à dévorer la Tchécoslovaquie les frontières dessinent une gueule de lion c'est vrai que Fougon ressemble à un lion il est féroce courageux terrible quand il est en colère il rugit tout le monde le craint au-dessus de ma carte il y a un casque à pointe au-dessus encore la tête d'Hitler avec sa petite moustache c'est la même que celle du père de mon cousin Maurice aux Bergeries et la mèche qu'on voit dans toutes les caricatures tout en haut flotte un drapeau frappé de la croix gammée mais le pire c'est en dessous j'ai écrit ich bin ein Deutscher Ja Ja Ratata Le Bougnat je vais l'enlever tout de suite cela vaut mieux voilà le cahier d'écriture et celui-ci à la couverture bleue la morale et l'instruction civique conseils pour exprimer des sentiments Fougon se recule dans sa chaise il tire son mouchoir un très grand mouchoir il souffle dedans cela fait comme une trompette j'ai dit silence complet monsieur Fougon vous m'entendez il s'essuie le bout du nez roule son mouchoir le fourre dans sa poche il faut tout d'abord opérer avec ordre rechercher premièrement les modifications de notre activité organique rougeur pâleur accélération ou ralentissement des mouvements du cœur sueur froide tremblements bourdonnements d'oreille rire larmes je voudrais bien savoir ce que fait Laigneau il a l'air très occupé il surveille le patron du coin de l'œil mutisme ou flot de paroles cris bégaiement et peut-être paralysie je n'y comprends rien tiens j'avais oublié ce cahier-là on ne s'en sert pas souvent je n'ai écrit que sur la première page il fait plus chaud à Bayonne qu'à Saint-Brieuc mais plus froid qu'à Ajaccio pourquoi ai-je mis deux fois Cannes Fougon se gratte la gorge silence la queue du chat balance ah le livre unique de français cours supérieur deuxième année ouvrage adopté par les écoles primaires de la Ville de Paris tous droits de traduction de reproduction et d'adaptation réservés pour tous pays copyright by Librairie Hachette 1928 23525 le monde moins l'Europe ceux de la classe au-dessus ont l'Europe moins la France on voit Londres et la Tamise sur la couverture tiens voilà mon Caustier il est plus petit que je ne croyais ce n'est pas le même vert que le Malet et Isaac pourquoi est-ce toujours les mêmes auteurs je préfère celui des grands de la Révolution à la période contemporaine à la fin du livre c'est le plus intéressant ce qui s'est passé il n'y a pas longtemps mais je n'étais pas né l'occupation de la Ruhr des tanks français défilent dans les rues allemandes on voit des pancartes en caractères gothiques des gamins en casquette les mains dans les poches regardent passer les soldats les pavés sont luisants comme s'il avait plu c'est dommage que le livre s'arrête là il ne s'est donc rien passé depuis pourtant on parle toujours d'Hitler et de Mussolini c'est le nom des deux cochons de mon cousin Maurice les mathématiques de A. Millet c'est encore Hachette toujours Hachette comme Jeanne Hachette c'est peut-être la même famille il n'y a presque plus rien dans mon casier maintenant en passant la main on sent les fibres du bois tiens une pelote de ficelle que fait-elle là et deux billes si elles se mettaient à rouler elles seront aussi bien dans ma poche un petit calendrier parfumé il est de l'année dernière peut-être qu'il pourra resservir dans onze ans Fougon ne regarde toujours pas heureusement qu'il ne bouge pas de son bureau sinon qu'est-ce qu'il dirait de voir toutes mes affaires empilées à côté de moi sur le banc Coutaleur continue de travailler comme s'il ne s'apercevait de rien s'il fait un mouvement tout va s'écrouler encore un cahier je l'avais oublié justement j'en ai besoin ce sera pour tout à l'heure c'est assommant ces histoires de mobiles qui ne partent jamais à la même heure quelle heure est-il que c'est long que c'est long une personne manque le train de sept heures à Bellerive et cetera sachant que la distance et cetera je ferai un graphique tant pis s'il est faux cette fois mon casier est vide mais je ne me souviens plus de ce que je cherchais

Le cactus

Quand j'étais dans les « primos », notre classe se trouvait dans l'aile du bâtiment qui donnait sur la cour d'honneur. Quelquefois, après le déjeuner, je venais y étudier ma leçon de violon. Au bout d'un moment, j'étais pris d'une envie irrésistible et, comme il me fallait, pour me rendre aux cabinets, traverser tout le bâtiment et la grande cour, je trouvais plus simple, puisque j'étais seul et qu'on ne me voyait pas, d'uriner dans la terre brune qui remplissait la caisse d'une cactée, juste au pied de l'escalier, dans le vestibule d'entrée. Toutefois, je ne laissais pas d'être inquiet pour la manière dont la plante réagirait à la suite de ces arrosages répétés. Aussi, quelle ne fut pas ma surprise quand, quelques semaines plus tard, je vis éclore de minuscules cactus qui paraissaient faire une garde d'honneur à l'ancien, dont la tige était épaisse et les feuilles opulentes et couvertes de ces piquants que les grands appelaient des « poils de belle-mère » !

Jeux d'enfants

Au fond de la cour, dans chaque préau, se trouvaient les cabinets. Lorsqu'on y entrait, on déposait sa ceinture à cheval sur la petite porte à mi-hauteur, pour faire voir qu'il y avait quelqu'un. Devant le trou noir aux relents méphitiques qui s'ouvrait dans la faïence généralement souillée, on voyait en surplomb la forme de deux pas portant en relief un quadrillage de hachures. On accusait les externes d'être plus sales que les autres, de se torcher avec les doigts et de les essuyer ensuite aux murs.

Souvent, par plaisanterie, lorsqu'un gamin entrait, on attendait qu'il se fût baissé pour ouvrir toute grande la porte. Comme celle-ci, la plupart du temps, s'était rabattue entièrement et que son loquet s'accrochait aux ferrures du cabinet voisin, l'enfant se précipitait au-dehors en hurlant et présentant son derrière nu. Parfois, il s'empêtrait dans ses culottes tombées sur ses chevilles et, avant qu'il pût tirer la porte avec effort, son supplice durait longtemps, cependant qu'on riait aux éclats.

A côté des cabinets s'alignaient les urinoirs, des stalles d'ardoise qui, dans leur partie inférieure, étaient comme rongées par la rouille. Par endroits, la surface était squameuse et présentait des colorations étranges qui rappelaient celles que montrent certaines algues déposées par la mer sur le rivage. « Viens, je te paie un schiste ! » était l'expression dont on usait couramment pour inviter quelqu'un à uriner de conserve. Le jet venait heurter avec force les parois d'où s'élevait, l'hiver, une petite fumée, cependant que de minuscules gouttelettes retombaient sur les mains qu'elles piquaient comme des aiguilles. Naturellement, c'était à qui monterait le plus haut et franchirait l'obstacle proposé par la cloison intermédiaire. Un jour, l'un des jumeaux Têtard (qui se ressemblaient au point que je n'avais pu les distinguer jusqu'alors) fut ainsi copieusement arrosé. Son front ruisselait; des gouttes s'accrochaient à ses narines cependant qu'en riant il cherchait son mouchoir. Avisse, qui avait fait le coup, n'en était pas peu fier. A quelque temps de là, le directeur intercepta pendant l'étude un bout de papier sur lequel on pouvait lire :

« AVISSE

« *Le maire de la commune a décrété que tout chien qui pisse lève la cuisse.* »

« *Le Maire,*
« *signé :* AVISSE. »

Quant aux frères Têtard, je ne les confondis plus après la mésaventure qui avait épargné Georges, mais semblait avoir marqué Jérôme d'une façon indélébile.

La fin du monde

Un soir d'hiver, comme nous quittions le réfectoire et nous apprêtions, juste avant la dernière étude, à passer quelques instants dans la cour obscure, nous fûmes frappés, en arrivant sur le perron, par un étrange spectacle. Dans sa plus grande partie, le ciel était embrasé; d'immenses rayons d'une lumière sanglante, comme ceux du soleil, en été, à l'heure du crépuscule, mais qui venaient du nord, dessinaient la figure d'un gigantesque ostensoir. Nos visages, tout comme les toits ou les arbres, baignaient dans une clarté irréelle. Mais ce qui nous frappa plus encore, ce furent les formes changeantes qu'empruntaient les rayons; ils étaient animés en effet de mouvements perceptibles et qui donnaient chaque fois naissance à des transformations nouvelles. On voyait tour à tour à leurs extrémités des dents de scie, puis des festons, des créneaux; soudain se déroulaient de magnifiques escaliers de lumière; un instant après, c'étaient de grandes orgues; puis les longs plis de mouvantes draperies se mettaient à flotter doucement dans l'espace. On ne se lassait pas d'admirer cette fantasmagorie qui déployait ses fastes au-dessus de nous; chacun restait le nez en l'air, muet de stupeur, n'osant confesser à son voisin la frayeur qui le gagnait et dont il n'eût pu se déprendre, à la rigueur, qu'au prix d'une explication satisfaisante du phénomène. Or, Fougon, qui avait été alerté, demeura planté, lui aussi, sur le perron, et interrogea en vain le ciel ardent. Il fit mine de se rallier à l'idée d'un gigantesque incendie — mais quel brasier pouvait porter ses feux aussi haut, aussi loin dans l'espace? Il ne se trouvait pas à proximité d'usine ou de raffinerie; toute la région ne vivait que de l'agriculture, et Paris était à plus de cent kilomètres.

Bientôt, l'on nous fit monter en étude. Par les fenêtres, sur lesquelles, d'ordinaire, pesait la nuit, le même spectacle surnaturel s'offrait à nos regards; et le surveillant, par moments, venait appuyer son front contre la vitre, et s'en retournait à sa place, toujours silencieux. Sur cette étude du soir, d'habitude assez brève et somnolente, planait soudain un silence angoissé. Les petits surtout étaient effrayés; parmi les grands, quelques-uns ricanaient, disant que c'était la fin du monde; mais d'autres montraient un air grave et préoccupé.

Au dortoir, comme on faisait chaque soir, on tira les rideaux gris des fenêtres; puis, on éteignit les lumières. Toutefois, quand les yeux se furent habitués à l'obscurité, la clarté rose s'infiltra et s'étendit au plafond. Je ne pouvais détacher mes yeux de ce reflet et, sur le point de m'endormir, et alors que j'apercevais encore des grands perchés aux fenêtres et occupés à scruter la nuit rougeoyante, je pensai que certains de mes camarades, à mes côtés, devaient faire à voix basse leur prière. J'eus une pensée pour mes parents, dont le village était plus proche encore du feu central ; et je songeai que, peut-être, je ne me réveillerais pas.

Au matin, j'entendis le pas de Fougon dans les couloirs et le bruit que faisaient ses clefs. J'ouvris les yeux. Combien rassurante alors me parut la lumière du jour naissant qui passait derrière les rideaux ! Fougon s'avança à grands pas vers la cabane du surveillant qui se leva à la hâte. Les deux hommes conversèrent un moment dans l'allée centrale ; puis, comme les uns et les autres se dressaient dans leur lit, Fougon éleva la voix et expliqua (la T.S.F. venait de l'annoncer) que ce qu'on avait vu dans le ciel n'était autre qu'une aurore boréale. Le phénomène, il est vrai, était assez rare dans nos régions. Tout de suite, je me rappelai la planche du dictionnaire Larousse que j'avais cent fois regardée : on y voyait en effet, parmi les météores, une aurore boréale.

Le jour suivant, les journaux rapportèrent les interprétations les plus extravagantes que, dans leur ignorance, les gens avaient données du phénomène. D'aucuns, dans les campagnes, croyaient que la cathédrale de la ville voisine brûlait. Pour d'autres, la guerre avait éclaté, et les avions ennemis, en déversant leurs bombes, avaient transformé notre pays en un immense brasier. D'autres encore apercevaient la lueur des incendies allumés par la guerre civile en Espagne ; et cette teinte rouge que prenait le ciel n'était autre que le reflet de tout le sang versé par les innocentes victimes de ceux qu'on appelait les « Rouges ». Un peu partout, on envoyait des voitures de pompiers sur les routes à la rencontre de flammes surnaturelles. On priait dans les églises ; et, au petit matin, beaucoup de ceux qui avaient cru lire, dans ce prodige nocturne, les traits de feu de leur destin, pensaient l'avoir échappé belle.

La salle de la liberté

A l'époque du Front populaire, on institua, dans les écoles, ce qu'on appelait les « loisirs dirigés ». Lorsqu'il nous fit part de la nouvelle, le directeur nous informa que, le samedi après-midi, chacun de nous aurait dorénavant le choix entre cinq classes de loisirs : une classe sérieuse, celle de lecture; une de peinture; une de travaux manuels et de découpage; une autre de jeux éducatifs et de musique; enfin, une classe dite « de liberté », où l'on pourrait faire ce qu'on voulait, et même au besoin se reposer. Comme je ne souhaitais être ni avec le directeur, qui dirigeait la séance de lecture, ni avec Baugé que je voyais bien trop souvent déjà en classe de mathématiques, et que je n'avais pas de goût pour les travaux manuels, je fis choix, peut-être un peu par bravade, de la salle de liberté, pour laquelle on avait réservé le gymnase.

Nous nous retrouvâmes donc à quelques-uns dans ce hangar désolé où pendait du faîte la barre fixe et les agrès et où nos pas résonnaient sur le sol cimenté. Nous avions pour nous surveiller un nouveau venu, un Corse, nommé Monoto, qui ne laissait pas d'inquiéter. Petit, noir et nerveux, Monoto, à peine arrivé, avait donné des preuves de sa brutalité en distribuant sans compter gifles et coups de pied au derrière, ce que ne se permettaient pas la plupart des autres surveillants.

Après avoir refermé la grande porte et tiré le verrou pour nous empêcher d'aller dans la cour, Monoto commença par nous donner l'impression que nous étions en prison. Puis il se mit à arpenter la pièce d'un pas onduleux et en nous jetant au passage des yeux sournois. Nous nous consultions du regard, hésitant à entreprendre quoi que ce soit, lorsque l'un d'entre nous, avec décision, agrippa la corde à nœuds et commença de monter. Coup de sifflet de Monoto : « Nous ne sommes pas en classe de gymnastique! » L'élève redescend lentement. Alors le Paxon, tirant de sa poche le jeu de cartes qu'il a toujours sur lui, attaque avec un autre une partie de poker. Monoto, de nouveau, intervient : « Pas de cartes ici! Nous ne sommes pas au café! » Et il s'empare du jeu du Paxon. D'autres ayant envoyé rouler des billes sur le ciment de la salle, Monoto se précipite : « Ce n'est pas l'heure de la récréation! » Et il confisque les billes, ainsi qu'un ou deux gros biscaïens auxquels leurs propriétaires tiennent tant. « Mais alors, proteste quelqu'un timidement, que peut-on faire? — Rien! » réplique sèchement Monoto, qui ajoute : « Si vous avez choisi la liberté, c'est pour ne rien faire! » Alors, il nous traita de paresseux et interdit à quiconque, sous peine de sanctions, de se livrer à la moindre distraction. Mieux encore : il nous contraignit à rester debout, nous invitant tout au plus à nous promener dans la pièce, sans jamais nous asseoir.

C'est ainsi que je fis, ce jour-là, l'apprentissage de la liberté.

Roger Goujon

Roger Goujon était de Cernay, un village au bord de la Vivonne, où j'avais accompagné plusieurs fois mon père à la pêche. Son frère aîné, Pierre, était grand et fort; il dominait les surveillants de sa haute taille. La seconde année, Pierre nous quitta pour entrer aux Chantiers de Vierzon, où je l'imaginai, dans la fumée des hauts fourneaux, tapant tout le jour sur d'énormes enclumes.

Roger Goujon avait une tête quelconque, avec des yeux gonflés et un nez rouge, car il était toujours enrhumé. Ses parents étant instituteurs, ils fréquentaient les miens, et je fus autorisé à passer un dimanche à Cernay, d'où je repartirais le soir pour la pension en compagnie de Roger, qui avait un tandem.

Il faisait beau. Nous roulions dans les rues du village, et j'avais en permanence sous les yeux l'échine courbée de Roger, ainsi que son derrière posé sur la selle étroite. Nous nous arrêtions sur le pont de pierre qui enjambe la rivière et restions quelque temps à surveiller les poissons. Des pêcheurs ramenaient tranquillement leur ligne, saisissant au vol l'hameçon où s'accrochait une gouttelette. Au clocher, l'horloge sonnait trois heures : comme le temps passait vite, dès que je n'étais pas en pension! Dans les prés en contrebas des vaches tachées de roux, après avoir paru longtemps immobiles, le museau au sol, bougeaient soudain le pied ou jetaient la queue de côté, indifférentes au manège d'un chien noir et frisé qui courait comme un fou en aboyant. On voyait plus loin des rangées de pommiers qui annonçaient le Perche, puis des prairies encore, et des étendues boisées et sombres, jusqu'à l'horizon où s'amoncelaient les nuages.

Comme nous repartions, Roger Goujon proposa de me faire rencontrer Suzanne. C'était une jeune fille un peu plus âgée que nous et avec laquelle on pouvait, assurait-il, faire tout ce qu'on voulait. Son frère Pierre, avait-il ajouté, s'était plus d'une fois amusé avec elle, et à nous non plus elle ne saurait rien refuser. Quoique je fusse alléché par la perspective de cette rencontre, je ne manquai pas de ressentir quelque inquiétude : que se passerait-il, en effet, puisque nous étions deux?

Nous trouvâmes assez facilement la jeune fille qui, plusieurs fois, jeta les yeux sur moi avec curiosité. Pourtant, j'eus l'impression que ma présence la contrariait; en tout cas, les réponses qu'elle faisait à Roger trahissaient quelque peu son embarras. Elle était blonde, assez jolie et, vus ainsi à contre-jour, ses cheveux formaient une couronne dorée autour de sa tête. Elle s'excusa de ne pouvoir nous accompagner tout de suite et prétexta une course à faire. Mais elle ne tarderait pas à nous rejoindre, avec sa bicyclette, à l'entrée du bois d'Alluyes, où nous n'avions qu'à l'attendre.

Nous remontâmes en selle et, bientôt, j'aperçus, derrière la cime des arbres, la tour d'Alluyes dont la silhouette massive et marquée des taches vert sombre du lierre, m'était familière. Nous mîmes pied à terre et, avec ensemble, couchâmes le tandem contre un talus. Cependant, j'admirais avec quel air tranquille Roger Goujon se préparait à l'aventure et en parlait comme d'une chose ordinaire. De plus en plus inquiet, j'objectai que nous risquions d'arriver en retard à la pension; alors, jetant un coup d'œil à sa montre, il me regarda avec étonnement. Les sous-bois étaient silencieux et remplis de mystère; seuls, les troncs des bouleaux jetaient par endroits des taches argentées. Nous attendîmes une heure, peut-être davantage. Mais Suzanne ne vint pas.

La ligne Maginot

Mes parents m'emmenèrent à un congrès d'instituteurs qui se tenait à Strasbourg. La cathédrale me parut très haute et, en descendant du clocher, j'eus le vertige, car l'escalier n'en finissait pas de tourner et j'avais constamment sous les yeux, par des ouvertures sur le vide, les toits pointus de la ville. Du pont de Kehl, sous lequel coulait le Rhin, on aperçut l'Allemagne. Je cherchais en vain ce que la rive d'en face pouvait avoir de différent par rapport à la nôtre; c'était le même paysage, les mêmes bois, les mêmes prairies et les mêmes couleurs. Soudain, on entendit des chants qu'apportait une légère brise; en prêtant l'oreille, on pouvait presque percevoir les paroles, bien qu'elles fussent en allemand et fortement scandées. C'était un groupe de jeunes filles qui, en marchant sur un air militaire, faisaient aller leurs bras en cadence le long du corps. On distinguait leurs uniformes d'un bleu sombre, ainsi que leurs cols blancs. Puis nous causâmes avec des soldats qui étaient en faction au bord du fleuve. Comme, à l'époque, nous vivions sans cesse dans la crainte d'une nouvelle guerre, nous leur demandâmes s'ils n'étaient pas inquiets de se trouver ainsi en première ligne. Mais eux nous répondaient avec une assurance tranquille (voire une insouciance) qui nous en imposait; et n'y avait-il pas la ligne Maginot — dont on apercevait, d'endroit en endroit, les fortins et les casemates — pour nous protéger ?

La fête de gymnastique

Un dimanche, au stade, il y eut une grande fête de gymnastique où vinrent des écoliers de tout le département. Pendant des semaines, nous avions longuement répété, à coups de sifflet, des mouvements d'ensemble.

Au jour dit, la foule entourait la pelouse. Le temps était superbe; mais le vent, un vent froid, soufflait avec force; il soulevait les jupes blanches des filles et faisait s'envoler la musique dans les airs. Le spectacle était magnifique de tous ces maillots clairs et de tous ces jeunes dont les bras et les jambes allaient en cadence; on eût dit d'un seul corps aux mille membres étendu dans l'herbe sous le grand ciel bleu. Mille bouches chantaient un hymne composé pour la circonstance :

Oui, dans la lumière
Qui vibre
Légère,

Chantons, chantons,
Chantons
La joie de vivre...

Munich

C'est la fin des vacances; il passe beaucoup d'autos. Les gendarmes vont et viennent, sans paraître toutefois se soucier de la circulation. M. Viala court au bureau de poste, retourne à la caserne, puis arrive, essoufflé, à la mairie. Il porte sous le bras un rouleau de papier; il l'ouvre : ce sont les affiches de la mobilisation partielle. Vite! Il faut alerter le garde champêtre, prévenir le maire, qui est dans les champs à cette heure. Sur la grand-route, les autos passent toujours; elles se hâtent vers Paris, tandis que, sur les trottoirs, les gens forment de petits groupes, attendent, s'interrogent. La mère Bourdieu, qui depuis longtemps ne nous adressait plus la parole, nous pose des questions; et ma mère lui répond, tout comme si l'on n'avait jamais été fâchés.

Quelques jours plus tard, c'était un vendredi, on alla rendre visite, dans l'après-midi, à Mlle Mossibeau, l'institutrice de Berchères-les-Pierres. C'était une vieille fille, qui menait une vie un peu étroite et avait ses petites manies, mais n'était pas désagréable. Elle nous fit entrer dans sa cuisine et, tandis qu'elle jetait sur la table, par-dessus la toile cirée, une nappe brodée où l'on voyait des angelots, mes parents, avec la mine sombre et des gestes las, commencèrent à parler des « événements ». Tout d'abord, Mlle Mossibeau parut s'étonner; mais elle les laissa dire. Soudain, elle s'écrie : « Comment? Vous ne savez pas la nouvelle? » Et elle explique que M. Daladier est rentré de Munich, que la foule l'a acclamé et que la paix est sauvée. On ose à peine y croire; mais, puisque Mlle Mossibeau l'a entendu dire à la T.S.F...

Le retour fut presque gai; mes parents semblaient ressentir un immense soulagement. Pour moi, j'étais mécontent de voir les choses tourner court : j'aurais bien voulu savoir ce que c'est qu'une guerre.

Rédactions

On s'apprêtait à commémorer l'anniversaire de la Révolution française. Déjà, en classe d'instruction civique, nous avions dû copier le texte de la Déclaration des droits de l'homme et du citoyen, qui était long et fastidieux. Puis Fougon nous fit faire une rédaction en nous donnant le choix entre deux sujets :

1) *Décrire l'influence de la Révolution sur la vie des Français d'aujourd'hui.*

2) *Les événements récents ont bouleversé l'opinion. Décrivez l'accueil qui a été fait, dans votre ville ou votre village, à l'espoir d'une paix sauvegardée.*

Chacun trouva que les deux sujets étaient également difficiles, et bien peu surent répondre; ils n'avaient pas connu la Révolution et ne se souvenaient plus déjà de ce qui s'était passé quinze jours plus tôt.

Voyages

On fit plusieurs voyages en autocar. La première fois, on vit les châteaux de la Loire, et je reconnus tout de suite, dans la cour de celui de Blois, l'escalier ajouré que j'avais parmi mes vignettes du chocolat Nestlé. Le château de Chambord était impressionnant; il avait en son milieu un bien curieux campanile. Celui d'Amboise dominait la ville de sa haute silhouette et de sa grosse tour; on disait qu'il appartenait aux descendants des rois de France. A Villandry, l'on joua à se cacher derrière les massifs de buis taillés qui formaient un vrai labyrinthe.

On alla jusqu'en Anjou, à Trélazé, où, dans les carrières, on marchait à chaque instant sur des ardoises qui craquaient sous les pas. Dans la ville proche, tout était de la même coloration grise : les maisons, les toits, les trottoirs; jusqu'au ciel qui avait une couleur d'ardoise. A Blois, on visita la chocolaterie Poulain. On apercevait la pâte marron qui passait dans des tubes et s'écoulait dans des bacs ou des réservoirs; après avoir traversé des machines de part en part, elle ressortait moulée, découpée, empaquetée. Partout régnait la même odeur opulente du chocolat chaud et, dans les allées, se voyaient d'endroit en endroit des récipients où l'on avait jeté des déchets ou des chutes, dont on nous assurait qu'on pouvait les prendre, ce que beaucoup d'entre nous firent. A la sortie, alors que nous étions déjà écœurés, on nous distribua à chacun en souvenir une tablette entière. Pourtant, dans l'autocar, au retour, on voyait de petits paysans qui continuaient de croquer des carrés de chocolat dont ils avaient fait une provision importante, puisque c'était gratuit.

Un autre voyage nous conduisit dans le Puy-de-Dôme. La ville de Clermont-Ferrand nous parut fort triste, car toutes les maisons, comme la cathédrale, y étaient bâties de la même pierre noire. On fit l'ascension du puy de Sancy, que nous cacha longtemps, jusqu'au moment où l'on parvint au sommet, le mont Capucin, qui est placé devant. Souvent, il fallait s'agripper des deux mains aux touffes d'herbe ou aux arbustes; et des paysans, comme le grand Hy, accoutumés qu'ils étaient à leur plaine, ne comprenaient pas qu'il pût exister des montagnes comme celles-ci qui ne servaient à rien. En haut, on trouva la neige; les grands champs éblouissants de soleil formaient par endroits une croûte dont l'épaisseur était visible; il s'en écoulait des sources, des ruisseaux, des torrents. Dans la descente, on se laissa glisser sur les pentes raides en poussant des cris de frayeur et de joie; puis l'on parvint au téléphérique qui nous emmena dans la vallée. On visita une coutellerie à Thiers, et l'on mangea à Saint-Nectaire de grands fromages enfermés dans des boîtes comme le camembert. A Clermont-Ferrand, l'on vit aussi une fontaine pétrifiante, où toutes sortes d'objets, et même des roses, qu'on avait laissés quelque temps dans l'eau, étaient devenus de pierre.

Enfin, nous fîmes un voyage dans la capitale. Nous étions passés de grand matin devant ma maison, dont les volets étaient encore clos, et j'avais aperçu le charretier de Bourdieu qui partait aux champs, assis de côté sur le cheval Bandit que je reconnus fort bien. A Paris, la circulation était malaisée. Je n'avais pas assez d'yeux pour regarder partout à la fois, et la traversée de la ville était interminable. Le car s'arrêta au bord de la Seine. Ce qui m'étonna le plus, alors que nous nous trouvions devant la masse imposante du Louvre, fut de voir que les feux rouges et verts s'allumaient tout seuls. Je me demandais quelle main invisible pouvait ainsi les actionner à intervalles réguliers, en faisant s'arrêter ou repartir du même coup autos, taxis, camions, voitures à chevaux et cyclistes, cependant que les piétons traversaient tranquillement la chaussée dans des passages délimités par de grosses punaises bombées et piquées dans les pavés. Au Louvre, on vit tout ce qui avait trait à l'histoire ancienne qu'on étudiait en classe, et la visite fut bien fatigante; à la fin, je mélangeais tout. Pourtant, je fus vivement impressionné par la taille des sphinx de granit rose, et par les momies dont les bandelettes, marquées de taches rouges, me faisaient m'interroger pour savoir si c'était de la rouille ou du sang séché.

L'après-midi, nous allâmes à la salle Pleyel où l'on jouait des pièces de Molière. Cette grande salle aux murs nus me déçut; sur la scène, le rideau qu'on voyait n'était pas un vrai rideau de théâtre, avec des plis retenus par de gros cordons tressés et dorés; il était fait simplement de tentures d'un velours sombre, et ne se levait pas, mais s'écartait. En outre, nous étions placés trop près de la scène, l'on distinguait un peu trop le grimage des acteurs et, pour apercevoir la salle entière d'un seul coup d'œil, j'étais obligé chaque fois de me retourner. Dans *Le Médecin malgré lui*, un personnage chantait en caressant sa bouteille comme si elle eût été un petit animal; puis il recevait des coups de bâton, mais je voyais bien qu'ils n'étaient pas vrais. Dans *L'Avare*, je reconnus au passage la scène avec Maître Jacques, ainsi que le monologue d'Harpagon (lorsqu'on lui a caché sa cassette) qu'on avait appris par cœur.

Le soir, nous étions bien fatigués, et je dormis dans l'autocar pendant le retour.

Carnis, qui n'avait pu nous accompagner parce qu'il était malade, fut bien étonné, deux jours plus tard, lorsque le facteur lui remit, à l'heure du déjeuner, quarante cartes postales que nous lui avions adressées de Paris.

Dimanche matin.

Les grands ont quitté l'étude ils ont bien de la chance tous les dimanches ils sortent un quart d'heure avant les autres ils montent au dortoir ils se rasent je voudrais bien pouvoir me raser moi aussi mon oncle de Charleville qui a la peau bleue et des poils sur les bras et la poitrine m'a dit qu'il avait commencé à treize ans c'était pour s'amuser et les poils ont poussé partout à présent il lui faut deux heures chaque matin ça ne fait rien j'aimerais avoir de la barbe heureusement qu'en bas cela commence à pousser mais il n'y en a pas encore beaucoup si je les coupais ça pousserait plus vite j'essaierai une fois aux cabinets avec mes petits ciseaux je pourrais aussi me frotter avec de l'huile de ricin il paraît que ça fait venir les poils c'est curieux les femmes n'ont pas de barbe mais des poils sous les bras ceux de ma sœur sont très longs ma tante Sophie a des moustaches mais celles de mon oncle Humbert sont encore plus longues on pourrait y mettre le feu faites attention certaines de vos phrases donnent l'impression de n'être pas finies elles sont incorrectes il leur manque un verbe des verbes je veux des verbes et de l'action Fougon m'a mis neuf sur vingt ce n'est pas beaucoup je voudrais bien savoir la la la la la la pourquoi les femmes blondes ont les poils du cul noirs il lit maintenant nos lettres il a presque terminé sur le coin de son bureau la pile est toute de travers les enveloppes ne sont pas de la même couleur certaines dépassent c'est curieux il n'a rien dit il ne s'est moqué de personne cela n'arrive pas souvent tiens voilà Loiseau qui lève la main Fougon ne le voit pas Loiseau ne lève pas la main assez haut Fougon s'esclaffe écoutez mes enfants ce qu'écrit Hy à ses parents chers parents aujourd'hui j'ai mal aux tripes tout le monde rit Hy aussi il est tout rouge Loiseau se fatigue son coude s'abaisse seule la main reste droite l'index se lasse on dirait une virgule à l'envers qu'est-ce que va dire Fougon c'est toujours la même chose vous avez toujours envie de sortir cette fois Fougon l'a vu tu ne peux pas tenir ton robinet fermé jusqu'à la fin de l'étude non tu n'iras pas patiente encore un peu mais voilà Mickey qui lève aussi le doigt il dresse son bras très haut toi aussi m'sieur je peux plus me retenir mais c'est une épidémie vous vous êtes donné le mot ma parole allons bon voilà que j'ai envie moi aussi je n'osais pas me le dire parce que rien que d'y penser ça fait venir l'envie cette fois c'est sérieux bon dit Fougon vas-y toi Loiseau et Mickey ira ensuite ne traîne pas dans la cour ou dans les couloirs tu m'as compris et ne cours pas dans les escaliers doucement la porte s'il te plaît au début c'est agréable ça tient chaud au ventre ça occupe l'esprit j'aime bien avoir envie quand je peux y aller des fois il m'arrive de me retenir le plus longtemps possible du moment que je sais pouvoir aller aux cabinets c'est agréable ensuite de se soulager ça coule le jet est droit et régulier comme une fontaine ça fume sur les murs en hiver et puis quand c'est fini on se sent très malheureux on éprouve un grand vide on n'a plus envie c'est comme quand on a soif on boit on boit et l'on regrette presque de n'avoir plus soif je ne sais pas comment m'expliquer cela voilà Loiseau qui remonte il a fait vite Mickey se précipite il n'a pas attendu que Fougon lui donne la permission il tient sa culotte on rit Fougon aussi parce que c'est Mickey il a claqué la porte Fougon ne dit toujours rien il dévale les escaliers j'entends son pas sur le perron il traverse la cour ses galoches résonnent sous le préau en ce moment il déboutonne sa braguette il a bien de la chance de s'appeler Mickey si je pouvais en faire autant non je ne pourrai jamais attendre la fin de l'étude je vais demander lever le doigt je n'oserai pas si j'avais su j'aurais demandé le premier maintenant c'est trop tard je pourrais remplir la cuvette Fougon ne voudra jamais me laisser descendre s'il n'y avait pas cette histoire de cuvette je serais heureux c'est bientôt la fin de l'étude deux passe encore mais trois c'est trop pourquoi pas toute la classe et si tout le monde avait envie en même temps il faudrait avoir un tuyau de caoutchouc et faire pipi dans une bouteille Mickey ne remonte pas il en profite ça me fait mal jusque dans le ventre c'est normal je dois avoir une grosse vessie pourquoi ne montre-t-on jamais ces choses-là dans les livres de sciences nat' c'est toujours l'homme et jamais la femme est-ce que les filles d'à côté ont la femme dans leur livre et non l'homme mais que fait donc Mickey le mieux est de serrer les jambes ça emprisonne l'envie ça renferme la douleur combien de temps peut-on rester comme cela est-ce qu'on en meurt est-ce que la cloche va sonner bientôt pourquoi faut-il qu'il y ait une étude aussi longue le dimanche matin alors que le dimanche est fait pour se reposer j'aurais dû dire au début que je voulais aller à la messe c'était si simple maintenant c'est trop tard ils ne sont pas nombreux quatre seulement en sortant de l'église le grand Janequin les autorise à acheter des bonbons chez Spitz est-ce que mes parents viendront me voir aujourd'hui voilà Mickey qui remonte il jette un regard par la fenêtre j'ai vu briller ses lunettes il ouvre la porte doucement cette fois eh bien ce n'est pas trop tôt où es-tu allé faire pipi au fond du jardin pour avoir mis tant de temps non m'sieur j'avais une grosse envie on rit allez va à ta place maintenant et la prochaine fois je ne t'autoriserai pas plus de deux minutes est-ce que je vais lever la main ô mon Dieu bon Dieu de nom de Dieu de bon Dieu cela devient difficile de faire autrement je ne le ferai que si Fougon me regarde il verra bien que je me secoue à mon banc allons bon voilà Fresneau qui lève la main non crie Fougon qu'est-ce que vous avez tous ce matin si tu n'es pas capable d'attendre tu n'as qu'à faire dans ta culotte demande des conseils à Colli-

gnon il te dira qu'il n'a pas besoin de ma permission pour faire pipi au lit n'est-ce pas la Pissette Collignon baisse la tête on rit je ne peux plus demander maintenant qu'il vient de refuser à Fresneau cela fait mal j'enfonce mes ongles dans mes paumes mes doigts de pied se recroquevillent dans mes chaussons je serre mes coudes le long du corps je glisse mes poings fermés dans mes poches a-t-on idée d'avoir envie à ce point je voudrais me couper la bite j'ai pourtant été aux cabinets avant de monter mais voilà trois heures d'étude et l'hiver à cause du froid on a plus souvent envie je me demande bien pourquoi c'est drôle en été il fait chaud on boit davantage ce n'est pas ce que j'ai bu ce matin que mange-t-on à midi le dimanche ce n'est jamais la même chose mercredi les pois cassés vendredi c'est le jour du hareng il y a trop d'arêtes je n'aime pas les œufs c'est désagréable sous la dent on dirait des œufs de fourmi la laitance non plus c'est mou je la donne aux autres mais il en reste toujours un peu sur la fourchette je l'essuie avec ma serviette je ne pourrai plus me retenir longtemps encore mais voilà la porte du réfectoire qui claque c'est Paulette je compte jusqu'à dix lentement un deux trois à présent quatre cinq j'ai tout mon temps six sept la cloche la cloche la cloche la cloche la cloche la cloche

La guerre

Il n'est question que du pacte germano-soviétique, et tout le monde dit que, cette fois, « ça va être la guerre ».

Quelques jours plus tôt, j'étais rentré avec ma sœur Suzanne d'un voyage que nous avions fait dans le Midi, où j'avais eu bien chaud. A mesure que nous remontions vers le nord, les gares nocturnes que nous traversions nous paraissaient de plus en plus obscures. Par la vitre du compartiment, je vis, à un arrêt, que les quais avaient une curieuse teinte bleutée; à mon étonnement, je constatai que toutes les ampoules électriques avaient été peintes en bleu; il en était de même des vitres, dans les bureaux, les postes d'aiguillage ou les salles d'attente, et des verrières au-dessus des quais. S'ajoutant dans la nuit à la sonnerie hoquetante et grêle qui se répandait dans les gares désertes, l'effet était sinistre. Je m'endormis pourtant, m'éveillant quelquefois et me sentant presque rassuré par le roulement continu et les secousses régulières du train.

Au matin, dans le petit jour brumeux (nous approchions d'Orléans) passèrent, interminables et tels des fantômes, des trains qui transportaient, sur de longues plates-formes, des camions, des chars, des canons, tous peints de la même teinte grise et recouverts de poussière.

Les jours s'écoulèrent, avec leur lot de nouvelles alarmantes; les gens, cette fois, semblaient se résigner; ils n'espéraient plus, comme l'année précédente, qu'un miracle se produirait. Déjà, plusieurs classes avaient été rappelées.

Durant ce temps, j'étais au lit, avec une éruption soudaine de furoncles sur les jambes; j'attendais que chacun d'eux perçât, l'un après l'autre et, comme naguère dans mon enfance, je me faisais une tente de mon lit, et dérangeais ma mère pour un rien. Les nouvelles m'arrivaient du dehors; j'écoutais les bruits venant de la rue et je surveillais les conversations. A l'heure des informations, le poste de T.S.F. était ouvert en grand, et la voix du speaker, monotone et caverneuse, montait jusque dans l'escalier. J'attendais, me résignant, moi aussi. Mais parfois, la pensée m'effleurait que, si la guerre durait longtemps, je serais appelé comme les autres. J'essayais d'imaginer comment se dérouleraient les combats et me demandais si, comme à l'autre guerre, il faudrait creuser des trous dans le sol pour s'enterrer. Dans *Charlot soldat*, les fantassins, dans leur cagna, avaient de l'eau jusqu'au ventre, jusqu'au cou même, et l'on voyait des rats.

A ce moment, la porte de ma chambre s'ouvrit doucement. C'était mon père. La main sur la poignée, il me regardait et semblait vouloir faire effort pour parler. Alors, il dit cette simple phrase : *La guerre est déclarée*, et s'en alla très vite.

DEUXIÈME PARTIE

Fougon

Cette année-là, les grandes vacances, au lieu de tirer un peu en longueur comme à l'ordinaire, ne manqueraient pas d'agrément : il y avait la guerre. La guerre, c'était ce drame à la fois monstrueux et frivole qui plissait le front des parents et faisait le bonheur des enfants; on piquerait des petits drapeaux sur les cartes, on essayait ces masques à gaz qui vous faisaient les yeux comme des hublots, et l'on verrait enfin de ces combats d'avions qui, peut-être, ne prendraient pas chaque fois plus de trente secondes, comme avait prophétisé, avec des dessins à l'appui, un illustré. Aussi la guerre serait-elle courte, mais bien intéressante à suivre.

La première page des journaux était remplie de gros titres noirs dont je subissais la fascination, n'en ayant vu jusqu'alors de semblables que dans *Paris-Soir*, que mes parents achetaient quelquefois le samedi mais qui portait la date du dimanche. On y lisait toujours quelque événement imprévu ou extraordinaire : le rapide de Marseille avait déraillé en gare de Villeneuve-Saint-Georges; un grand magasin était en feu à Marseille et l'on comptait au moins cent morts; une femme s'était jetée dans le vide du vingtième étage à New York;

Clem Sohn, l' « homme-oiseau », s'écrasait au sol à Vincennes devant trente mille spectateurs; ou encore le dirigeable *Hindenburg* explosait en touchant son mât d'amarrage. A présent, je pouvais lire que les blindés allemands se ruaient sur la capitale polonaise, que Varsovie résistait, qu'elle résistait toujours, ou héroïquement, qu'elle était en ruine mais qu'elle tenait tête à l'envahisseur, puis qu'elle avait capitulé, que les troupes russes étaient entrées en action, que les cavaliers polonais se lançaient contre les tanks, qu'enfin la Pologne, comme un gros gâteau, était partagée en deux. Je mis soigneusement de côté tous ces journaux, imitant en cela ma mère qui, chaque année, en classe, montrait des quotidiens de l'autre guerre, au papier jauni, qui annonçaient en grosses lettres l'armistice du 11 novembre et la fuite de l'empereur Guillaume II.

J'étais déçu, toutefois, qu'il ne se passât rien, ou presque, en France. Les journaux publiaient bien des cartes du théâtre des opérations, mais on n'y voyait nulle part trace du front; la frontière y faisait figure d'un pointillé intangible, le long duquel, de part et d'autre, se déroulaient les deux larges rubans des lignes Maginot et Siegfried. Dans cette terre interdite qui avait nom *no man's land* s'aventuraient des patrouilles et des corps francs; on prenait à l'ennemi un village qu'il n'occupait plus, et dont on exhibait, pour le photographe et comme un trophée, la plaque indicatrice. Il semblait que les deux armées n'eussent d'autre souci que celui de s'entr'observer, et une phrase revenait maintenant dans les communiqués : *Aujourd'hui, rien à signaler sur l'ensemble du front.* C'était à désespérer.

Fougon, qui était capitaine, avait été mobilisé dès les premiers jours. Or, au bout de deux semaines, on apprit qu'il avait été blessé au cours de combats dans la forêt de Bitche — un nom qu'avaient plus d'une fois cité les journaux. Aussitôt, je courus à la caserne de la gendarmerie pour annoncer la nouvelle à mon camarade Guy Courcol, qui depuis un an était avec moi en pension à Bellerive.

C'était un garçon paresseux et instable, et qui avait failli plusieurs fois se rompre le cou, tant il se montrait inconscient du danger. Ma mère, qui l'avait eu auparavant à l'école, disait qu'il était incorrigible et que personne, pas même M. Fougon, n'en saurait venir à bout.

« Fougon est blessé », dis-je en ménageant mon effet. Courcol me regarde, se demande un instant si je ne plaisante pas; il ouvre de grands yeux, cependant que son visage s'éclaire d'un sourire : « Ça, alors! » s'exclame-t-il. Puis il reprend son sérieux, et comme je n'ose exprimer ma pensée : « C'est bien fait pour lui », dit-il. Là-dessus, il m'invite à faire une virée à bicyclette.

Nous roulons quelque temps côte à côte, sans mot dire; bientôt, il se livre, comme il en a coutume, à toutes sortes d'acrobaties; puis il force l'allure, m'obligeant à le suivre. Quand nous sommes bien essoufflés, nous nous arrêtons. « Et toi, me demande-t-il, qu'est-ce que tu en penses? — De quoi? » dis-je pour gagner du temps. « Allons, ne fais pas l'étonné, je te parle ce ... Fougon. » (Je remarque que déjà il hésite à prononcer son nom.) « Moi? Je n'en pense rien. — Tu ne trouves pas, reprend-il, que nous avons suffisamment reçu de gifles, toi et moi? C'est bien son tour! » Et, détournant un peu la tête, Courcol ajoute avec gravité : « Maintenant, je souhaite qu'il meure. »

Les jours passèrent. A la maison, mes parents ne parlaient plus de Fougon, dont on restait sans nouvelles. Puis, un matin, comme je descendais de ma chambre, je vis ma mère qui m'attendait au pied de l'escalier. Elle avait le visage bouleversé des jours de catastrophe. « Tu ne sais pas ce qu'on vient de m'apprendre? » Je m'arrêtai, la main sur la rampe et un pied dans le vide. Elle marqua un temps, puis : « M. Fougon est mort. »

Mes parents vouaient à Fougon une admiration sans bornes. Ils vantaient son caractère, son énergie, sa jeunesse, tout autant que ses qualités de pédagogue. Aussi, après m'avoir vu réussir brillamment le concours des bourses, ne doutaient-ils pas que je pusse, grâce à Fougon, me classer parmi les premiers à l'École normale. Quelques jours plus tard (on était maintenant à la veille de la rentrée scolaire), j'accompagnai mon père chez un marbrier de la ville, comme cela m'arrivait dans mon enfance, lorsqu'il avait *une gravure à faire*. Je le regardais travailler, m'émerveillant toujours de sa célérité, de la précision du moindre de ses gestes, et de l'assurance qu'il montrait lorsqu'il plaçait de biais son ciseau pour attaquer une lettre à la courbe sinueuse. A un moment, il s'arrêta, eut l'air de réfléchir : « Sais-tu à quoi je pense, en ce moment ? » me demanda-t-il. « Non », fis-je, un peu étonné que j'étais de voir mon père s'apprêter à me faire une confidence, ce qui lui arrivait rarement, car il avait une pudeur extrême à l'égard des sentiments qu'il éprouvait. De fait, il hésita un instant avant de se livrer : « Je pense, dit-il, à ton avenir, et à M. Fougon. Tu as beaucoup perdu avec sa mort. Car, le sais-tu, ajouta-t-il, personne ne pourra le remplacer. » Je ne répondis rien et, gardant les yeux baissés, fis mine d'être accaparé par une occupation d'importance, laquelle consistait à frotter un petit caillou sur la pierre dure d'un granit. « Tu m'entends, reprit-il, personne, non, personne... » Je dis « oui » de la tête, et mon père se remit à travailler.

Actualités

La rentrée se fit normalement. Nous eûmes un nouveau directeur, qui s'appelait Chevrier, avait le teint jaune, le cheveu rare, un peu d'embonpoint, et portait, comme la plupart d'entre nous, des blouses grises. Il nous vouvoyait, ce qui ne laissait pas de nous étonner. Il ne semblait pas méchant, ne donnait pas de gifles mais, à la différence de Fougon, qu'on entendait venir de loin dans les couloirs à cause du bruit de son trousseau de clefs qu'il agitait perpétuellement dans ses mains, Chevrier avait une manière traîtresse de surgir dans la salle d'étude sans prévenir, ou bien encore, dissimulé dans l'ombre de l'escalier, de nous surveiller par la fenêtre.

A notre surprise, toutes les vitres de l'établissement avaient été recouvertes, à grands coups de pinceau dont les traces étaient visibles, d'une peinture bleue et opaque, laquelle, déjà, s'écaillait par endroits, ne laissant filtrer du jour qu'une lumière pauvre et triste, triste. (Par la suite, cette peinture se trouva constellée d'initiales, d'inscriptions, de rayures et de dessins dont on ne savait jamais qui était l'auteur.) De même, les ampoules des corridors et du dortoir étaient bleues, ce qui rendait nos visages blêmes et nous faisait vivre, le soir venu, dans une étrange lumière froide. Dans la salle d'étude, il nous fallait tirer de grands rideaux dès qu'on allumait l'électricité. L'ordinaire de nos repas n'avait guère changé, bien qu'on parlât déjà de contingenter le sucre et les pommes de terre.

Encore qu'il ne se passât rien de notable au début, je commençai de me passionner, comme faisaient depuis longtemps les autres, pour les avions, les « zincs », comme on disait. J'appris à reconnaître la silhouette des Potez 63, qu'on voyait souvent passer au-dessus de l'école, puis celle des chasseurs, les Morane familiers, les Curtiss ou les Dewoitine, plus rares. Je me désolais toutefois de ne jamais apercevoir d'avions ennemis, de ces Messerschmitt au bec pointu, de ces Junkers à l'aile large, ou encore de ces longs cigares qu'étaient les Dornier 17 et que les magazines montraient quelquefois, écrasés au sol, cassés en deux et dressant encore le haut triangle noir de leur queue frappé de la croix gammée. Je notais dans un cahier intitulé « Actualités, guerre 1939-40 » des épisodes glorieux, un combat aérien au-dessus de la forteresse d'Heligoland, ou l'odyssée du cuirassé *Graf von Spee* qui, pourchassé par des sous-marins anglais, se réfugia dans un port de l'Amérique du Sud, avant de se saborder au milieu d'épaisses fumées noires.

Josette

Mme Chevrier avait la joue épaisse, le menton double, le teint jaune et la voix quelque peu masculine. Ses cheveux noirs, tirés de tous les côtés, formaient sur le haut de la tête un chignon dans lequel elle piquait de travers des peignes d'écaille. Elle avait été reçue la dernière à l'École normale.

Des trois filles qu'elle avait, la seconde, Josette, était la plus éveillée. Le soir de la rentrée scolaire, elle ouvrit subrepticement la porte qui donnait sur la salle à manger de ses parents (et qui était jusqu'alors condamnée) et, sautillant sur place au bout de la table, vint bavarder avec nous. Je lui demandai son prénom. « Josette », dit-elle d'un air intrépide. Assez stupidement (mais peut-être aussi pour dissimuler ma timidité) je répétai : « Chaussette, chaussette? Ce n'est pas un prénom! » Et, à mon tour, je lui dis mon nom. Là-dessus, elle se sauva. A la fin du repas, son père se montra à la même porte. Il avait l'air fâché. Prenant appui des deux mains sur la table, juste à côté de moi, il cria mon nom. Il regardait par-dessus les têtes et ne s'apercevait pas de ma présence, alors que je levais timidement le doigt. Il me reprocha avec sévérité d'avoir insulté sa fille. Et moi, tout de suite, je le détestai.

Histoire et géographie

Quand la guerre éclata, la plupart des maîtres, étant jeunes, furent mobilisés. Des femmes, dont les maris eux-mêmes se trouvaient aux armées, les remplacèrent. Ainsi, en mathématiques, succéda à Baugé une petite femme menue à la voix fluette et aux gestes mignards. En classe d'histoire, nous eûmes Mme Rouvier, dont le mari, qui était officier, fut tué au début de la guerre, tout comme Fougon. Elle avait un air triste et souffreteux, des cheveux déjà gris, le front ridé et s'enveloppait frileusement dans de grands châles noirs. Ses cours étaient passionnants. Elle traitait les grands problèmes en mêlant à ses explications des anecdotes, des histoires drôles, et même de petits potins. C'est ainsi qu'elle nous conta qu'étant encore étudiante, elle habitait au-dessus de l'appartement de Paul Deschanel, le futur président de la République. Tous les soirs ou presque, Deschanel menait joyeuse vie et, plus d'une fois, la nuit, elle fut réveillée par le bruit que faisaient les bouchons de champagne en heurtant le plafond.

En classe de géographie, Mme Einhorn se montra d'une gentillesse telle qu'il ne vint à l'idée de personne de la chahuter. Elle était si bonne avec nous qu'on pouvait même craindre qu'elle nous fût enlevée. Souvent, pendant ses cours, elle tirait de sa serviette des photos d'un format auquel je n'étais pas accoutumé (n'en ayant jamais vu d'autre à la maison que les traditionnels 6 × 9) et qui montraient Venise, Rome, la Yougoslavie, la Grèce ou l'Espagne. Elle avait pris toutes ces photos en voyageant avec son mari qui, à présent, étant officier lui aussi, se trouvait quelque part dans l'Est.

Pendant les compositions, on pouvait copier à son aise, le livre ouvert et posé sur les genoux, ou même, pour ceux qui étaient au fond, directement sur le pupitre. Mme Einhorn semblait ne s'apercevoir de rien et nous donnait toujours de bonnes notes.

Mlle Thomas-Lamotte

Baugé ayant été mobilisé, ce fut une vieille fille, Mlle Thomas-Lamotte, qui nous enseigna le violon. Mes parents, à qui on l'avait dépeinte comme une personne distinguée, m'emmenèrent chez elle, dans un appartement fort sombre et rempli de choses fanées. Elle les charma par sa conversation et ses manières exquises et, après avoir servi le thé, leur proposa de remplacer mon violon, devenu trop petit, par un autre qu'elle se trouvait avoir justement, qui était d'un prix raisonnable, et dont, aussitôt, elle nous fit admirer le galbe en l'approchant du jour de la fenêtre. Ayant glissé les yeux dans les ouïes, ma mère s'étonna qu'on pût lire à l'intérieur l'indication d'une date aussi ancienne : 1775; ce qui ne manqua pas de faire naître des réflexions profondes sur la brièveté de la vie humaine comparée à celle des objets, nonobstant les guerres et les révolutions, sans parler des fléaux naturels.

Mlle Thomas-Lamotte habitait la ville voisine. Aussi ne venait-elle qu'une fois par semaine, le jeudi, par l'autobus du matin. Lorsqu'elle arrivait, elle posait à cheval sur deux tables son étui de bois brun et, tandis qu'elle en sortait l'instrument, qu'elle l'accordait, ou qu'elle enduisait longuement de colophane son archet, elle me demandait d'une voix douce de répéter ma leçon. Elle ne se fâchait pas et ne me tapait pas sur les doigts si je me trompais; bien au contraire, elle faisait mine de ne pas remarquer mes fautes, et s'empressait de me complimenter si je jouais bien. Lorsqu'elle me parlait, je ne pouvais détacher mes yeux de la verrue qui ornait son front, juste au-dessus du sourcil droit, et j'essayais de voir si elle n'avait pas grossi depuis la semaine précédente. Même lorsqu'elle souriait, Mlle Thomas-Lamotte gardait un visage ingrat que ne parvenaient pas à dérider des cheveux noirs retombant en anglaises sur le col de dentelle. Toutefois, elle nous en imposait par la gentillesse même qu'elle montrait et, la chose était rare, nous n'avions pas trouvé honnête de lui attribuer un surnom, comme nous faisions avec les autres (encore que quelqu'un eût tout de suite suggéré « Lamotte de Beurre ») et continuions de l'appeler « Mademoiselle »; ce qui, au reste, lui allait bien.

Mlle Thomas-Lamotte nous faisait faire beaucoup de solfège, et je trouvais cela assommant. Ce qui me plaisait davantage, en revanche, c'était de jouer à plusieurs, tandis qu'elle nous accompagnait elle-même, des pièces de Schubert, de Mozart ou de Haydn. Tout en jouant, j'écoutais ce que faisaient les autres, au risque de m'embrouiller quelquefois. Les archets montaient et descendaient avec ensemble, cependant que la mélodie, un instant flottante ou comme retenue, reparaissait, sereine, ayant franchi l'obstacle redoutable d'une suite d'accords, et déroulait son long ruban de notes. La musique devenait une chose tangible qui emplissait ma tête d'images inouïes et de sentiments inconnus et, en m'éveillant à l'idée de l'amour, me jetait en rêve dans les bras de quelque femme idéale.

Quelquefois, profitant d'une brève pause, je risquais un regard de côté sur Mlle Thomas-Lamotte, qui, les yeux clos, tirait de son instrument des phrases rêveuses, et je regrettais qu'elle ne fût pas plus jolie.

La drôle de guerre

Au début de la guerre, mes parents achetaient *Le Miroir des sports*, lequel devint, en raison des circonstances, *Le Miroir*. On voyait nos soldats revêtus de peaux de chèvres et qui tiraient à l'aide d'une corde une barrique de vin sur une route enneigée des Vosges; ou bien un général qui, casqué comme un simple fantassin, observait d'un créneau les lignes ennemies à l'aide d'une grosse lunette. Des veilleurs étaient postés dans des arbres. On décorait des soldats à l'occasion d'une revue. Une fois, un gamin était cité en exemple pour avoir fait prisonnier l'équipage d'un avion abattu. Des vedettes aimées du public venaient chanter dans les sous-sols de la ligne Maginot. Et un gros chien était coiffé d'un calot et fumait la pipe. Souvent aussi, on faisait voir ce fameux canon de 75 qui nous avait aidés à gagner l'autre guerre et avait, une fois encore, repris du service.

Au dos des magazines s'étalaient de grandes photos. Un paysan moustachu disait : « *J'hésitais... J'ai souscrit. Et vous ?* Tout le monde ainsi, à tour de rôle, chaque semaine, disait qu'il avait souscrit aux bons d'armement : tantôt c'était un marin, tantôt un homme d'affaires; une autre fois, le garde champêtre, puis un vigneron, une couturière, une vieille femme, un agent de police, et même un écolier qui demandait à un autre si son papa, comme le sien, avait souscrit. En classe, on nous faisait copier sur nos cahiers que, transformés en bons d'armement, les billets de banque deviendraient *avions rapides, tanks énormes, puissants navires, armes terribles*.

Sur les murs, des affiches montraient la carte du monde où se voyaient les grandes taches rouges du Sahara, de l'Inde, de l'Australie, du Canada, opposées à celle, minuscule et noire, de l'Allemagne. Toute l'Afrique, ou presque, était contre les Allemands. Et l'affiche proclamait, ce qui allait de soi, que nous vaincrions parce que nous étions les plus forts.

Le soir, à la T.S.F., un ministre qui était aussi un écrivain, Jean Giraudoux, s'adressait aux petits Français, auxquels il prédisait un sort meilleur que celui des enfants allemands. Comme ses propos étaient parfois ennuyeux, les gens préféraient écouter, parce que c'était plus amusant, Radio-Stuttgart, où parlait un Français nommé Ferdonnet et dont on disait que c'était un traître à son pays. Au reste, il avait été condamné par contumace; et un magazine, qui lui consacrait un reportage, montrait le garde champêtre en train d'afficher dans son village natal l'arrêt du tribunal militaire. Cependant la vieille mère de Ferdonnet, qui s'était réfugiée dans un couvent, et qu'on voyait appuyée au bras d'une religieuse, refusait de croire son fils coupable; d'ailleurs, lorsqu'il parlait à la T. S. F., elle ne reconnaissait pas sa voix. Mes parents disaient que Ferdonnet racontait bien des mensonges auquels on ne croyait guère, mais qu'il disait aussi des choses justes, et qu'il nous en révélait d'autres que la censure nous tenait cachées.

Colette

Elle s'appelait Colette; je ne l'avais jamais vue, mais tout de suite, son prénom me plut; il avait quelque chose de léger et de printanier qui mettait de la joie au cœur. Elle était pensionnaire dans l'école voisine. Ses deux frères, plus jeunes qu'elle, étaient avec moi depuis la rentrée. Leurs parents habitaient Paris, où ils tenaient un grand café boulevard Saint-Michel et qui s'appelait *La Boule rouge*. A cause de la guerre, ils avaient envoyé, comme beaucoup avaient fait, leurs enfants en province; eux-mêmes, en cas de danger, prévoyaient de se réfugier au château de Baudreville, qu'ils avaient acheté récemment, et où ils venaient quelquefois en fin de semaine. Or, ce château, qui n'était en fait qu'une grosse maison bourgeoise du siècle dernier, ne se trouvait qu'à quelques kilomètres de mon village et, dans mes promenades à bicyclette, j'en avais plus d'une fois aperçu la toiture d'ardoise derrière de grands arbres aux branches majestueuses. Bien que l'ancienne propriétaire, une baronne qu'on voyait toujours chaussée de bottes, et qui vivait en solitaire, fût morte depuis quelques années, les paysans parlaient toujours avec révérence du « château et des bois de Mme la baronne », voulant ignorer sans doute les nouveaux acquéreurs qui n'étaient ni nobles, ni de la région, mais qu'on appelait avec quelque mépris les « Parisiens », bien qu'ils fussent originaires de l'Auvergne.

Les frères de Colette me parlaient d'elle; je leur posais des questions; ils me dirent son âge, sa date de naissance, le jour de sa fête (qui était le 6 mars) et me montrèrent sa photographie, où elle souriait et fermait un œil à cause du soleil. Je la trouvai jolie. Je demandai encore à l'aîné, Michel, de me désigner sa sœur dans le groupe des pensionnaires d'à côté. Il se posta avec moi aux fenêtres; nous attendîmes quelque temps, cependant qu'un autre faisait le pet dans le couloir. Enfin, il l'aperçut qui se promenait sous les arbres et me la fit reconnaître grâce à son col blanc dont les pointes s'écartaient sur les épaules. Colette, aussitôt qu'elle vit son frère, lui adressa un signe de la main. Dès lors, au risque de me laisser surprendre par le patron, je passai mon temps, aux récréations, à guetter aux fenêtres la silhouette déjà familière de Colette. Elle traversait la cour, elle tournait la poignée d'une porte, elle pénétrait dans une salle de classe, elle ouvrait ou refermait une croisée, elle s'asseyait à son banc. Déjà, je savais que je l'aimais; mais elle l'ignorait encore : je décidai de le lui écrire.

Je fis acheter par un externe du papier à lettres, car je ne pouvais me servir ni d'une feuille de cahier, ce qui était vulgaire, ni des cartes de bristol que j'envoyais à mes parents, sur lesquelles la plume glissait trop vite, et dont je trouvais la blancheur un peu aveuglante. Je choisis du papier bleuté, avec des enveloppes assorties. Pendant deux jours, je cherchai mes mots, j'inventai mes phrases. Je commençais des brouillons que je jetais aussitôt; puis, je pensai qu'il valait mieux écrire directement, sans faire de brouillon; mais je gâchai inutilement plusieurs feuilles. La première phrase surtout était difficile : comment fallait-il débuter? Je tournais et retournais les mots, les changeant de place et m'efforçant de juger de l'effet qu'ils feraient. Ainsi, devais-je écrire « Depuis déjà longtemps », ou « depuis longtemps déjà », ou encore « déjà depuis longtemps »? La place respective de ces adverbes me causa de l'embarras. A la fin, me jetant à l'eau, j'écrivis :

Mademoiselle,

Depuis longtemps déjà, je ne pense qu'à vous. Vous êtes la seule personne que j'aie connue jusqu'à ce jour. Oui, vous êtes la seule, l'unique, et il n'y en aura pas d'autre. Mon cœur ne bat que pour vous, à chaque instant, le jour, la nuit. Votre image me poursuit jusque dans mes rêves. J'espère que vous répondrez à mon attente et que vous ne serez pas fâchée de la liberté que j'ai prise en vous écrivant les sentiments que je ressens à votre égard; car vous saurez maintenant ce que je ne pouvais vous cacher plus longtemps : je vous aime.

Je fis passer ma lettre par un externe dont la sœur fréquentait l'école voisine et, soulagé par cet aveu, je me sentis tout joyeux. Il ne me restait plus qu'à attendre la réponse, ce que je fis avec confiance. Toutefois, comme les jours passaient et que je ne voyais rien venir, je commençai à me demander si Colette avait bien reçu mon message, comment elle l'avait accueilli, ce qu'elle en avait pensé; enfin, puisqu'elle ne me répondait pas, si elle n'était pas fâchée, etc.

Une semaine plus tard, alors que je ne l'attendais plus, on m'apporta une lettre de Colette, que je mis dans ma poche avec une indifférence feinte; puis, le cœur battant, j'allai m'enfermer dans les cabinets. Je déchirai l'enveloppe; à l'intérieur, le papier était blanc, ordinaire, et l'écriture quelque peu celle d'une écolière. Je lus :

Monsieur,

J'ai bien reçu votre lettre qui m'a causé une vive surprise. En effet, vous ne m'avez jamais rencontrée. Aussi, je m'étonne des sentiments que vous dites avoir pour moi. J'espère que vous ne me faites pas marchez ! (cette faute grossière me fit sursauter, mais ce pouvait être de l'étourderie). *Néanmoins, je consens à être votre camarade ; je ne peux pas vous en écrire plus pour le moment. Sincères salutations.*

Je lus et relus ces lignes plusieurs fois et, quand je les sus par cœur, je détaillai chaque mot et suivis en pensée le mouvement de la main qui avait formé chaque lettre. A la réflexion, il m'apparut que Colette ne s'engageait guère. Il me sembla même qu'elle se méfiait. Pourtant, je crus deviner qu'elle était flattée et curieuse peut-être de me connaître. Sur-le-champ, j'écrivis une nouvelle lettre :

Mademoiselle,

J'ai bien reçu votre lettre ce matin et je ne saurai vous dire combien j'ai été heureux de vous lire. Pourtant, j'ai été chagriné de voir que vous vous méfiiez de moi... Comment pouvez-vous supposer un instant que je plaisante avec ce que je considère comme la chose la plus sacrée : l'amour? Vous vous demandez pourquoi je m'intéresse autant à vous, alors que je ne vous connais pas. Je vous apprendrai donc que, loin d'être pour moi une inconnue, je vous aperçois chaque jour de la fenêtre ; je ne me lasse pas de vous regarder — de loin, hélas! Je suis des yeux tous vos mouvements lorsque vous traversez la cour ou quand vous êtes en classe. Si vous ne me croyez pas, je ne sais comment vous prouver ma bonne foi et la pureté de mes intentions. Faites-moi savoir vite que vous ne me repoussez pas. J'ai tant besoin d'une amitié comme la vôtre qui seule peut consoler ma solitude. A vous, pour toujours.

Par rapport à ma première lettre, je me situais un peu en

retrait, puisque je disais me contenter de l'amitié de Colette après lui avoir déclaré mon amour; mais ce n'était, bien sûr, qu'une feinte : il valait mieux, pour commencer, être prudent. Deux jours plus tard, j'avais une réponse :

Cher camarade,

J'ai bien reçu votre dernière lettre qui m'a rassurée sur plusieurs points, bien que je sois un peu étonnée que vous ayez le toupet de surveiller toutes mes allées et venues ! ! ! Mais je ne vous en tiendrez (sic) *pas rigueur, car je serai si heureuse moi aussi de sentir que je ne suis pas seule et de savoir que quelqu'un pense à moi. J'ai grand besoin de votre amitié, car ici ce n'est pas toujours gai, et je m'ennuie bien souvent, étant si loin de Paris ! Aussi vos lettres me feront toujours plaisir. Votre amie,*

Colette.

C'était encourageant. J'envoyai aussitôt quelques mots brefs, mais définitifs :

Chère Colette,

Votre lettre m'a fait un très grand plaisir. Je ne vis et ne pense plus que pour vous. Quand pourrons-nous enfin nous rencontrer ? Ce jour-là, je vous dirai de vive voix ce que je vous ai écrit la première fois et que je vous répète aujourd'hui : je vous aime.

La réponse vint trois jours plus tard. Cette fois, je m'offris le luxe (sûr que j'étais de ce qu'elle renfermait) d'attendre pour la lire l'heure de midi. Le moment venu, je déchirai l'enveloppe avec la fièvre d'une attente longtemps contenue :

Mon cher,

Merci de votre lettre. Je crois, moi aussi, que je vous aime, et je serai heureuse de faire votre connaissance à la prochaine occasion. Votre grande amie,

Colette.

A l'étude du soir, où Chevrier venait rarement, je sortis le papier bleu, pris ma plume et écrivis :

Ma chère Colette chérie,

J'ai hâte maintenant de vous voir. Quelle tristesse d'être ainsi séparés tout en étant si près l'un de l'autre! (En effet, deux murs seulement et une petite rue nous séparaient.) *J'attends la sortie avec impatience : enfin, nous serons réunis! Dans cette attente, je vous envoie mes plus tendres baisers.*

Nouvelle lettre de Colette, par retour du courrier (ou presque) :

Très cher,

C'est entendu, nous nous verrons très bientôt. Je compte les jours, il n'en reste que douze. Moi aussi, je vous embrasse.

Elle m'embrassait! Comme si cela ne suffisait pas, Colette avait dessiné, dans le coin supérieur gauche de sa lettre, quelque chose d'informe qui devait être un cœur. Ce dessin me parut bien malhabile, et je me demandai pourquoi, au lieu de reproduire la figure si simple et stylisée du jeu de cartes, Colette s'était évertuée à copier dans son livre de sciences naturelles l'image anatomique d'un gros muscle charnu auquel il ne manquait que le tuyau de l'aorte et le dessin des oreillettes et des ventricules! Au dos de l'enveloppe, figuraient des initiales au sujet desquelles je me posai bien des questions : « FPB ». Que pouvaient-elles bien signifier? Je demandai à Sureau, lequel se mit à rire et m'apprit que cela voulait dire : « Fermé par un baiser. » « C'est ta poule qui t'écrit cela? » interrogea-t-il en clignant de l'œil. « Tiens! ajouta-t-il sans attendre ma réponse, je vais te donner un conseil. Si tu veux faire savoir à une femme que tu l'aimes, le moyen le plus simple, c'est de lui pincer le cul! » Je le regardai, éberlué. « Vrai! Je te le jure! » Je crus Sureau sur parole; toutefois, je trouvai cela bien vulgaire et me demandai si un tel geste ne serait pas au-dessus de mes forces.

La sortie approchait. C'était la Toussaint : nous avions deux jours et demi de congé. J'avais écrit à Colette une dernière lettre dans laquelle je lui donnais un rendez-vous dès le premier soir, à deux pas du château de Baudreville, derrière la ferme des Mitouard. Bien qu'elle n'eût pas eu le temps de me répondre, je pouvais penser que l'heure lui conviendrait.

Le matin du départ, ce fut la grande fièvre habituelle. Juste après le repas de midi, au moment où je montais au dortoir afin d'y prendre ma valise et mon sac de linge sale, et me préparais à aller attendre mon autobus à la petite gare, Mme Chevrier me fit dire que les parents des frères Muffat proposaient de m'emmener dans leur voiture; car ils se rendaient au château de Baudreville et devaient de toute manière traverser mon village. Je descendis à la hâte et trouvai, debout dans le corridor d'entrée, un couple derrière lequel se tenait, à demi cachée, une grande fille dont je reconnus tout de suite le col blanc. C'était Colette. Je ne puis dire si, sur le moment, elle me parut jolie : j'étais mal remis de ma surprise; au surplus, je n'eus guère le loisir d'examiner ses traits avec l'attention voulue, ayant à répondre aux questions que me faisaient ses parents. Il me sembla toutefois que ses joues étaient un peu rouges et plutôt charnues, que ses cheveux noirs tombaient sur ses épaules, et qu'elle ne me quittait pas des yeux. Sans doute pouvais-je alors prendre pour de l'intérêt ce qui n'était de sa part que vive curiosité, de la même manière que sa timidité n'était peut-être vaincue qu'au prix d'une certaine effronterie. Mais vite, on traverse la cour d'honneur, on franchit la grille, on range les bagages dans le coffre, et l'on s'entasse à l'intérieur de l'auto. Les parents sont devant; je suis assis à l'arrière et à côté de Colette, qui a à sa gauche ses deux frères, le plus petit étant assis sur les genoux du plus grand. La voiture file maintenant sur la grand-route; on avale les côtes; le pare-brise étroit est rempli par l'asphalte bleu, et les autres voitures se précipitent à notre rencontre.

Serrés comme nous sommes, je sens la jambe de Colette tout contre la mienne, que je n'ose retirer. Je suis assis un peu de biais; j'agrippe d'une main le dossier avant, tandis que l'autre prend appui à l'arrière, derrière Colette, dans le soleil qui jette sur ses cheveux des lueurs irisées. Personne ne dit mot; le moteur fait un bruit doux et rassurant. Colette regarde droit devant elle; ses cils battent, par intervalles, avec lenteur. Vais-je me décider à faire ce que m'a conseillé le grand Sureau? C'est le moment ou jamais de donner à Colette une preuve irréfutable de mon intérêt pour elle. Mais ce geste me paraît si inconvenant que je renonce bientôt à entreprendre quoi que ce soit, me reprochant l'instant d'après ma lâcheté, et trouvant pour justifier mon inertie l'excuse facile qu'on pourrait me voir dans le rétroviseur. Au reste, il est trop tard. Nous avons passé la côte du Gibet et, déjà, j'aperçois mon village. La voiture ralentit, elle s'arrête. Je prends mes bagages, je remercie, et serre des mains, dont celle de Colette, vite, comme si elle me brûlait.

Dans l'après-midi, je pris ma bicyclette et me mis en route pour Baudreville. Je n'avais jamais pédalé avec autant d'entrain. Seul sur la petite route où se voyaient des plaques de boue séchée et des betteraves tombées des tombereaux, je chantais ou criais à tue-tête. Pourtant, à mesure qu'approchait le village, je ralentissais l'allure. Pour un peu, j'eusse souhaité de ne jamais l'atteindre, et qu'il reculât sans cesse en même temps que j'avançais vers lui. Parvenu aux premières maisons, je mis pied à terre et commençai de marcher lentement, le plus lentement que je pus, écoutant à la fois les battements de mon cœur et le léger cliquetis que faisait ma roue libre. Un moment, je faillis renoncer et m'en retourner. J'en venais à espérer maintenant que Colette ne vînt pas ou qu'elle n'eût pas reçu ma lettre. Mais peut-être était-elle empêchée? Ses parents pouvaient la retenir à la maison. Quand se montrerait-elle? Comment l'aborderais-je? Où irions-nous ensuite? Je traversai le village, désert à cette heure. En passant devant le château, je vis, par le portail ouvert, le gravier de l'allée, les murs recouverts de lierre, et la voiture rangée devant les marches du perron. Je continuai jusqu'à la ferme des Mitouard. A l'endroit que j'avais désigné à Colette, je posai ma bicyclette contre le mur d'une grange, et j'attendis. Tout en me dissimulant à demi, je surveillais l'entrée du château. Peu après, je vis Colette qui sortait. Elle traversa la route, tourna la tête dans ma direction, m'aperçut, et me fit un petit signe; mon cœur, aussitôt, battit de plus belle. Mais, au lieu de venir vers moi, elle continua tout droit et, par-dessus un mur en ruine, je l'entrevis dans la cour de la ferme située en face, celle des Gibot. Arrivée à la porte du fournil, elle s'arrêta et serra la main de la paysanne qui avait sur la tête un mouchoir à carreaux noué sous le menton. Elle conversa avec elle, s'appuyant tantôt contre le chambranle, tantôt posant ses poings sur ses hanches; mais, comme elle me tournait toujours le dos, elle ne pouvait guère s'assurer de ma présence. Un quart d'heure se passa ainsi, et je me demandais ce que Colette pouvait avoir à dire d'aussi long à cette vieille femme, qui l'écoutait en hochant la tête et les mains croisées sur sa poitrine. Ensuite, les deux femmes pénétrèrent dans la maison, dont la porte resta toutefois entrouverte.

Cependant, il se faisait tard; le jour tombait vite, et la brume montait des champs alentour. A force d'attendre, sans bouger de ma place, je sentais le froid humide de novembre qui m'enveloppait. Je repris ma bicyclette, traversai de nouveau le village, à pied, calculant la lenteur de ma marche pour mieux perdre du temps, et m'arrêtant parfois pour inspecter le pneu d'une roue, vérifier la tension de la chaîne ou l'engrenage du dérailleur. Comme Colette ne se montrait toujours pas, je me décidai à rentrer, non sans avoir longtemps hésité, ni m'être accordé plusieurs fois des délais de grâce en comptant jusqu'à cent, puis jusqu'à cinquante, enfin — mais très lentement — jusqu'à dix. J'étais fort triste. Pourtant, je trouvais à Colette toutes sortes d'excuses : elle avait peur d'être vue en ma compagnie, si près de chez elle; elle craignait les commentaires des voisins, toujours à l'affût, dans nos campagnes, du moindre indice pour bâtir une intrigue ou propager un commérage. Mais, sans oser me l'avouer, je ne demandais pas mieux que de n'avoir pas à surmonter ma timidité et mon embarras. J'arrivai chez moi à la nuit; mes parents commençaient de s'inquiéter, car ils me savaient démuni d'éclairage. Et la Toussaint se passa comme une sortie ordinaire, avec un peu de pluie, des feuilles mortes roulées par le vent dans la cour, et le bruit des deux girouettes sur le toit.

Aussitôt rentré à la pension, j'écrivis à Colette une longue lettre dans laquelle je m'étonnais qu'elle ne fût pas venue, l'assurais de mon amour pour elle mais me disais prêt, s'il le fallait, à y renoncer. Quoi qu'il advînt ou qu'elle décidât elle-même, je garderais toujours son image gravée dans mon cœur. Deux jours plus tard, l'externe m'apporta une lettre. Sur l'enveloppe, nos initiales étaient entrelacées aussi gauchement que si j'eusse dû tenir Colette dans mes bras. Je ne trouvai à l'intérieur que quatre mots écrits en caractères d'imprimerie : JE VOUS AIME TOUJOURS. Le lendemain matin, je m'apprêtais à remettre ma réponse qui ne tenait, elle, qu'en deux mots : MOI AUSSI, quand, à ma surprise, l'externe refusa de se charger dorénavant de nos messages. La jeune fille qui, de son côté, transmettait les lettres, avait été espionnée, puis dénoncée, convoquée, sermonnée et punie. On ne savait rien de plus. Toute la journée, je ressentis une inquiétude douloureuse et, quand j'allai me poster aux fenêtres du premier étage, je ne le fis, cette fois, qu'avec d'infinies précautions. Au bout d'un moment, j'aperçus Colette dans la cour, attendant d'elle ce signe imperceptible qu'elle me faisait habituellement et qui me mettait la joie au cœur. Elle avait sans doute remarqué ma présence; mais elle se contenta d'avancer en gardant les yeux baissés. Le reste de la journée, je demeurai songeur. Je n'osai m'ouvrir à son frère Michel de mes soucis; jamais plus je ne lui avais parlé de Colette depuis qu'il m'en avait montré une photographie que j'eusse maintenant souhaité de posséder. Il ne savait donc pas un mot de cette aventure, car j'avais lieu de croire que sa sœur avait gardé le même silence.

Le 11 Novembre arriva. Nous n'avions pas classe ce jour-là; mais il n'y eut pas pour autant de sortie, celle de la Toussaint se trouvant trop rapprochée. Un matin, l'externe me conta enfin ce qu'il avait pu savoir. La directrice de l'école des filles, qu'on appelait la *Cathédrale* (ou, plus souvent, pour abréger, la *Cathé*) à cause de sa taille quelque peu monstrueuse et de ses airs de bigote, avait fait venir Colette dans son bureau où l'attendaient les parents de celle-ci, qu'elle avait convoqués pour la circonstance. Sur la table, s'étalaient mes propres lettres, qu'elle avait réussi à se procurer grâce aux soins d'une surveillance empressée. Durant qu'il l'interrogeait lui-même, le père de Colette la giflait avec rudesse. Colette n'avait su que dire; elle avait beaucoup pleuré. Après lui avoir fait une longue leçon de morale, la *Cathé* avait accepté de garder l'enfant, voulant en cela tenir compte des circonstances dues à la guerre; toutefois, elle menaçait de la rendre à ses parents à la première incartade.

Ces révélations firent sur moi l'effet d'un coup de tonnerre, et je me sentis accablé par le remords et la honte. J'avais pitié de Colette, et pensais qu'elle m'en voulait sûrement d'être à l'origine de ses malheurs. J'étais soudain dégrisé; parfois, il me semblait que je sortais d'un rêve; d'autres fois, j'avais l'impression que rien de tout cela ne s'était passé, et que j'étais le jouet d'une illusion. Mais sans doute n'allais-je pas tarder à connaître moi-même la répercussion de ces événements. Je m'attendais à être convoqué, à mon tour, par le directeur et, dans cette perspective, il me fallait faire disparaître au plus tôt ce qui pouvait m'accuser et détruire donc la correspondance de Colette. Toutes ses lettres, que j'avais gardées, pliées en deux, formaient dans ma blouse une certaine épaisseur (je n'avais pu, à mon regret, les placer sur mon cœur, parce qu'il n'y avait pas de poche de ce côté-là). Le plus simple était de les réduire en petits morceaux et de les jeter dans les cabinets. Mais je répugnai tout de suite à cette fin immonde et, après avoir hésité et les avoir relues une à une, j'y mis le feu, et regardai brûler lentement ces reliques de mon premier amour. J'en recueillis pieusement les cendres, qui ne formaient qu'un petit amas noirci, les enfermai dans une boîte de réglisse vide et projetai de les disperser, au cours de la prochaine promenade, dans la nature, ce qui me parut très poétique.

A présent, toutes les fouilles auxquelles pourrait se livrer le patron ne donneraient rien. Sans doute avais-je gravé dans le bois de mon pupitre les initiales « C. M. » (mais il y en avait déjà tant d'autres auxquelles elles se trouvaient mêlées!) de la même manière que, maintenant encore, je les dessinais dans le gravier de la cour, sur la brique des murs, sur l'écorce des arbres, ou promenais mes doigts sur la toile de mes draps, la nappe du réfectoire et la buée des vitres, où les lettres s'inscrivaient sur le ciel et les nuages.

Un soir, en étude, je venais de recopier, en le calligraphiant, le poème de Leconte de Lisle, *Les Éléphants ;* j'étais occupé à enluminer la page de mon cahier avec une application et une patience que je ne montrais pas pour d'autres matières; on voyait

> *les éléphants rugueux, voyageurs lents et rudes,*
> [aller] *au pays natal à travers les déserts*

tandis que, dans un coin (et comme dans un rêve) un hippopotame se baignait dans la fraîcheur d'une oasis éclairée par la lune. Soudain, je levai la tête : le patron était dans l'allée. Je ne l'avais pas entendu venir; il avait ainsi coutume de s'approcher de nous, sournoisement et sans bruit. Il me regardait faire. Un instant, j'imaginai qu'il pouvait me croire en train d'écrire une nouvelle lettre à Colette, et je m'amusai à la pensée de sa déconvenue. Je continuai de dessiner, en ajoutant quelques hachures, et d'une façon plutôt machinale et faussement détachée, comme lorsqu'on se sent observé. J'attendais qu'il me demandât de le suivre dans son bureau pour une explication que je redoutais. Mais non; il restait là, debout, et ne disait mot. Cependant, j'étais au bout de ma patience, et souhaitais que cette scène ne se prolongeât pas plus avant. Je me risquai à lever de nouveau la tête, et rencontrai alors les yeux de Chevrier, des yeux blancs, sans expression. Je crus pourtant discerner sur ses lèvres un léger sourire, comme s'il se moquait ou voulût me montrer qu'il n'était pas dupe. Puis il fit un pas en avant, échappant à ma vue, et vint se placer derrière moi. Au bout de quelque temps, je détournai un peu la tête pour m'assurer de sa présence, et vis qu'il était allé jusqu'au fond de la salle. Il revint sur ses pas, passa à ma hauteur, puis s'éloigna, les mains dans le dos et les épaules rondes. Il quitta ensuite l'étude comme il était venu, sur la pointe des pieds. Jamais il ne me parla de Colette. Moi-même je ne songeai plus à lui écrire; je ne cherchai pas à la revoir, bien que je pusse l'apercevoir, de temps à autre, des fenêtres. Ses parents ne me proposèrent plus de m'emmener en voiture. Je cessai bientôt de penser à elle et, comme je n'avais que quatorze ans, guéris facilement de mon amour.

Les sirènes

Un soir d'hiver, au cours d'une sortie, j'accompagnai mon père à la gare de Châteauneuf où devait arriver, pour une brève permission, le mari de ma sœur Marcelle, laquelle, depuis le début de la guerre, s'était réfugiée, avec ses deux filles, chez mes parents. J'étais resté dans la voiture arrêtée devant la gare, durant que mon père allait consulter l'horaire des trains en provenance de Tours. Des lampadaires, tombait sur la place déserte — il était près de minuit — la même lumière bleue que celle qu'on voyait dans les corridors de la pension. Je regardais la lune qui courait dans les nuages, cherchant à y distinguer, comme naguère dans mon enfance, l'homme qui porte un fagot sur son dos. Soudain, les sirènes se mirent à hurler. C'était la première fois que je les entendais ; ce cri lancé dans la nuit, et plus encore la longue plainte qui suivit, me glacèrent d'effroi. Le silence même qui leur succéda était impressionnant.

Cependant, mon père revenait d'un pas tranquille vers la voiture. Il me disait de ne pas m'inquiéter ; car, des alertes, en ville, il y en avait souvent.

Le marchand de soupe

Après la mort de Fougon, dont ils ne se consolaient pas, mes parents ne purent jamais prendre en estime Chevrier, qu'ils appelaient, même devant moi, un « marchand de soupe ». Quand il fut ensuite mobilisé avec le titre d' « affecté spécial », ils dirent de lui que c'était un « planqué ».

A peu près tous les quinze jours, le soir, on voyait Chevrier entrer dans la cour avec sa traction-avant de couleur beige ; il contournait à vive allure le quadrilatère des tilleuls et freinait sec devant la porte du garage. Il était en militaire et traversait d'un pas rapide les couloirs pour aller chez lui rejoindre sa femme. On ne le voyait pas de la soirée, ou rarement. Le lendemain, en étude, il venait s'asseoir familièrement sur un pupitre pour causer avec nous. Il avait revêtu la blouse grise qu'il portait autrefois. Je trouvais que son teint était cireux, et son air morne et abattu. De plus, je n'étais pas le seul à remarquer qu'il avait les yeux cernés.

Encore une

La mère Chevrier était enceinte. En plus de son triple menton et de sa forte poitrine, elle avait maintenant, sur le devant, cette grosse bosse qui, pour les grands, était un sujet incessant de plaisanteries. Les petits même en riaient sous cape. Elle eut encore une fille; c'était la quatrième, et Chevrier, pendant quinze jours, fut de mauvaise humeur.

Le père Grouille

Le père Grouille était le prédécesseur de Fougon. Lorsqu'il prit sa retraite, on disait de lui qu'il était « au bout de son rouleau ». Il connaissait tant d'échecs aux examens qu'il n'y présentait presque plus d'élèves. Comme il était le père de Mme Chevrier et que le mari de celle-ci se trouva un temps mobilisé comme « affecté spécial » au nord du département, le père Grouille fit un peu l'office de directeur par intérim. C'est ainsi qu'il retrouva quelques-uns de ses anciens élèves, qui étaient maintenant en dernière année.

Avec sa tête chauve et ses besicles, le père Grouille ressemblait à un instituteur de l'ancien temps. Il avait une démarche élastique, des airs sournois, et une voix feutrée, d'une élocution lente, si lente qu'on avait le temps de finir ses phrases dès qu'il ouvrait la bouche pour parler.

Événements

En avril, les Allemands envahirent le Danemark et la Norvège. Une photo montrait un habitant de Copenhague, en pyjama, qui ramassait dans la rue un tract lancé par des avions et où il pouvait lire que les soldats allemands venaient pour les protéger. En mai, ce fut la ruée des blindés dans les Ardennes, par où passaient les invasions dans l'histoire; on prononça le nom de Sedan, déjà tristement associé à celui de Napoléon III; on parlait de « colmater la brèche »; cependant, la ligne Maginot, sur laquelle on se reposait, était tournée, et les Pays-Bas envahis à leur tour. De nouveau, on vit dans les journaux de gros titres. Des bombes tombaient sur les villes françaises; on dénombrait les morts.

Pendant ce temps, nos troupes volaient au secours des populations belges, mais leur marche était ralentie par de longues files de gens qui fuyaient et de vastes chars à bancs, dans lesquels avaient pris place de vieilles femmes et des enfants qui pleuraient. Dans les rues de Bruxelles, des femmes se jetaient au cou des soldats français.

L'alerte

Vers la fin du mois de mai, une nuit, le père Grouille monta nous réveiller en sursaut. Dans l'obscurité du dortoir, il criait d'une voix théâtrale : « Levez-vous! Levez-vous vite! Des avions ennemis sillonnent le ciel! »

Certains n'eurent pas le temps de se vêtir et descendirent en pyjama. Une fois dans la cour, le père Grouille nous fit presser en masses compactes le tronc des tilleuls, ce qui, bien sûr, était absurde; mais nous ignorions nous-mêmes qu'il valait mieux, en cas de danger, se coucher à plat ventre plutôt que de demeurer ainsi, debout, sous la protection illusoire du feuillage.

C'était une belle nuit de printemps, un peu fraîche et illuminée par la lune. Le ciel bourdonnait de bruits d'avions, et l'on entendait des explosions sourdes et des grondements lointains, comme un jour d'orage. Au bout d'une demi-heure, comme il ne se passait rien et que le silence de la nuit était revenu, on remonta se coucher.

Dunkerque

Au début du mois de juin, la situation s'aggrava. On changea de gouvernement et de généralissime. Des fenêtres de la pension, on voyait passer des files de plus en plus serrées de réfugiés. Sur les plaques des autos, on lisait maintenant les numéros de départements du Nord, du Pas-de-Calais, de la Marne, puis de la Somme et de l'Oise. Nos troupes étaient encerclées à Dunkerque; on parlait d'une retraite héroïque. A l'heure des informations, Chevrier ouvrait en grand son poste de T.S.F., et l'on entendait, semant ses échos dans la cour d'honneur, la voix angoissée de Paul Reynaud nous dire qu'il fallait croire au miracle.

Comme les vacances étaient proches, qu'on ne faisait plus grand-chose en classe et que les alertes devenaient plus fréquentes, le directeur, estimant qu'il ne pouvait prendre la responsabilité de nous garder plus longtemps, décida de nous rendre à nos parents. Comme je faisais maintenant chaque semaine, je partis à bicyclette et ne pus donc emporter toutes mes affaires. Je n'avais que quinze kilomètres à parcourir; pourtant, jamais ils ne me parurent aussi longs. J'étais le seul à rouler, sous un soleil brûlant, en direction du nord, et croisais une file ininterrompue d'autos, de camions, de charrettes, de cyclistes. De temps à autre, un convoi militaire tâchait de se frayer un passage en doublant et klaxonnant; leurs conducteurs se livraient à de dangereuses manœuvres à la suite desquelles je faillis, plusieurs fois, être renversé. J'étais affolé de voir tout ce monde et de me trouver dans des encombrements auxquels je n'étais guère accoutumé. Aussi, à Vitray, mis-je pied à terre devant un café pour me désaltérer. Sur l'accotement était rangée une fourgonnette de couleur kaki et dont je remarquai la carrosserie percée de trous. J'examinai avec une intense curiosité les traces de balles ou d'éclats de bombe, et passai même mon doigt, en plusieurs endroits, dans les plaies aux lèvres coupantes de la tôle blessée. A l'intérieur de la buvette régnait une pénombre fraîche; assis autour des tables, des soldats débraillés conversaient avec une insouciance qui contrastait avec la confusion du dehors. Après avoir bu presque d'un trait un grand verre de menthe verte, je remontai en selle.

Mes parents furent rassurés de me voir; ils étaient inquiets de me savoir sur la grand-route où, depuis quinze jours, défilait jour et nuit l'interminable exode. Ma tante de Charleville et son fils Henri (qui avait à peu près mon âge) étaient arrivés, non sans peine; mais leurs malles demeuraient dans une gare en souffrance, ce dont ma tante se lamentait : tout ce qu'elle avait de plus précieux, y compris ses souvenirs, y était enfermé. Comme il n'y avait plus de place dans la maison, ma sœur Marcelle et ses deux filles occupant déjà les autres chambres, ils trouvèrent à se loger chez des voisins : en effet, depuis sa mort, la chambre de Mme Dherbécourt demeurait inoccupée.

C'est à peine si je reconnus mon village tant il était grouillant de monde. Il y avait des soldats partout, sur l'aire de la grange de Bourdieu, dans la cour des fermes, au carrefour de la route des Petits-Bois, dans l'arsenal de la pompe à incendie, enfin dans les deux cours de l'école. Ils avaient tous l'air désœuvré et se promenaient, les mains ballantes, quand ils n'étaient pas allongés dans l'herbe ou assis sur des bancs, les genoux au menton et la tête dans les mains. La plupart avaient une tenue négligée, chemises déchirées et pantalons fatigués, et portaient le calot de travers. Certains étaient abattus et inertes; leur visage, comme poussiéreux et hâlé, avait les traits tirés et inexpressifs, avec des yeux agrandis qui semblaient toujours regarder au loin. D'autres, accablés par la chaleur de juin, ne sortaient de leur somnolence que pour bouger un bras ou une jambe avant de se rendormir. On m'expliqua que c'étaient des rescapés de Dunkerque, qu'ils avaient fui sous la mitraille, le harcèlement des tirs, les attaques des avions, sans vivres et sans sommeil, et qu'ils rentraient d'Angleterre après une odyssée qui les avait menés en Bretagne ou en Normandie.

Il y avait parmi eux un homme d'une assez forte corpulence et âgé d'une quarantaine d'années, le lieutenant Saumire, qui, dans des circonstances exceptionnelles, avait dû se montrer décidé et brave mais qui, à présent, se laissait aller, lui aussi, au désespoir. Il en aurait eu long, sans doute, à nous dire, et l'on sentait qu'il éprouvait le besoin de se confier; mais, comme il tâchait toutefois de garder sa dignité et qu'il ne voulait pas nous démoraliser davantage, il commençait des phrases qu'il n'achevait pas ou dont il perdait soudainement le fil, comme s'il se fût égaré parmi ses propres souvenirs. Aussi sa conversation était-elle toute hachée de silences qui en disaient parfois plus qu'il n'aurait souhaité sans doute. Je l'observais à la dérobée, dans la cour, où, à l'ombre, il s'asseyait sur ce même banc vert qu'on sortait autrefois, au crépuscule, à l'heure où la chaleur tombait, que montait des mares le chant des rainettes et que, par-dessus les cimes du Bois-Général, nous parvenaient, du clocher de Saint-Leu dont on voyait la pointe, les tintements de l'angélus. Qu'il faisait bon de vivre alors! Les dimanches soir, c'était un amusement que de compter les autos, nombreuses et rapprochées, qui rentraient à Paris. Mon père, qui détestait la capitale et les Parisiens, qu'il trouvait insouciants et sans gêne, relevait les numéros des plaques d'immatriculation qui commençaient toujours par la lettre R pour les voitures de la Seine ; c'était RB, RC, RD, et ainsi de suite. Pour RK, il ne manquait pas de commenter : « R-caca » et, pour RQ, il disait en se moquant que c'était « air cul » qu'il fallait lire. Aujourd'hui, les autos passaient en plus grand nombre encore et elles allaient toutes dans l'autre sens. De grosses limousines alternaient avec des cabriolets au speeder surchargé, ou avec des tacots essoufflés (dont certains, tombés en panne, étaient abandonnés sur la berme), ou encore des roulottes, des camionnettes, des motos dont le side-car en forme de cercueil était rempli de bagages ; on voyait jusqu'à des voitures d'infirme, et toutes sortes d'attelages insolites dont certains étaient traînés par des chevaux. Des hommes allaient à pied, portant une grosse valise sur le dos, ou poussant des voitures d'enfant dont les roues grinçaient et pliaient sous la charge. Puis surgissait un convoi de chars dont on se demandait quelle destination mystérieuse le conduisait vers le sud, où il n'y avait ni combats ni agresseur.

Ma mère s'approchait quelquefois du lieutenant Saumire, pour qui elle avait à la fois de l'admiration et de la sympathie ; elle n'osait troubler son repos ou interrompre sa rêverie. Alors, elle l'invitait à partager nos repas, et lui, heureux de pouvoir épancher ses soucis et de trouver avec nous presque une nouvelle famille, confessait l'angoisse que lui causaient les événements de la guerre ; il avouait qu'une pareille défaite de nos armes le stupéfiait. Mon père, qui jusqu'alors s'était montré si souvent sceptique quant à l'issue de cette guerre où, pendant si longtemps, il ne s'était rien passé, reprenait soudainement espoir. Il croyait avec naïveté à la vertu de larges fleuves comme la Seine pour arrêter l'ennemi. Le lieutenant Saumire le laissait dire, mais il hochait la tête et répliquait que les Allemands avaient une armée toute neuve, bien entraînée, selon des méthodes modernes et dotée d'un matériel inconnu jusqu'alors et qui lui permettait, en jetant des ponts de fortune, de traverser un fleuve jugé infranchissable aussi facilement qu'on enjambe un ruisseau. Il soulignait le rôle des unités motorisées dans la bataille, et mon père, narquois, rétorquait qu'il ne voyait pas bien quelle importance pouvaient avoir dans une armée, aussi moderne fût-elle, quelques motocyclistes. Alors, le lieutenant Saumire, qui était passé par les routes du Nord et s'était embarqué à Dunkerque, hochait de nouveau la tête et se taisait. Je lisais sur son front soucieux où se formaient des rides les pensées qui l'assaillaient. Or, les Allemands approchaient de Rouen sur lequel tombaient les bombes, et où habitaient sa femme et ses enfants, dont il était sans nouvelles.

Les Italiens

Un soir, nous étions allés au village voisin, à Saint-Leu, chez nos amis les Pelletier, comme nous faisions souvent à tour de rôle. On prenait le café dans la cuisine d'été, fraîche et un peu sombre, devant laquelle s'étendait la grande cour semée de cailloux. Par-dessus le toit de l'école, je voyais la flèche d'ardoise du clocher tout proche. C'était l'heure où, après quelques coups bien espacés et qui semblaient nous inviter à nous préparer à la suite, les cloches déversaient soudain une cataracte de sons qui faisait s'enfuir les corbeaux. Comme l'endroit était calme pourtant!

A un moment, M. Pelletier tourna le bouton de la T.S.F. On attendait de savoir si nos troupes réussiraient à arrêter les Allemands sur la Seine, car depuis quelques jours, de durs combats avaient lieu près de Forges-les-Eaux. Soudain, le speaker annonça que l'Italie venait de nous déclarer la guerre. Le premier moment de stupeur passé, M. Pelletier, qui était d'une nature placide et plutôt débonnaire, ne put se contenir : « Nom de Dieu! » s'écria-t-il. Et il quitta la pièce. Il revint bientôt, tenant à la main une bouteille de champagne toute poussiéreuse qu'il déboucha sur-le-champ. « Celle-là, au moins, *ils* ne l'auront pas! » dit-il en versant le vin dont la mousse se précipita par-dessus les verres.

On riait, presque nerveusement; et l'on se raccrochait à l'espoir dérisoire que les Éthiopiens, qu'avaient récemment asservis les Italiens, allaient maintenant se révolter contre eux.

La grand-route

Le lendemain, mon père m'emmena en voiture à Bellerive pour prendre à la pension les affaires que je n'avais pu emporter. Afin d'éviter la cohue de la grand-route, il crut habile d'emprunter des chemins moins fréquentés. On suivit d'abord par la route des Ormes, où il n'y avait personne, et où l'auto soulevait derrière elle un gros nuage de poussière blanche. On passa par Fresnay-le-Comte et Le Gault-Saint-Denis. A cette heure de l'après-midi, tous ces villages étaient déserts et semblaient ignorer la guerre. Dans ces oasis où la vie paraissait comme ralentie, des canards glissaient sur le miroir des mares; des poules, une patte en l'air, s'étonnaient de nous voir passer, et des chiens, couchés sur le flanc, dormaient à l'ombre.

Quand on approcha de Bellerive, il nous fallut pourtant retrouver la grand-route, où l'on aperçut la longue file des voitures arrêtée un peu avant l'entrée de la ville. Quand on eut rejoint le flot, on mit plus d'une heure et demie pour parcourir les deux kilomètres qui restaient à faire. Je n'osais regarder mon père, mais surveillais, au tableau de bord, la petite aiguille blanche du thermomètre qui montait, montait, et atteignit bientôt le chiffre cent, cependant que du capot s'échappaient des tourbillons de vapeur.

Enfin, l'on arriva. Je rassemblai à la hâte mes cahiers, mes livres, mon linge, la literie, et réunis trois boîtes qui ne se trouvaient ensemble qu'au moment des vacances : la boîte à cordonnerie, que j'allai chercher sous les combles; la boîte de toilette, que je pris en passant dans le couloir aux lavabos, près du dortoir; enfin, la boîte aux provisions, que je tirai de son réduit obscur, sous l'escalier, non sans avoir grignoté un carré de chocolat qui se trouvait encore dans une boîte voisine.

Un avion

Dans les jours qui précédèrent notre exode, j'étais au lit, un soir, en train de lire. Il était tard, mais je n'avais pas sommeil, et la fenêtre était grande ouverte sur la nuit chaude de juin. J'entendis un ronronnement, d'abord à peine distinct, mais qui se précisa bientôt et augmenta rapidement d'intensité. C'était un avion. Soudain, le bruit déchira la nuit, envahit la chambre, emplit mes oreilles. Vite, j'éteignis ma lumière. Mais déjà, le bruit décroissait, puis s'effaçait; il ne m'en restait que la surprise qu'il m'avait causé : en effet, ce n'était pas celui, continu, et qui m'était si familier, de nos appareils; mais, au contraire, un chant, lancinant presque et modulé, qui ne pouvait être que celui d'un moteur allemand.

Ce passage nocturne me parut être un mauvais présage.

Déjà, quelques jours plus tôt, au crépuscule, nous avions vu passer très vite, au-dessus des toits de Bellerive, plusieurs chasseurs que Lempereur nous dit être des Messerschmitt; ce qui nous procura une singulière excitation.

Le bombardement

Chaque jour, la guerre se rapprochait de nous. L'épicière ne pouvait plus s'approvisionner; le courrier n'arrivait plus, et la T.S.F. ne donnait plus que des nouvelles rares ou alarmantes. La Seine était franchie à Vernon, et un journal que nous avions pu nous procurer annonçait en grosses lettres que Paris était déclaré ville ouverte. On ne parlait que de la « cinquième colonne », dont on voyait les espions partout; dès qu'un passant avait des allures un peu suspectes, on alertait les gendarmes, et des gens rapportaient l'histoire de ces parachutistes tombant du ciel, qui, en touchant le sol, dépliaient une petite motocyclette sur laquelle ils s'enfuyaient.

A présent, c'étaient des autos de la Seine-et-Oise et de l'Eure qui passaient sur la grand-route, puis celles de notre département dont le chef-lieu, qui n'était éloigné que de quinze kilomètres, venait d'être bombardé. On apercevait de la plaine la haute fumée des incendies. Maintenant que les Allemands se rapprochaient, le flot des réfugiés se faisait moins dense, et les autos, un peu plus espacées, roulaient plus vite. Postée à la porte qui donnait sur la rue, ma mère nous criait les noms de commerçants de la ville voisine qu'elle lisait sur les véhicules, ou encore ceux de connaissances ou d'amis qu'elle pouvait reconnaître au passage : « L'épicerie Lécureur! Les transports Royneau! Les Nouvelles Galeries! Tiens, M. Lhermite et toute sa famille, ils m'ont fait signe qu'ils m'avaient vue... Les services de la préfecture! Trois voitures des hôpitaux! La pâtisserie Gerbet! Les Travailleurs Français! Quelqu'un m'a dit bonjour, mais je n'ai pas eu le temps de voir qui c'était... Les ambulances municipales! Les meubles Boutruche! Eh bien, alors! Les sapeurs-pompiers! Qui restera donc pour éteindre le feu?... C'est un comble! »

Ce soir-là, mon père décida que nous partirions, nous aussi. Peut-être, tout d'abord, n'irions-nous pas bien loin; nous nous arrêterions aux Bergeries, où habitait ma grand-mère Joséphine et où nous demeurerions en attendant la suite des événements. L'important était de nous éloigner de la grand-route, et d'être à l'abri des attaques d'avions dont elle ne manquerait pas d'être l'objet.

Toute la nuit se passa à vider des armoires, à ouvrir des tiroirs, à ranger des placards. Ce fut un énorme remue-ménage qui me rappela, en plus grand et plus mouvementé, nos départs en vacances. Mon père, qui se souvenait d'avoir tout perdu à l'autre guerre, eût voulu tout emporter. Or, la maison était vaste; elle contenait beaucoup trop de choses, au gré de ma mère, que j'avais entendue souvent se lamenter : « Avec tout ce que nous avons entassé ici, nous pourrons bien faire une vente quand nous partirons! » Il fallut donc choisir et ne prendre avec nous que l'essentiel; mais ce choix, en si peu de temps, se révélait bien difficile. Devait-on sacrifier la literie? Abandonner le linge? Se résoudre à laisser l'argenterie? Il n'était pas question d'emporter la verrerie, trop fragile, et l'on dut renoncer à emballer les flûtes de cristal achetées à la vente du château de Meslay, et auxquelles on tenait tant.

Dans la cour obscure, j'apercevais la silhouette luisante de la voiture sur le toit de laquelle s'empilaient quatre épaisseurs de matelas (c'étaient ceux qui garnissaient les quatre lits de la maison). Mon père ajoutait encore, sur le dessus, des couvertures, un couvre-pieds, puis une grande bâche verte et un peu délavée, comme celles qui, dans les champs, protégeaient le haut des meules inachevées. Des cordes, assujettissant le tout, étaient reliées aux quatre coins du véhicule. Le coffre une fois rempli, on avait entassé sur son couvercle des sacs et des ballots contenant du linge. Enfin, à l'avant, sur chaque aile, était arrimée une valise au couvercle bombé. Un grand sac, de la taille d'un adulte, ne put trouver sa place; on y avait entassé trente draps d'une toile bise et au toucher rude, qui nous venaient de différents héritages et dormaient depuis toujours sur les planches d'une grande armoire dont la corniche touchait le plafond, dans la chambre de ma sœur Suzanne. A contrecœur, on les laissa, au dernier moment, dans le vestibule d'entrée.

Mon père avait souhaité de partir de grand matin, comme nous faisions chaque fois aux vacances; c'était toujours, dans ces cas-là, un va-et-vient incessant d'une pièce dans l'autre, et la nervosité croissait à mesure que mon père donnait des signes d'impatience. Pour une fois, nous ne fûmes pas prêts, et la matinée passa, puis l'heure du déjeuner. On mangea sur le pouce, sans prendre le temps de s'asseoir. Mon père, de temps à autre, allait vérifier la tension des cordes ou inspecter les amortisseurs de la voiture; il s'inquiétait de la charge qu'elle aurait à supporter, car nous serions huit à y trouver place; aussi, avec son habitude de ne rien laisser au hasard, mon père avait-il exigé qu'on fît l'essai : à l'arrière, ma mère, ma tante de Charleville, qui était assez corpulente, ma sœur Marcelle et, assises en face d'elles sur des valises, mes deux nièces qui n'avaient qu'une dizaine d'années. J'étais à l'avant, sur les genoux de mon cousin Henri, et avais entre les jambes la longue boîte qui renfermait mon violon.

Au début de l'après-midi, on était enfin prêts. Le temps était gris et le ciel sale. Mon père fermait les portières et allair ouvrir le portail, cependant que ma mère, pensive, attachait un dernier regard sur cette grande maison qu'il nous fallait quitter pour fuir vers l'inconnu peut-être. A ce moment, un roulement prolongé comme celui de l'orage se fit entendre; ce ne pouvaient être que des bombes qui tombaient dans un endroit assez rapproché; mais je me rassurai aussitôt en songeant que la troupe, qui encombrait le village et risquait d'attirer l'attention des avions, étant partie depuis deux jours, nous ne courions plus aucun danger. Mon père revint, s'installa au volant, et l'auto, lentement, pesamment, avança sur les cailloux de la cour; elle franchit le portail, laissa passer quelques voitures de réfugiés maintenant plus rares. Puis, comme mon père avait coutume de faire, il s'arrêta sur l'accotement d'en face, le temps de refermer les grilles. Il y avait devant nous une auto arrêtée et dont le toit était recouvert d'une grande andrinople, ce qui fit dire à l'un de nous que cette couleur rouge ne pouvait que nous faire remarquer davantage, et que c'était peut-être le fait, une fois encore, de la Cinquième colonne. A ce moment, je vois mon père qui lève la tête en direction du ciel; puis il s'élance sur la chaussée, il court jusqu'à nous, il rouvre les portières, il nous crie de descendre vite et de nous mettre à l'abri dans le fossé. Chacun quitte son siège non sans peine, les pieds s'empêtrent dans les valises qui culbutent; ma tante, surtout, n'en finit pas de sortir. Tout en courant, je me retourne pour regarder venir les avions qui volent côte à côte, dans l'axe de la grand-route et forment un triangle irréprochable. Ils s'avancent au-dessus de nous avec une majestueuse lenteur. Mais déjà, les mitrailleuses crépitent. J'entraîne avec moi mon cousin vers le fossé, à l'endroit où, dans le virage que fait la route, s'élève un remblai assez haut. Un instant, me rappelant que le père Grouille, une nuit, nous avait fait ranger autour des arbres dans la cour de la pension, je pense aller jusqu'aux pommiers, au carrefour de la route des Petits-Bois. Comme des balles sifflent dans l'herbe autour de nous, je renonce et m'allonge dans le fossé, où des graminées me chatouillent le visage. Debout sur le talus, mon cousin dénombre les avions et s'écrie : « Des Heinkel! » Je le tire violemment par une jambe; il trébuche et s'abat presque sur moi. On entend un long sifflement; puis le fracas des explosions emplit mes oreilles et ma tête, en même temps que l'air est ébranlé, la terre secouée, l'herbe couchée, et que déferle un souffle puissant comme une haute vague. Je ferme les yeux de toutes mes forces, je me recroqueville; une petite pluie de débris, ou de cailloux peut-être, s'abat sur moi, fouette la toile de mon imperméable. Le bruit des explosions, une fois éteint, fait place à un grand silence, que troublent à peine le tac-tac-tac des mitrailleuses et les avions qui s'éloignent.

Je me risque enfin à rouvrir les yeux. Plus loin, dans le fossé, des gens sont allongés, comme s'ils dormaient. Une fumée sale nous environne. Mon cousin tourne la tête vers moi comme s'il s'éveillait à son tour; il me désigne du doigt les petites taches roses, presque glaireuses, dont mon imperméable est couvert, et les trous minuscules dont il est criblé. Nous grimpons sur le talus. Une auto brûle; c'est celle qui était coiffée d'un tissu andrinople. A travers les flammes, j'aperçois notre propre voiture, à côté de laquelle, les poings sur les hanches, se tient ma mère; en dépit de la saison, elle porte ce long manteau de fourrure dont elle a pensé qu'il prendrait moins de place sur elle que dans les bagages. Oubliant tout à coup qu'elle ne sait pas conduire, je lui adresse de loin de grands signes pour qu'elle recule notre voiture, de peur qu'elle ne brûle à son tour; elle ne voit pas mes gestes. Mais où est donc mon père? Où sont les autres?

Le brasier continuant de nous barrer le passage, je dis à mon cousin Henri : « Viens, nous allons passer de l'autre côté, nous ferons le tour de la grange à Bourdieu. » Près de nous, une femme était couchée sur le sol, à plat ventre; on ne l'avait pas tout d'abord remarquée. Elle enfouissait son visage dans ses bras et ne bougeait pas, de sorte qu'on la crut morte. Mais soudain, elle leva la tête, montrant des traits crispés par la souffrance; elle nous suppliait : « Emmenez-moi! Emmenez-moi! » Puis, dans un effort, elle redressa ensemble ses deux jambes dont il ne restait que deux os brisés et pointus autour desquels s'affaissaient les chairs, ce qui me rappela l'image immonde du cou du canard qu'on vient de sectionner (un jour que, mon père étant absent, je m'étais offert, par fanfaronnade, à le remplacer). « Emmenez-moi! » répétait-elle. « Oui », murmurai-je. Et nous nous enfuîmes.

Maintenant, j'avais sous les yeux ma maison, la maison d'école, dont l'image papillotait dans l'air chaud produit par l'incendie. Les tuiles du toit, déplacées, formaient de petits escaliers tout de guingois, cependant que, par places, se voyait la charpente mise à nu. Des fils télégraphiques encombraient la rue de leurs longues spires dans lesquelles se prenaient nos pieds. On marchait sur des planches, sur des branches d'arbre, sur des ardoises qui craquaient sous les pas. Au milieu de la chaussée s'étalait une masse de chair rose et d'une forme parfaite, semi-sphérique, qui était exactement celle des cervelles de mouton qu'achetait ma mère, et que le boucher, dans sa voiture, disposait avec soin sur ces feuilles d'un papier épais, couleur moutarde, et couvert d'aspérités, dont certaines, qui faisaient comme de petits brins de paille, pouvaient être grattées avec l'ongle. Je me rappelle qu'à ce moment je me surpris à siffler entre mes dents je ne sais quelle musique pompeuse qui devait être une façon, un peu déplacée certes, de manifester la jouissance que j'éprouvais soudain à me trouver moi-même au cœur d'une catastrophe. Durant toute mon enfance, en effet, j'avais été fasciné par le récit de tremblements de terre, de coups de grisou, ou d'autres calamités de cette sorte qui s'abattaient toujours loin de nous, mais que je souhaitais de voir de plus près.

Je fus subitement dégrisé quand j'aperçus mon père, le visage en sang qu'il épongeait de son mouchoir. Il s'était réfugié dans l'espace formé par trois murs autour de l'ancienne pompe à eau. Au moment de la chute des bombes, il s'était si violemment jeté sur les pavés que ses jambes de pantalon étaient toutes râpées aux genoux. Je vis ensuite ma tante, qu'on soutenait et qui portait la main à son dos, à l'endroit où sa robe se teintait de rouge. Mes deux nièces, le regard vide, étaient debout avec leur mère près de la voiture, dont la carrosserie et les vitres étaient percées de trous. L'autre voiture achevait de brûler. On respirait une fumée âcre et noire, qui piquait les yeux et la gorge. Sur le trottoir s'ouvrait l'entonnoir, à la terre fraîchement remuée, qu'avait creusé une bombe. La maison voisine de la nôtre avait disparu; à sa place, le regard s'étendait maintenant sur la campagne. Les grilles de notre portail s'étaient rouvertes, et, à côté, la petite porte pendait hors de ses gonds. Des gens que je ne connaissais pas allaient et venaient, hagards, avec des gestes las, parmi les décombres; leurs cheveux étaient décoiffés et leurs vêtements souillés. La mère Bourdieu et sa fille « Mignonne » se tenaient sur le pas de leur porte. Elles levaient les bras et ne savaient que dire : « *Héla! Faut-i!* »

Avec précaution, comme si l'on eût craint de nouveaux dangers, l'on se hasarda dans la cour, puis dans la maison, où toutes les vitres avaient volé en éclats. On marchait sur du verre et sur des objets culbutés pêle-mêle. Dans la cuisine, les tiroirs avaient été projetés hors du buffet; les casseroles étaient tombées des étagères; le poste de T.S.F. avait chu de sa console. Nous n'osions toucher à rien, de crainte de passer des heures à tout remettre en place. Il fallait renoncer à refermer derrière nous les portes dont les serrures étaient arrachées. Soudain, un bourdonnement de moteurs se fait entendre. « Ils reviennent! Sauvez-vous! » crie mon père. En un instant, nous sommes dehors. Mais où aller? Où courir? Ils reviennent, en effet. A ce moment, je remarque, ce dont je ne m'étais pas avisé, que ma sœur Marcelle porte une robe d'un rouge vif qui et va nous faire remarquer des avions. Je cherche alors à m'éloigner d'elle au plus vite et, tandis que des gens affolés entrent dans des maisons dont ils ressortent aussitôt, que l'on entend de nouveau le tac-tac-tac des mitrailleuses, je m'enfuis dans la campagne. Je traverse des champs de blé dont les tiges vertes sont déjà hautes. Les avions s'approchent; ils viennent, cette fois, de Bellerive où, peut-être, ils ont lancé d'autres bombes; comme tout à l'heure, ils suivent la grand-route. Je cours, je cours sans m'arrêter jusqu'aux Petits-Bois, ces bois de mon enfance qui, le soir, au clair de lune, lorsqu'on les traversait à pied en rentrant de chez nos amis les Pelletier, me causaient quelque frayeur. Comme aujourd'hui ils me paraissent rassurants et propices! Je m'enfonce dans leurs fourrés; leurs ronces élastiques griffent mes mains et mes vêtements; je me couche à terre, le nez dans l'humus et les brindilles, où courent des insectes au dos dur et luisant, avec lesquels j'échangerais mon sort. Je voudrais rentrer sous terre; j'implore grâce; je prie Dieu de me laisser la vie sauve. Mais, alors que je guette la chute des bombes, les avions s'éloignent; le claquement des mitrailleuses cesse. Je me relève et fais quelques pas. Entre les branches serrées, j'aperçois les tuiles rouges des toits et la haute silhouette du peuplier des Lachaume. Je quitte les taillis et regarde mon village qui n'est plus le même, avec la toiture des Garnier emportée et la place vide de la maison des Roulin; c'était une maison basse, faite de torchis et de chaume, contre le mur de laquelle, à l'école, les filles lançaient leur balle en chantonnant :

Paris! Versailles! Orléans!

Alors que je marchais d'un pas plus assuré vers mon village et que, de loin, les autos, sur la grand-route, paraissaient se frayer un passage, une tache claire, à mes pieds, attira soudain mes regards. Il y avait à terre une main, une main de femme sans doute, encore ornée d'une bague; une très belle main aux longs doigts blêmes et ouverts comme les branches d'une étoile, et dont le poignet sectionné, au lieu d'être une chose horrible à voir, paraissait sortir de terre. Je poursuivis mon chemin, emportant dans ma tête cette vision extraordinaire et dont je m'étonnai qu'elle m'eût aussi peu effrayé.

Mes parents s'inquiétaient de ne pas me voir reparaître, et mon cousin Henri me reprochait de m'être sauvé seul et aussi loin. Pendant que, dans le vestibule de la maison, ma tante ôtait son corset taché de sang, mon père avait remis en route le moteur qui, n'ayant pas été atteint par les éclats, tournait comme à l'ordinaire; en revanche, le radiateur fuyait. On prit un broc qu'on remplit d'eau pour la route et, vite, on remonta en voiture; (déjà, l'on faisait des réflexions : « Si l'on était parti quelques minutes plus tôt... » auxquelles répondait un « On ne peut tout prévoir »).

Mon père prit la route des Bergeries, et l'on trouva tout de suite la campagne et ses champs de blé. Il n'y avait à parcourir qu'une trentaine de kilomètres; mais la voiture, lourdement chargée, avançait lentement et, dans chaque village, il fallait s'arrêter pour remplir le broc à la pompe. Une fumée blanche s'élevait du capot, comme le jour que nous étions allés rechercher mes affaires à Bellerive. Nous avions passé Cormonville, dont la haute flèche était entourée de quatre clochetons, ce qui faisait dire à ma mère, quand j'étais petit : *A Cormonville sont cinq clochers et quatre sans cloches ;* et moi je comprenais, comme devaient faire les enfants : *cinq clochers et quatre cents cloches.* Nous roulions sur la longue route droite d'où l'on apercevait les Bergeries; nous prenions la petite route blanche des Carrières; encore quelques centaines de mètres, et nous serions arrivés. Mon père ralentit avant le virage; au moment où il accélérait de nouveau, le moteur s'emballa avec un bruit terrifiant, eut quelques ratés, et s'arrêta net. Nous nous trouvions à l'entrée du village; mais déjà, des têtes passaient aux fenêtres, des silhouettes se montraient aux portes. De l'autre bout, où elle habitait, accourait ma cousine Marie; apercevant mon père, qui était descendu de la voiture, elle s'écriait : « Mon Dieu! Mon Dieu! *No-noncle* est blessé! » et fondait en larmes. Chacun de nous abandonna l'auto et, faisant à pied le reste du chemin, raconta ce qui nous était arrivé. On soutenait ma tante, qui souffrait d'être restée assise durant une heure, et à laquelle la blessure causait une douleur lancinante. En un instant, tous les villageois furent dehors; les gens nous entouraient et portaient sur nous et sur la voiture des regards hébétés. Ils comprenaient soudain que la guerre n'était plus cette chose abstraite et lointaine dont parlaient les journaux, mais qu'elle était à leur porte. Mon père s'employait à les convaincre de partir, disant qu'il n'y avait pas de temps à perdre, qu'ils risquaient, en s'obstinant à rester, d'être bombardés à leur tour; car les Allemands avançaient, ils avaient franchi la Seine et étaient peut-être déjà à Paris (ils y entrèrent en effet ce jour-là); et que tout le monde, enfin, nous l'avions vu, se sauvait, y compris les sapeurs-pompiers. D'aucuns, qui n'avaient jamais quitté leur village, juraient qu'ils n'abandonneraient pas leur maison, ni leurs bêtes; car qui trairait les vaches, en leur absence, et qui ferait la moisson quand elle serait mûre? Des vieux refusaient, à l'âge qu'ils avaient, de se lancer sur les routes. Mon père insistait; il expliquait qu'il suffisait, en somme, de mettre la Loire entre les Allemands et nous; or, le fleuve n'était qu'à une trentaine de kilomètres. Alors, beaucoup sentaient la peur s'emparer d'eux et disaient qu'ils allaient réfléchir pendant la nuit.

Une fois chez ma grand-mère, je retrouvai la maison basse et un peu sombre où je me sentis à l'abri. On lava la blessure de mon père, qui était sans gravité; un petit éclat de métal, sans doute, s'était logé dans la joue, juste à côté d'une ancienne blessure qui datait, celle-ci, de l'autre guerre, et dont la cicatrice faisait comme une fossette. Ma tante avait également reçu un éclat à l'endroit des reins; mais, puisqu'elle marchait, la colonne vertébrale ne devait pas être atteinte.

Ma grand-mère ne disait mot; ces événements la dépassaient, et elle se contentait, en guise de commentaire, de hausser les épaules ou de porter ensemble ses deux mains aux tempes. Elle nous servit une soupe fumante qui nous remit d'aplomb, et apporta ensuite un civet de lapin, auquel on ne toucha guère, car on n'avait pas d'appétit. Je me sentais fiévreux; j'avais soif et bus plusieurs fois de grands verres de frénette, sans pouvoir me désaltérer; c'était une boisson au goût aigrelet et un peu sucré, que préparait ma grand-mère avec des feuilles de frêne, et qui pétillait comme du champagne. Bien que je fusse fatigué, voire harassé, j'étais dans un état de surexcitation extrême; et je confessai même à mon cousin, après le repas, que j'avais des idées de meurtre. « C'est curieux, me dit-il. Moi aussi! » Et nous nous regardions, stupéfaits que nous étions de nous faire mutuellement un pareil aveu. Toutefois, je ne tuai personne ce soir-là, et ne révélai rien de mes pensées homicides à ma mère lorsque, s'apitoyant sur notre sort, elle nous dit : « Mes pauvres enfants, vous devez être bien las, après une journée pareille! » C'est alors seulement que je lui contai ce que nous avions vu l'un et l'autre, la femme aux jambes coupées, la main dans le champ de blé, et lui montrai les taches de sang dont avait été éclaboussé mon imperméable et qu'elle, si soigneuse pourtant de mes affaires, n'avait pas même remarquées. Je faisais mon récit d'une voix neutre et en rougissant presque, tant je mettais de gravité, et en même temps de fierté, à décrire des choses tout simplement horribles, et qu'il n'était pas donné de voir habituellement à l'enfant que je savais être encore.

Comme il y avait chez ma grand-mère des réfugiés qui occupaient la chambre où je couchais d'habitude, on nous mena, mon cousin et moi, chez le père Gaujard, tout à côté. Le vieil homme habitait une grande maison qui ressemblait à celle que je voyais dans mon livre de lecture, quand j'étais en classe avec ma mère; elle avait un étage, un perron, des marches, une vigne vierge et des volets percés d'une étoile. Je n'étais jamais entré dans cette demeure où j'apercevais autrefois les petites filles du père Gaujard, qui étaient plus âgées que moi, s'étaient mariées et habitaient la ville. On nous fit coucher, mon cousin et moi, dans un grand lit; puis, ma mère, après nous avoir embrassé tous les deux, nous dit de nous dépêcher de dormir, car l'on devait partir de bonne heure le lendemain.

Le sommeil nous prit très vite et, contre toute attente, je ne fis ni rêve ni cauchemar. Seulement, dans la nuit, j'eus une envie si pressante qu'il me fallut me lever. Il n'y avait pas, dans la chambre, de vase de nuit; je ne savais où se trouvaient, dans cette maison inconnue, les cabinets. A la fin, comme je ne voulais réveiller personne, mais ne pouvais plus longtemps me contenir, j'avisai, sur la cheminée, un vase vert et d'une matière un peu translucide. Aussitôt, je m'en emparai et l'emplis jusqu'au bord de mon urine chaude.

L'exode

La rue unique des Bergeries était pleine de monde. D'une extrémité à l'autre du village, les attelages se tenaient à la queue leu leu, dans l'attente du départ. Les chevaux secouaient la tête, bougeaient leurs oreilles qu'agaçaient les mouches (il y en avait déjà en dépit de l'heure matinale), tapaient du pied ou grattaient le sol de leurs sabots. Dans les charrettes s'entassaient pêle-mêle la literie, des lessiveuses, des ustensiles de cuisine; on voyait dépasser des pelles ou des fourches, ou encore des balais en paille de riz, plantés comme des fanions; et l'on remarquait beaucoup de ces matelas au damier bleu et blanc. Les Gibier n'avaient qu'une carriole; c'était là toute leur fortune; ils avaient l'air de partir en promenade, comme ils faisaient le dimanche, quand le cheval, longtemps attaché à la grille, s'impatientait et n'attendait plus qu'on agitât les guides pour s'élancer, la tête haute et le col droit.

Nous étions en tout quatre-vingt-sept; mais l'on disputait de savoir si ce n'était pas quatre-vingt-neuf, et ma mère refaisait le compte sans cesse (elle continua les jours suivants, ce qui était moins facile encore, quand les gens, au cours d'un arrêt, se dispersaient). Comme chacun n'avait pas trouvé sa place, elle préférait passer en revue chaque maison après l'autre. « Bon, disait-elle; à Guichopin (« Guichopin », je n'ai jamais su pourquoi, désignait un bout du village), il y a Armand et sa femme, plus leurs neveux arrivés de Paris, cela fait quatre; la mère Blanchet, sa fille, son gendre, leurs enfants, cinq, nous sommes à neuf; les Charreau (c'étaient nos cousins) sont sept, ce qui fait seize; en face, la Meunière et son petit-fils, dix-huit; les Magot avec les Gibier, neuf en tout, total vingt-sept. » Et ainsi de suite. Deux nouveau-nés, dont l'un n'avait pas deux semaines, étaient du voyage. En revanche, la mère Hortense, que j'apercevais parfois, au fond de sa cour, pliée en deux sur son bâton, et le père Gaujard, qui avait fait la guerre de 70 et disait ne plus rien avoir à craindre des Allemands que n'eussent déjà fait les Prussiens, refusèrent de se joindre à nous. Comme nous n'avions pas eu le temps de faire réparer le radiateur, mon cousin Marcel, à l'aide d'une chaîne qu'il passa sous le pare-chocs, attacha notre auto à l'arrière de sa charrette.

Le cortège s'ébranla enfin. Tout d'abord, cela me parut étrange de rouler ainsi, les vitres baissées à cause de la chaleur, au pas d'un cheval, et d'entendre, au lieu du ronronnement du moteur, le clabotement des sabots de Bijou et le craquement des moyeux, dont le bruit me rappelait celui des voitures chargées de gerbes, à la moisson.

Nous empruntions la petite route de Villevé. Déjà, le capot, si luisant d'habitude, se couvrait d'une poussière blanche. Dans les courbes du chemin, je voyais s'étirer le long cortège des attelages, et le soleil jetait parfois de vifs éclats sur le cuivre des colliers.

A l'heure de midi, on entra dans Saint-Péravy-la-Colombe; depuis longtemps, j'apercevais la flèche de l'église comme une aiguille dans le ciel, et pensais que nous n'arriverions jamais. On déjeuna en bordure de la route, à l'orée d'un bois, et ce fut pour moi presque une fête de manger sur l'herbe. On laissa passer le gros de la chaleur et reposer les chevaux qui, à l'ombre, avaient le nez dans leur sac d'avoine. Puis, on reprit la route, et l'après-midi me parut long et somnolent, et les villages inaccessibles. Le soir, on hésita, pour passer la nuit, entre plusieurs fermes, avant de choisir la plus importante, dont les bâtiments entouraient une cour vaste comme la mer, et où les charrettes entrèrent une à une, en faisant s'enfuir vers le tas de fumier des poules à l'air outragé. Les chiens aboyaient et tournaient sans cesse autour de ce cortège inhabituel. Il ne manquait pas de place dans les dépendances, en particulier dans la bergerie qui était vide de ses moutons. Toutefois, mes parents, ainsi que d'autres, plutôt que de se loger dans les granges où régnait un air tiède et doux (mais où couchaient ordinairement les *trimards* ou les *gars de batterie*), préférèrent la grande salle commune, où l'on jeta une bonne épaisseur de paille sur le carrelage. Des solives brunes et incurvées soutenaient un plafond bas ; la grande table avait été repoussée le long d'un mur rongé par le salpêtre et où s'ouvrait la demi-lune d'un ancien four. J'avais sous les yeux une petite fenêtre que partageait l'horizon rectiligne. Longtemps, avant de pouvoir m'endormir, j'observai cette ligne immuable, sur laquelle pesait un ciel laiteux qui, bien après le crépuscule, continua d'éclairer la pièce où nous étions, comme le jour de la nuit. J'écoutais de toutes mes forces si l'on percevait des bruits d'avions ; mais je n'entendais que le souffle des respirations, ou des ronflements, ou encore, lorsque des gens bougeaient, les légers craquements de la paille.

Le lendemain, comme on approchait d'Orléans, mon père conseilla d'éviter la grande ville et son interminable faubourg Bannier ; au surplus, le camp d'aviation de Bricy, près duquel passait la route, risquait fort d'être bombardé. Il nous fallait pourtant atteindre au plus vite la Loire, dont le cours descend rapidement vers le sud après Orléans. C'est dire qu'il nous restait beaucoup de chemin à parcourir.

On ne voyait plus du tout d'automobiles, ni de convois militaires, mais d'autres cortèges qui, comme le nôtre, s'enfuyaient. On les apercevait dans la plaine ; ils cheminaient derrière des champs de blé qui les masquaient parfois entièrement. A la croisée des routes, on se faisait des politesses ; on laissait passer ceux de droite, ou bien ceux de gauche ; on lisait, sur la grande bâche verte des entrepreneurs de battage, les noms de villages connus. « Tiens! Voilà ceux du Gault-Saint-Denis! disait-on; et ceux de La Chaponnière! » On s'adressait des signes, on retrouvait au passage des connaissances, des amis, des cousins, parfois. D'autres cortèges, qui nous suivaient, nous dépassaient dès que nous nous arrêtions pour la pause. Quand, à leur tour, ils faisaient halte, on reprenait sur eux de l'avance.

Passerait-on la Loire à Meung? Ou bien à Beaugency? Depuis longtemps, on longeait le fleuve. sans jamais l'apercevoir toutefois. On disait que les ponts étaient détruits, et qu'il ne restait que celui de Mer, dont nous étions encore éloignés. A mesure que nous nous rapprochions de cette ville, le flot des réfugiés grossissait; aux abords des grandes routes, il nous fallait faire maintenant de longues haltes et, lorsque les premières charrettes s'étaient enfin engagées, des autos coupaient brusquement le passage à celles qui venaient ensuite, et qui devaient attendre, sous le soleil. A la fin, notre caravane se trouva morcelée en plusieurs tronçons qui eurent bien de la peine à se rejoindre.

A présent, le paysage changeait; on voyait des arbres, des pentes vallonnées où descendaient des rangées de ceps. Quelques kilomètres seulement nous séparaient de Mer : c'étaient les plus longs. D'abord, le bruit s'était répandu que le pont, déjà, avait sauté. Aussitôt, des hommes enfourchèrent leur bicyclette et se portèrent à l'avant, afin de voir sur place ce qu'il en était. Ils revinrent en disant qu'ils avaient vu beaucoup de monde, que le pont était intact, mais qu'il fallait se hâter, car l'armée se préparait à en barrer les accès. Du coup, on força l'allure. Les chevaux n'en pouvaient plus; de longs filets de salives, oscillant avec la marche, pendaient de leurs babine. Les chiens même recherchaient l'ombre, ils s'abritaient sous les voitures, se roulaient un instant dans l'herbe de l'accotement, et tiraient la langue pour dire qu'ils avaient soif.

A l'entrée de la ville, c'était la cohue; d'autres caravanes arrivaient par d'autres routes; les rues, la place, les trottoirs étaient encombrés. Arriverait-on à temps? Chacun se posait la question. Dans la chaleur de midi, les chevaux piétinaient sur place, et l'affolement gagnait la plupart des gens. Les chauffeurs s'énervaient et klaxonnaient; nos éclaireurs, une fois de plus, partaient en reconnaissance, et l'on s'inquiétait de ne pas les voir revenir. Nous étions enfin sortis de la ville, et on ne voyait toujours pas le pont. Dans les autos qui nous dépassaient, on apercevait des képis d'officiers, des manches galonnées, et des femmes aux cheveux platinés. Ils voulaient passer les premiers; leurs chauffeurs, d'impatience, faisaient pétarader les moteurs. Alors, on les apostrophait, on les traitait de fuyards; on leur criait que les Allemands étaient derrière, et non devant.

Cependant, l'on avançait, mètre par mètre, avec l'idée fixe du pont à atteindre, quand, enfin, l'on aperçut la double arche de ciment. « Le voilà! » criait-on de tous côtés. C'était un pont tout neuf, un grand pont moderne, assez laid au reste. Durant qu'on piétinait encore, attendant notre tour, car une autre file se pressait en face de nous, j'attachais mes regards sur ces piles, ces voûtes, ces parapets qui, tout à l'heure, ne formeraient plus qu'un chaos informe; l'on apprit en effet, au moment où nous nous engageâmes pour traverser enfin le fleuve, que le pont sauterait dans un quart d'heure. Je suivais des yeux le cordon blanc relié à la charge de mélinite et qui courait le long du parapet; des soldats casqués et l'arme à la bretelle se tenaient de place en place; ils regardaient s'avancer notre cortège, et le silence, soudain, devenait presque inquiétant.

Une fois de l'autre côté, on respira. A présent que le grand fleuve était entre les Allemands et nous, on pouvait se croire hors d'atteinte. Pourtant, on s'éloigna à la hâte et, après le village de Muides, dont les rues étaient calmes, on se trouva tout de suite dans la forêt de Chambord, où la route filait toute droite entre les frondaisons. Aussi, quand on entendit le bruit de la déflagration, éprouva-t-on un lâche soulagement à la pensée que, dorénavant, on ne serait plus harcelés par ceux qui étaient restés sur l'autre rive, puisqu'ils ne pourraient plus passer. Et notre caravane, qui s'était vite reformée et marchait d'un pas plus tranquille, fit bientôt halte pour déjeuner. De hauts arbres nous cachaient le ciel, et les sous-bois étaient ombreux.

On s'était remis en route, quand quelqu'un cria : « Des avions ! » Vite, on abandonne les voitures, on se précipite dans les bois. Des rafales claquent; mais les avions sont déjà loin. Plusieurs fois, dans l'après-midi, alors que nous suivions la même route maintenant monotone, des avions passèrent en faisant gronder leurs moteurs et crépiter leurs mitrailleuses. Chaque fois, je me dissimulais derrière des troncs larges et rassurants, tâchant de me déplacer à mesure du côté opposé à la trajectoire des avions. Mais, sous ces voûtes hautes comme celles d'une cathédrale, les échos s'éparpillaient sans cesse, et je ne savais plus bien, quelquefois, où je me trouvais à l'abri. Une fois, je m'étais éloigné davantage de la route; quand l'alerte fut passée, mon père m'appela à plusieurs reprises; je lui répondais; mais lui, soit qu'il ne m'entendît pas, soit qu'il s'imaginât que j'avais été atteint par les balles, continuait de crier de toutes ses forces. J'étais à quelques pas de lui, qu'il ne me voyait pas encore. Un moment, je crus qu'il avait perdu la raison. Quand il m'aperçut enfin, il me serra fortement contre lui, me demanda si je n'avais rien, et me reprocha avec douceur de n'avoir pas répondu à ses appels. A l'alerte suivante, je me gardai bien de m'éloigner trop; mais, alors que tous les autres se cachaient à proximité de la route, je vis avec surprise que mon père, comme s'il eût été pris de panique, cherchait à fuir et s'enfonçait dans la profondeur des bois. Lorsqu'il avait repris place dans la voiture, il tendait sans cesse l'oreille, attentif qu'il était au moindre bourdonnement; je le voyais descendre de son siège en criant à tous de s'arrêter, et les autres, qui n'entendaient rien dans le ciel, s'étonnaient.

Quelquefois, des avions passaient sans nous attaquer; on n'avait pas le temps d'apercevoir leurs insignes, et l'on prétendait que c'étaient des Italiens; depuis la semaine précédente, où ils étaient entrés en guerre contre nous, on parlait du « coup de poignard dans le dos », et l'opinion prévalait qu'eux seuls, à l'inverse des Allemands qui devenaient soudain des combattants courageux mais loyaux, pouvaient se livrer à des agressions aussi traîtresses contre des populations sans défense. Au reste, je n'étais pas éloigné de penser que ces mitrailleuses, qui crachaient le feu pour nous effrayer, tiraient peut-être à blanc; car aucun de nous ne fut jamais, pas plus que les attelages, atteint par des balles. Quant à ma grand-mère Joséphine, elle refusa toujours de quitter la route. Alors que tous se jetaient à plat ventre dans les fossés ou s'égaillaient sous les arbres, elle maintenait fermement son cheval par la bride, de crainte qu'il prît peur. Les gens lui criaient de loin : « Phine! Phine! Cachez-vous! Vous allez vous faire tuer! » Mais elle se contentait de se baisser à demi, s'abritant derrière l'encolure de Coco; je voyais la bosse que faisait son dos et sa chevelure neigeuse qu'effleurait parfois la crinière du cheval.

Mon père n'avait rien d'un poltron; il avait fait l'autre guerre, et je pouvais m'étonner qu'il ne gardât pas plus de calme. Sans doute, il souffrait de sa blessure; en outre, il ressentait la fatigue de se tenir pendant des heures au volant à diriger une grosse voiture dont le moteur demeurait silencieux. Aussi en vint-il à proposer de rouler la nuit; dans la journée, on établirait un campement dans les bois, à l'écart des routes, et l'on se reposerait, à l'ombre des feuillages. On discuta longtemps; les autres n'acceptèrent pas sans réticence cette idée de veiller la nuit, ce qui ne leur arrivait jamais, et de dormir le jour, qui leur paraissait une chose monstrueuse et contre nature.

On était maintenant en Sologne. Au matin, quand, au-dessus des étangs, traînaient encore des nappes de brume et que des oiseaux noirs et blancs commençaient de tourner dans le soleil, le long cortège aux essieux grinçants quittait la route pour s'engager dans des chemins que bordaient les palmes des grandes fougères et les corolles jaunes des genêts. On s'enfonçait lentement dans ce pays mystérieux et humide, touffu et griffonné comme un dessin, où le sol est spongieux et les prés gorgés d'eau; où, dans les sentiers, le velours des mousses alterne avec l'argent des lichens et les champignons mousseux qu'écrasent les pas, et où les feuillages sont frémissants de bruits d'ailes. Dans des clairières encore ensommeillées, les voitures s'arrêtaient une à une. Il en descendait des gens aux yeux papillotants, qui frottaient leurs membres endoloris. Vite, on allumait du feu entre des pierres; on sortait des chaudrons, des marmites, des casseroles, des brocs. On allait se ravitailler au village le plus proche, d'où l'on rapportait de grands paniers remplis d'œufs, des seaux d'eau et des bouteilles de ce vin gris que des paysans, plutôt que de le voir boire par les Boches, disaient-ils, nous laissaient à cinquante centimes. Comme il était d'un goût agréable et d'une couleur claire, certains ne s'en méfièrent pas et en prirent plus que de raison; aussi les vit-on se promener avec la casquette de travers. Il est vrai que l'eau commençant à manquer, il fallait l'économiser. On ne se lavait plus; ou quelquefois, on se contentait de tendre ses mains sous le robinet, dans la cour d'une ferme, et de se frotter rapidement le visage.

Dans la journée, les hommes dormaient, allongés dans l'herbe; leur tête, où les cheveux étaient collés par places, reposait sur l'oreiller de leur casquette. De grosses ceintures d'une flanelle grise leur barraient le ventre et, de la poche du pantalon rayé, pendaient, sur le côté, les anneaux luisants de la chaîne de montre. Quant à mon père, il s'étendait sur la banquette arrière de sa voiture, comme il avait coutume de faire à la maison lorsque, après le repas de midi, il s'enfermait une heure durant dans l'ombre du garage.

Le soir, à l'heure où les fouillis de roseaux et les hampes lisses des joncs se tenaient immobiles dans l'eau des étangs, et que des oiseaux de proie au vol ouaté passaient en jetant un cri rouillé, on éteignait les feux, on consultait la carte routière, et l'on se préparait à repartir. Assis sur les genoux de mon cousin Henri, je m'endormais, le dos appuyé contre sa poitrine que soulevait par intervalles la respiration; quelquefois, nous échangions nos places, et je m'installais sur le siège. S'il m'arrivait de m'éveiller et d'ouvrir les yeux, je regardais pendant quelques instants la nuit étoilée, que me cachait parfois la cime noire des arbres; à ma gauche se dessinait, comme une ombre chinoise, le profil de mon père; un front droit sous l'ovale du béret, la petite moustache taillée court, les lèvres minces qui s'écartaient pour laisser place à un soupir, le menton marqué en son centre d'une légère fossette. De temps à autre, du fond de la voiture, ma mère demandait, inquiète : « Tu ne dors pas, au moins? » Et mon père répondait simplement : « Non. » Ses deux mains, posées à plat sur le volant, ne paraissaient pas bouger; elles avaient seulement, dans les courbes que faisait la route, des mouvements presque imperceptibles.

Un matin, lorsqu'il revint du village près duquel nous avions établi pour la journée notre campement, mon père avait aux lèvres un sourire un peu énigmatique. Nous nous demandions s'il n'avait pas une bonne nouvelle à nous apprendre et dont, comme il avait coutume de faire quelquefois pour nous taquiner, il retardait l'annonce pour mieux jouir de notre surprise. Mais non; il n'avait rien à nous dire. Il mettait la main à sa poche et en sortait successivement une pipe, un paquet de tabac gris, un cahier de papier à cigarettes, une blague toute neuve et un briquet à mèche d'amadou. Voilà! Depuis quatre ans bientôt qu'il avait cessé, il s'était remis à fumer. Ma mère ne le gronda pas; elle ne lui fit pas la moindre remarque, et se contenta de sourire. Elle voyait bien qu'il était à bout de nerfs et se disait que, s'il fumait maintenant, la nuit, en conduisant au rythme qu'imposait l'allure d'un cheval, le temps passerait plus vite. La blessure de mon père, qu'on n'avait pu soigner depuis une semaine, risquait de s'infecter; celle de ma tante Paule la faisait souffrir; dès qu'elle se mettait debout, elle portait la main à ses reins en geignant, et elle se déplaçait à présent avec difficulté. Seuls, les chevaux semblaient préférer la marche nocturne à la morsure du soleil dans la journée.

Un jour, nous étions arrêtés à l'entrée d'un village, quand on apprit que le maréchal Pétain allait parler à la T.S.F. Comme, depuis huit jours, on était sans nouvelles et qu'il n'y avait plus de journaux, on attendait avec intérêt de savoir ce qu'il avait à nous dire, et qui était sûrement important. Déjà, les bruits les plus fantastiques couraient : l'Amérique était entrée dans la guerre; le gouvernement s'était réfugié en Afrique du Nord; les Allemands s'apprêtaient à envahir l'Angleterre.

Nous étions quelques-uns dans une étroite cuisine, où trônait sur le buffet un gros poste de T.S.F.; sur le dessus, on voyait la photo d'un couple dans un sous-verre, lui-même enchâssé dans la rainure d'un morceau de marbre veiné de bleu. Les hommes se tenaient debout, bien sagement, les mains derrière le dos, ou appuyées sur le dossier d'une chaise, ou encore les bras collés au corps; ils avaient ôté leur casquette, dont la doublure de soie était marquée d'auréoles qu'y avait laissées la transpiration. Bientôt, on entendit la voix du Maréchal; c'était celle d'un vieillard; et l'on ne savait au juste si elle hésitait sur les mots, ou si elle s'étranglait d'émotion :

« *En ces heures douloureuses, je pense aux malheureux réfugiés qui, dans un dénuement extrême, sillonnent nos routes. Je leur exprime ma compassion et ma sollicitude. C'est le cœur serré que je vous dis aujourd'hui : il faut tenter de cesser le combat.* »

On écoutait en silence, et je voyais bien que certains se retenaient de pleurer; on entendit *La Marseillaise ;* puis, dans le silence qui suivit, chacun quitta la pièce, la tête basse, et en serrant la main des gens, comme après un enterrement. Une fois dehors, ma mère reconnut que c'était le parti le plus sage; d'ailleurs, l'on pouvait faire confiance au maréchal Pétain. Quant à mon père, il ne dit rien.

On avait repris la route. Un soldat qu'on rencontra nous demanda à boire; il s'était, disait-il, égaré, et des paysans, à qui il avait réclamé un verre d'eau, l'avaient chassé. Il nous apprit que les Allemands avançaient très vite, qu'ils s'étaient emparés de Châteaudun et d'Orléans, avaient franchi la Loire, ce qui, dans cette dernière ville, ne présentait aucune difficulté, vu qu'en cette saison (nous avions feint de l'oublier) on pouvait traverser presque à pied sec, le fleuve laissant d'endroit en endroit de larges îlots de sable. D'après lui, ils nous rejoindraient bientôt, car ils couraient plus vite que nous, avec leurs colonnes motorisées que rien ne pouvait arrêter.

Aussitôt, on s'affola; de nouveau, on tira des plans, on regarda les cartes, puis on se rassura : il y avait une autre rivière, le Cher, qu'on venait tout juste de passer, et qui était, celle-ci, remplie d'une eau profonde. Une nouvelle illusion était née; l'appétit revint; on mangea avec délices des fromages de chèvre tout frais qu'on avait achetés en quantité à Selles. Une fois parvenus à Chabris, on était dans l'Indre, c'est-à-dire dans un autre département dont la limite, bien qu'elle fût fictive, devenait soudain une frontière et nous renforçait dans l'espoir que nous gagnions du terrain sur nos poursuivants. Sur les routes, ne passaient plus que quelques véhicules militaires chargés d'hommes et qui se hâtaient vers le sud. Que faisait donc l'armée? C'était à n'y rien comprendre! On vit encore des fantassins isolés, qui marchaient en bordure des routes, sous le soleil, débraillés, le calot de travers, les bras ballants, le plus souvent sans armes, et l'air hébété. Puis plus rien. Le ciel lui-même était vide d'avions et de bruit. Il se faisait partout un grand silence, comme celui qui précède l'orage.

Cependant, les vivres commençaient à manquer. N'ayant pas de basse-cour à la maison (parce que, disait mon père, cela fait des saletés et l'on marche dedans), nous n'avions pu emporter, comme les paysans, des poules et des lapins. A l'heure des repas, et comme nous n'avions plus jamais de viande, mon oncle Humbert, installé près de nous, nous faisait voir ce qu'il y avait dans son assiette et dans celle de la tante Sophie, et nous lançait, narquois : « Nous, on est bien à l'aise, on a tout ce qu'il nous faut. Sûr qu'on ne manquera de rien! Pas vrai, Sophie? » Et il clignait de l'œil, pour faire enrager ma mère qui lui tournait le dos en haussant les épaules.

Un matin, mon père était allé à Chabris dans l'espoir d'y trouver du ravitaillement; il voulait aussi s'acheter une nouvelle pipe et une autre blague à tabac, car, ayant perdu les premières la veille, il avait passé le reste de la journée à les chercher parmi les herbes; lui, si soigneux de ses affaires, il avait l'air si malheureux! disait ma mère. Il revint tout essoufflé, réunit aussitôt les hommes et annonça que les Allemands étaient à Selles, c'est-à-dire à quelques kilomètres seulement de l'endroit où nous étions arrêtés. Des gens les avaient vus, de leurs yeux vus; ils avaient même parlé avec des officiers, qui étaient très corrects, polis même. Certains avaient expliqué dans un français excellent qu'ils n'étaient pas du tout des barbares comme on avait voulu nous le faire croire, et qu'ils ne coupaient pas les mains des petits enfants comme on l'avait dit.

Mon cousin Henri et moi, tout comme les femmes, avions d'abord été tenus à l'écart de cette conversation. Mais, avides de savoir ce qu'il y avait d'important et qui fût aussi secret, nous nous étions peu à peu rapprochés. Mon père racontait maintenant que les Allemands réglaient eux-mêmes la circulation dans la ville, où tout était en ordre, et où la vie continuait comme avant. « Dans quelle ville? » demandai-je, presque à voix basse et en poussant mon cousin du coude. Il me fit un signe d'ignorance; puis, s'adressant à mon père avec flegme et d'une voix assurée : « Dis-nous, mon oncle, où sont les Allemands? » Mon père, embarrassé, ne sut d'abord que répondre; ensuite, il indiqua qu'ils n'étaient plus très loin de nous; puis révéla qu'ils étaient à Selles; enfin qu'on avait eu tort, sans doute, de les prendre pour des brutes, puisqu'ils se conduisaient très bien avec la population.

Ainsi, les Allemands étaient là! Ils allaient arriver, peut-être, d'un instant à l'autre. Déjà, je portais mes regards dans la direction de la route, qui passait à quelques centaines de mètres, dans l'espoir d'en apercevoir quelques-uns. Le premier moment de stupeur passé, notre frayeur effacée par les propos rassurants qu'on nous avait rapportés, une intense curiosité s'emparait de nous. Seuls, mon père et ma tante Paule demeuraient préoccupés. Les Allemands, en effet, à l'autre guerre, avaient pris et repris plusieurs fois la ville où vivait la famille de mon père; s'ils avaient bien traité sa mère et sa propre fille Lucienne, ils avaient, en revanche, retenu pendant de longs mois comme prisonnières ses deux sœurs, Paule et Hermione. Les Boches avaient beau être devenus des *Fritz*, c'étaient toujours des Allemands!

Nous étions installés ce jour-là en bordure d'un bois, près du château de Beauregard, lequel était vide de ses habitants. Mon père avait hésité longtemps, ne sachant s'il fallait continuer son chemin ou, au contraire, attendre sur place l'arrivée des Allemands. En fin de compte, chacun étant fatigué de courir les routes, et les chevaux eux-mêmes donnant des signes de lassitude (certains d'entre eux, en outre, avaient besoin d'être ferrés à neuf), on décida de ne plus bouger, l'endroit où nous nous trouvions étant au reste fort agréable. Soudain, un bruit se fait entendre, et la peur, aussitôt, de renaître. Ce sont des avions. Mais que pouvons-nous craindre maintenant? Le bruit augmente, grossit, s'enfle. Il monte vers nous de toute la largeur de l'horizon que cachent les arbres. « Couchez-vous! » commande mon père; et il crie de tous côtés de jeter vite de l'eau sur les feux qui brûlent encore. Mon cousin Henri est allongé à mes côtés; j'entends sa respiration courte dans l'herbe. Cependant, les avions passent au-dessus de nous en grondant; ils sont nombreux; dès qu'ils s'éloignent et que le bruit de leurs moteurs décroît, d'autres avions accourent derrière eux; certains volent bas et passent en sifflant; d'autres, à une hauteur plus grande, chantent dans le ciel. Plusieurs vagues déferlent ainsi; leur vacarme emplit la forêt; lorsqu'on croit que c'est fini, de nouveaux arrivants surgissent, et tout recommence.

Je ne saurai dire combien de temps dura cette revue aérienne qu'en d'autres temps, je me fusse réjoui de contempler. Lorsque, le silence revenu, on se releva en secouant les aiguilles de pin et les brindilles dont on était couvert, mon père expliqua que ces vagues d'avions, à la guerre, précédaient habituellement la troupe, et que c'était le signe que les Allemands approchaient.

La nuit vint; on dormit; le jour se leva; la matinée fut chaude et ensoleillée; et les Allemands ne se montraient toujours pas. On n'osait plus quitter le campement pour se rendre à la petite ville voisine, de crainte d'y être retenu prisonnier ou, pour une raison quelconque, de ne pouvoir en revenir. Les provisions s'épuisant, on en était réduit à ouvrir des boîtes de conserves, qu'on partageait avec ma grand-mère Joséphine, laquelle se serait privée de tout, pourvu que Coco ne manquât pas d'avoine.

Au début de l'après-midi, la chaleur était brûlante. La plupart des hommes, déjà, s'étaient assoupis ou dormaient à l'ombre. Seules, les femmes s'affairaient avec la vaisselle; on entendait le bruit des assiettes qu'on plongeait dans l'eau, ou qu'on entrechoquait, ainsi que le tintement des couverts. Mon père lui-même se préparait à aller faire sa sieste. Tout à coup, il s'exclame : « Tiens! Voilà les Boches! — Veux-tu bien te taire! » lui crie ma tante Paule, tout de suite effrayée. Mais lui continue de tendre le bras et de pointer l'index dans la direction du mur de clôture du château, où débouche un chemin qui conduit à la route. Là-bas, sous le soleil, j'aperçois une moto arrêtée; un soldat au casque carré, dressé sur son siège, fait pétarader son engin; dans le side-car, un autre demeure enfoncé, immobile. Le premier descend, vient lentement vers nous. On réveille ceux qui dorment, on les secoue, on leur chuchote que les Allemands sont là;

les hommes se lèvent, frottent leurs yeux, sortent d'un rêve, se tiennent figés, dans l'attente; ils ne parlent pas; ils regardent tous du même côté. Le soldat continue d'avancer; sa démarche est lourde; il est couvert des pieds à la tête de la poussière blanche des chemins; son teint est terreux, son regard fixe et bleu; ses traits durs et tirés se détendent à notre approche; on y lit presque un sourire. J'observe à loisir l'uniforme verdâtre, le ceinturon et sa boucle de métal terne, le cylindre cannelé du masque à gaz et le poignard dans son étui qui pendent au côté. Le soldat se plante devant nous, jambes écartées, dit quelques mots en allemand. « Il demande, traduit ma tante, s'il y a des soldats français ici. » Elle fait signe que non, « *kein französischer Soldat* ». Elle est rouge et tout intimidée de lui parler. Lui, promène ses regards sur les groupes que nous formons, puis sur le campement, les chevaux, les voitures aux limons tendus comme des bras, sur les feux qui fument encore, sur les femmes assises et aux regards remplis de crainte. Il scrute la profondeur des sous-bois, nous fait signe de la main en souriant que tout va bien, et nous tourne brusquement le dos. Il s'en va, rejoint son camarade qui n'a pas bougé, remonte sur sa moto et disparaît derrière le mur du château, cependant que mon cousin et moi nous nous regardons, ne sachant que dire. Les Allemands sont là! Nous les avons vus! Ils nous ont parlé! On éprouve un sentiment indéfinissable, où se mêlent à la fois l'amertume et l'orgueil, à se trouver soudain en pays conquis.

L'après-midi se passa sans qu'on vît d'autres Allemands; pour un peu, on eût été déçu, et l'on eût pu croire qu'on avait rêvé. Pourtant, après le crépuscule, on commença d'entendre passer des convois sur la route voisine; et le roulement des camions et des chars dura presque toute la nuit, se mêlant aux ordres brefs, aux appels et aux grondements des moteurs.

Le lendemain, à l'aube, la troupe arriva au château; en un moment, elle envahit la cour, le bâtiment principal, les communs, les dépendances. Des soldats se montraient, blonds, musclés, le torse nu, au soleil; ils ne paraissaient pas prêter attention à nous. On se hasarda à parlementer avec quelques-uns; on demanda timidement s'il y avait parmi eux un médecin, car nous avions deux blessés avec nous. Aussitôt, un major se présenta; il fit venir mon père et ma tante; il lava et désinfecta leurs plaies et conseilla d'extraire les éclats le plus vite possible; il s'excusa même de ne pouvoir le faire lui-même; puis, il causa avec mon père qui, encouragé, dit que nos provisions s'épuisaient. Alors, le médecin parla avec des soldats et, une heure plus tard, on nous fit passer aux cuisines, où de grandes marmites remplies de pommes de terre coupées en petits morceaux et de la viande en conserve avaient été préparées à notre intention. Nous nous étonnions en silence que nos ennemis pussent montrer à notre égard autant d'humanité, et n'osions les remercier, tant chacun de nous se sentait gêné et troublé. D'un coup, nos rancœurs et nos haines, accumulées et entretenues depuis si longtemps, fondaient; et, depuis quelques jours, notre désarroi était si grand, que nous étions heureux, au fond, qu'on s'occupât ainsi de nous.

Le pillage

Déjà, l'on songeait à prendre le chemin du retour. Les paysans étaient las de mener une vie errante; ils se tourmentaient pour leurs bêtes, qu'ils avaient dû laisser dans les étables, où personne ne viendrait les soigner. Souvent, l'on avait vu, dans les prés en bordure de la route, des vaches qui nous regardaient passer. Elles semblaient nous implorer et nous présenter leur pis gonflé qui faisait comme une outre entre leurs pattes. On en avait trait quelques-unes; elles se laissaient faire, et l'on buvait le bon lait tiède qui moussait dans les seaux.

Comme les attaques des avions n'étaient plus à craindre, on trouva plus commode, et plus rapide aussi, d'emprunter des grandes routes. C'est alors qu'on rencontra de nouveaux cortèges, plus pressés et bruyants ceux-là; c'étaient ceux de l'armée allemande qui se ruaient vers le sud — un défilé incessant de camions remplis de soldats, d'automitrailleuses, de plates-formes supportant le long tube des canons, de chars secouant la ferraille de leurs chenilles, de motos, de fourgons, d'ambulances, et de ces voitures légères à la forme bizarre et rudimentaire, tous peints de la même couleur grise, et dont les plaques d'immatriculation débutaient par les initiales WH de la Wehrmacht. Des géants blonds au menton dur et volontaire avaient le casque enfoncé jusqu'aux yeux; ils réglaient, avec des gestes d'automates, l'écoulement du flot, et nous faisaient parfois ranger sur la berme ou dans des chemins adjacents où il nous fallait attendre que tout le convoi fût passé.

Pourtant, l'on se hâtait. On avait retrouvé la plaine où les blés commençaient à jaunir et où, sur des routes plus tranquilles, on rencontrait d'autres caravanes de réfugiés qui rentraient tout comme nous. Un soir, on s'arrêta à Huisseaux-sur-Mauves, au nom si poétique; c'était l'heure où, justement, des nuages roses et violets s'étiraient au crépuscule. On coucha dans le presbytère et dans la salle des fêtes attenante. Le sol était couvert de paille, de sorte qu'il ne fut pas nécessaire d'utiliser nos couvertures. Au matin, comme je m'éveillais avec les reins endoloris, j'aperçus le canon noir d'un fusil qui dépassait. Ainsi, nous étions tous allongés sur les armes qu'avaient laissées, en les dissimulant sous des ballots de paille, des soldats en déroute!

On traversa Bagatelle, Rozières-en-Beauce, puis Gémigny et Saint-Sigismond. Dans l'un de ces villages, ma grand-mère avait un cousin; en passant devant sa maison, qui semblait déserte, elle s'approcha d'une fenêtre dont les volets étaient entrebâillés; elle essaya de voir à l'intérieur, où il faisait sombre, et dut s'y reprendre à deux fois, en appliquant ses mains à ses tempes pour masquer la trop vive lumière du dehors. « C'est drôle! dit-elle en se retournant, tout est sens dessus dessous! » Chacun, après elle, vint risquer un œil à son tour. On voyait des armoires béantes d'où dégringolaient des draps dépliés, des chaises renversées, des tiroirs vidés et de la vaisselle brisée; dans la cour, c'était la même chose; des bouteilles traînaient, un fauteuil et un matelas avaient été jetés sur le tas de fumier. Dans d'autres villages, où l'on ne rencontrait que fort peu d'habitants, on se rendait compte que toutes les maisons avaient été pareillement mises à sac. Partout, dès qu'on regardait par les fenêtres ou qu'on appliquait un œil au trou noir des serrures, le même désordre se voyait à l'intérieur.

On approchait. Sur la longue route droite qui conduit de Saint-Péravy-la-Colombe à Patay, un autre spectacle s'offrait à nos yeux. C'était celui qu'avait laissé une armée faite prisonnière en pleine campagne. Sur la berme, dans les fossés, et jusque dans les champs avoisinants, des véhicules étaient abandonnés, et gisaient des armes et des munitions de toute sorte. Fusils amoncelés et brisés, balles semées dans l'herbe, obus de tout calibre empilés par places, chars d'assaut rongés par le feu, ou quelquefois intacts, ou dont seulement les chenilles étaient défaites, autos calcinées et aux portières grandes ouvertes, camions couchés sur le côté, fourgons les roues en l'air, caisses, casques, képis, ceinturons, gibernes, se voyaient, pendant des kilomètres, des deux côtés de la route. D'endroit en endroit, des uniformes et des tuniques traînaient sur l'accotement comme des défroques, ou étaient accrochés aux branches comme des épouvantails à moineaux. On n'osait toucher à ces vestiges qui serraient un peu le cœur; pourtant, mon père, qui avait l'esprit pratique et ne manquait pas de prévoyance, ramassa plusieurs paires de godillots qui nous firent, à lui comme à moi, bien de l'usage tout le temps de la guerre. (Il est vrai qu'à la maison, pendant mon enfance, je l'avais vu ressemeler périodiquement toutes nos chaussures.) On trouva aussi une balle de poivre en grains éventrée; les gens se précipitèrent, des seaux à la main; comme ma mère n'avait rien d'autre, elle s'empara d'un récipient qu'elle vit dans le fossé et le remplit de poivre : on en eut pour deux ans; quant au pot, qu'on garda ensuite, je ne sus jamais si c'était une terrine, ou tout bonnement un vase de nuit un peu rustique.

Après Guillonville et Gaubert (on prononçait *Gaubart*), on aperçut enfin le hameau de Villevé, derrière lequel, à l'horizon, se montraient maintenant les maisons des Bergeries. « On est dans nos *ousches* [1]*!* » soupirait ma mère, et ses yeux brillaient.

Le hameau était désert. Un chat traversa la route, dans le soleil. Les charrettes s'arrêtèrent l'une après l'autre devant leur maison. Sitôt arrivée, ma grand-mère mena Coco à l'écurie, lui fit une bonne litière de paille et versa dans sa mangeoire un plein seau d'avoine. Pendant ce temps, comme nous avions fait chez les autres depuis deux jours, nous tâchions de voir par la fenêtre si la maison avait, elle aussi, été pillée. Mais c'était bien encore le même spectacle qui nous attendait. Dans l'épicerie, les bocaux étaient vides et parfois brisés, les placards ouverts, les rayons dévastés; sur le sol, du sucre, des épices, des sachets de levure, des pâtes, des fruits confits étaient répandus, et des coupons de satinette nageaient dans la moutarde.

Assise sur une chaise, ma grand-mère pleurait; elle essuyait ses yeux rougis avec le coin de son tablier. A pas lents, le dos voûté, le voisin, le père Gaujard, qui, lui, était resté, s'avança : « Ma pauvre Phine, se lamentait-il, c'est bien du malheur! Il ne suffisait pas qu'on soit battus, voilà maintenant qu'ils s'en prennent à des gens comme nous, sans défense! *Héla faut-i!* Et si encore c'étaient des Allemands, on ne

1. Les *ousches*, en Beauce, sont des parcelles de terre adjacentes aux habitations et, d'une manière plus générale, les environs immédiats d'un village.

pourrait rien dire, ils ont tous les droits; mais non, c'est des Français qui ont fait le coup! Dès que je les ai vus entrer chez vous, je suis venu voir ce qu'ils faisaient. Alors, ils m'ont menacé, ils m'ont injurié; certains même m'ont bousculé. " Allez-vous-en! qu'ils me criaient. On n'a pas besoin de vous! " Ah! C'est bien de la misère, d'arriver à nos âges pour voir cela! Mais qu'est-ce que j'aurais bien pu faire? Je suis rentré chez moi, et je n'en suis plus sorti que le soir, pour aller traire des vaches. Elles meuglaient dans les étables, c'était une tristesse! Heureusement encore que j'ai eu leur lait pour me nourrir, puisque tout le monde était parti! Ah! Les brigands! » Lui aussi pleurait, maintenant. « C'est à vous dégoûter d'être français », murmura mon père, après un silence.

On fit réparer à la hâte le radiateur de la voiture. J'étais heureux d'entendre de nouveau le bruit du moteur. On filait dans la campagne; on n'était plus habitués à voir les arbres passer aussi vite de chaque côté de la route; mais on était anxieux de savoir ce qu'on trouverait en arrivant. Or, pas plus que les autres, nous n'avions été épargnés. Aux dégâts qu'avait causés le bombardement, s'ajoutait maintenant le désordre du pillage.

Quand elle sut que nous étions rentrés, « Mignonne », la fille Bourdieu, vint nous voir. Elle et sa mère n'avaient pas voulu partir. Il était passé beaucoup de monde sur la grand-route, des civils, puis des soldats français, des Allemands, et encore des civils; des autos s'arrêtaient; des gens entraient chez nous et ressortaient avec des valises remplies; une fois même, ce fut un camion. « Mes pauvres gens, geignait Mignonne, c'était comme si l'on vous déménageait! Je n'ai rien pu leur dire, ils m'auraient battue! » ajoutait-elle. Et, en vérité, la maison était vide. « Pour moi, disait mon père, ce ne peut être que la *zone rouge* de Paris qui a fait cela! »

Ils avaient emporté la vaisselle et le linge qui restaient; ils avaient pris mon petit phonographe et tous mes disques, l'accordéon de mon père et la bicyclette de ma mère; ils avaient vidé la cave et souillé le parquet des chambres; naturellement, le sac contenant les draps et qu'on avait dû laisser, au dernier moment, dans le vestibule, n'y était plus; et, dans la salle à manger, où les portes du buffet et de la desserte s'ouvraient sur des rayons vides, les flûtes du château de Meslay avaient disparu.

Éclats

Les premières nuits, comme il n'y avait plus de draps, on coucha dans des couvertures au tissu rêche, et qui grattait la peau. Le temps que fussent réparées les portes et les fenêtres, remises en place les tuiles du toit, et remplacés — on les avait comptés — les trois cent dix-huit carreaux qui manquaient, la maison était un vaste courant d'air.

On avait nettoyé toutes les pièces, balayé les débris de verre, et ma mère, sur de grandes feuilles de papier ministre qu'elle prenait à la mairie, commençait à faire le compte des objets pillés. Au début, ce n'était pas facile; il fallait faire effort pour se rappeler qu'on possédait telle ou telle chose; parfois aussi, celle-ci avait changé de place, ou avait été rangée ailleurs; à la fin, comme on ne la retrouvait pas, on disait : « C'est simple, on nous l'a prise aussi. » Et ma mère, sortant du tiroir la liste, ajoutait une nouvelle mention.

Dans la chambre de ma sœur Suzanne, un éclat de bombe s'était logé dans la porte de la grande armoire où, auparavant, on rangeait les draps. On fit venir Morisseau, le menuisier de Courplanté, qui découpa un petit morceau de bois de même couleur et l'ajusta avec soin; mais l'on garda l'éclat, qui était dur et coupant, en le fixant au revers de la porte avec du papier collant.

Dans la porte de ma propre chambre, il y avait aussi un trou, minuscule celui-là. Un matin, comme je m'éveillais et ouvrais les yeux, je vis, sur le mur en face, se dessiner en réduction l'image renversée d'une fenêtre, avec ses montants, ses rideaux, ses embrasses; c'était la reproduction exacte, quoique plus petite, de la fenêtre de la chambre de mes parents, laquelle se trouvait derrière la porte. Je crus que je rêvais, et je me rappelai cette nuit de mon enfance où, soudain dressé à demi sur mon lit, je vis que la fenêtre de ma chambre n'était pas à sa place et qu'au surplus elle était de travers! Mais non; ce n'était pas, cette fois, une illusion des sens : tout simplement, la lumière du matin, en passant par ce petit trou ouvert dans la porte, pénétrait dans la pièce obscure comme dans une chambre noire, et photographiait le décor d'en face.

Mouches

Juste après notre départ en exode, de nouvelles bombes, à plusieurs reprises, étaient tombées sur le village; beaucoup d'entre elles, toutefois, s'égarèrent dans les champs alentour. Quelques-unes n'ayant pas explosé, on marqua leur emplacement par un piquet au bout duquel flottait un chiffon. Seule, parmi les habitants, la mère Pélagie, que je n'avais jamais pu qu'entrevoir, appuyée sur son bâton dans les hautes herbes de sa cour, fut tuée par la chute d'un mur.

Quant aux victimes du bombardement que nous avions subi (c'étaient des gens de passage), leurs corps étaient toujours dans l'arsenal de la pompe à incendie, où on les avait déposés à la hâte, et où personne, depuis, ne s'était occupé d'eux. Guidés par une curiosité malsaine, nous allâmes, mon cousin et moi, appliquer à tour de rôle notre œil au trou de la serrure; comme l'odeur nous sautait au visage, nous reculâmes bien vite. « Tu as vu? interrogea mon cousin, c'est plein de mouches! » Enfin, un matin, les pompiers ouvrirent la porte à deux battants, chassant l'odeur épouvantable, et portèrent les corps au cimetière de Saint-Leu; on planta sur les tertres des croix noires où se lisait en lettres blanches la mention : « *Inconnu, 14-6-40.* »

Quelques jours plus tard, comme nous inspections, mon cousin Henri et moi, les lieux mêmes où nous nous trouvions au moment de la chute des bombes, et que nous regardions les entonnoirs qui s'ouvraient à l'endroit précis où, si j'en avais eu le temps, je comptais me mettre à l'abri ce jour-là, notre attention fut attirée par une masse sombre qui reposait sur la fourche d'un arbre voisin; un peu plus haut pendait ce qui nous sembla être une jambe; enfin, à l'extrémité d'une branche, une grosse touffe de cheveux gris formait comme un nid. Nous regardions longuement, muets mais attentifs, ces restes autour desquels tournaient sans fin des mouches.

Les Allemands

Les premiers jours, il passa beaucoup d'Allemands sur la grand-route. De celle-ci, qui menait à Tours, Poitiers, Bordeaux et plus loin encore, on avait coutume de dire, dans mon enfance, et avec quelque fierté, que c'était la route de Paris à Madrid; toutefois, les Allemands n'allèrent pas plus loin que Bayonne.

Il vint des soldats en grand nombre, qui envahirent les cours, les préaux, le jardin, et s'établirent dans la salle de classe où, d'habitude, on s'installait aux vacances, après avoir, sur un côté, repoussé les tables; cette fois, comme nous étions huit à la maison, nous dûmes nous rabattre sur la salle à manger, qu'on réservait auparavant pour les grandes circonstances.

Les Allemands prirent possession des lieux comme s'ils devaient rester des mois; or, ils partirent au bout de quelques jours, nous laissant tout ce qu'ils avaient fabriqué à la hâte pour loger la troupe : châlits, tables et bancs de fortune, vestiaires, caisses, supports pour les fusils, etc. A la buanderie, le cuistot préparait les repas; je le voyais plonger dans l'eau bouillante d'une lessiveuse des poulets qui venaient de chez Bourdieu et qu'un de ses aides égorgeait et plumait. Il versait des nouilles d'un grand sac, mélangeait le tout, et la vapeur se répandait dans la pièce; puis il distribuait des boules de pain noir, de ce pain *caca*, que ma tante Paule avait connu durant qu'elle était prisonnière, et auquel on goûta. Dans la salle de classe, des officiers s'installaient à l'harmonium; une fois, mon cousin, qui avait étudié le piano, voulut jouer devant eux *La Marseillaise;* mais je lui dis de n'en rien faire.

Dans les cours de l'école, j'échangeais des propos avec des soldats; j'apprenais des mots nouveaux, des tournures de phrases; l'un d'eux m'expliqua (et, comme je ne comprenais pas et le faisais répéter, il dessina, dans la poussière du sol, ce qu'il avait à me dire) que les Français avaient percé la ligne Siegfried en deux endroits, mais qu'eux, les Allemands, plus habiles, avaient contourné notre ligne Maginot réputée imprenable. Lorsque je lui parlais, une vague crainte m'emplissait encore; il s'y mêlait aussi une sorte de respect dû à l'admiration qu'avait provoquée cette victoire foudroyante, et qu'entretenait, à cause du défilé incessant des convois sur la grand-route, le sentiment d'une force dorénavant invincible.

Au début de juillet, alors qu'on ne trouvait toujours pas de journaux, quelqu'un nous apporta un exemplaire de la revue

Signal, qu'éditaient les Allemands en langue française. Sur la couverture, une grande photo montrait un avion à croix gammée qui volait près de la tour Eiffel; au bas de la page, un petit titre, mais combien éloquent : *Paris se rend.* Dans les pages intérieures, on voyait le long cortège des prisonniers sur les routes, et une grande carte de la France comme vue d'avion, où couraient du nord jusqu'au sud et de l'est à l'ouest des flèches puissantes, des pointillés énergiques, des hachures impitoyables; c'était : *Six semaines de guerre à l'ouest.* Dans l'article, on expliquait les raisons militaires de notre défaite : plutôt que de voler en désordre au secours des Belges, nous aurions dû, solidement implantés sur nos positions, attendre les Allemands. On montrait aussi une sentinelle française, causant avec des soldats allemands à la porte du château d'Écouen, durant que se poursuivaient, à l'intérieur, les pourparlers qui aboutirent à la reddition de Paris. On voyait en couleurs, derrière les tombes d'un cimetière, des réservoirs d'essence brûler aux abords de la capitale; et enfin, cette photo, qui devint célèbre, d'un homme qui, dans la foule, à Marseille, regardait passer les drapeaux des régiments français dissous; il pleurait; et son visage, tout contracté, faisait une telle grimace qu'on aurait dit qu'il riait.

Mers el-Kébir

Le premier journal français qu'on eut entre les mains proclamait en grosses lettres : *Nous avons perdu la guerre. Préparons la paix !* Et, pour la première fois, le jour du 14 Juillet, on ne planta pas le drapeau à la grille. Il y eut l'affaire de Mers el-Kébir; sur les grandes affiches qu'on colla sur le mur, à notre porte, on voyait des marins français qui se noyaient près de leur bâtiment coulé par les Anglais. S'il en allait ainsi, nos alliés de la veille (qu'on accusait de nous avoir poussés à la guerre et de nous en avoir ensuite laissé supporter le poids) allaient bientôt devenir nos ennemis. Et nous craignions maintenant, mon cousin et moi, que leurs avions ne vinssent attaquer les convois allemands sur la grand-route. Nous en parlions entre nous tout le jour et, surveillant le ciel, nous sentions rassurés dès que, sur le fuselage, se voyait la croix noire bordée de blanc et, sur la queue, la croix gammée aux pattes crochues. Quelquefois, cherchant à nous éloigner de la route, nous allions faire de longues promenades à travers champs d'où nous rentrions harassés; au-dessus des blés, nous apercevions la longue procession des véhicules qui s'étirait jusqu'au sommet de la côte du Gibet.

La moisson de Quarante

Justement, la moisson allait commencer. Elle était en retard, cette année-là, et l'on ne savait comment elle se ferait, car on manquait d'hommes. Les Allemands ayant consenti à prêter, pour le temps que dureraient les travaux, un certain nombre de prisonniers français, ceux-ci furent répartis, suivant les besoins, dans les fermes (la plupart d'entre eux, au reste, s'évadèrent la veille de leur retour au camp).

Comme ma mère nous voyait désœuvrés toute la journée (nous avions bien, quelque temps, comparé nos collections de timbres-poste; puis, comme cela ne nous amusait plus, nous fîmes enrager nos nièces qui s'en plaignirent à leur mère), elle nous répétait : « Vous devriez bien, tous les deux, aider les autres à faire la moisson; cela vous ferait du bien, puisque vous ne savez pas *à quoi vous abattre.* »

Un jour, après le déjeuner, un peu par jeu, mais aussi par crânerie, nous prîmes tous les deux le chemin des champs. Nous retrouvâmes les commis de Bourdieu et les prisonniers vêtus de kaki, auxquels nous prêtâmes la main. C'était amusant, au début, de relever des gerbes et de les réunir en des *moyettes* qui faisaient autant de petites huttes. Mais comme il eût été agréable de faire une sieste à leur ombre! Car le soleil était brûlant et les étendues monotones, et l'après-midi nous parut bien long. Mon cousin était plus robuste que moi; pourtant, comme il avait été élevé dans les villes, les travaux champêtres lui répugnaient plutôt; au surplus, il avait, étant enfant, fait de l'asthme dont ne le guérirent pas tout à fait des cures à La Bourboule et au Mont-Dore; aussi les efforts physiques le fatiguaient-ils vite, et s'essoufflait-il facilement.

Au crépuscule, le chemin du retour me parut interminable; et mes chaussures pesaient lourd à mes pieds.

Le lendemain, mon père, comme je lui en avais fait la demande, vint nous réveiller de bonne heure. Dans un demi-sommeil, mon cousin me fit comprendre qu'il ne tenait pas à m'accompagner. Je partis donc seul pour la ferme, où je m'attablai avec les autres; comme eux, j'étendis du lard froid sur de longues tartines; je bus du cidre et même un peu de vin; puis, une fois dans la cour, je me munis de mon croc et passai dans ma ceinture, d'un côté un paquet de ficelle *lieuse*, de l'autre ma gourde que, pour la maintenir fraîche, j'avais trempée dans l'abreuvoir. Et puis, en route!

Je n'étais pas peu fier, maintenant, de voir que je tenais le coup, de sentir, sous mes vêtements de toile, mes muscles un peu plus durs qu'ils n'étaient la veille, et de faire, à ce qu'il me semblait, aussi bien que les autres. Certes, il m'arrivait, par moments, de regretter de m'être laissé entraîner dans cette aventure; je n'étais pas bien sûr de pouvoir aller jusqu'au bout, car peut-être la fatigue, le soleil et l'ennui auraient-ils raison de moi; la compagnie de mon cousin me manquerait; pourtant, comme nous avions chacun un caractère difficile, et que nous nous étions déjà heurtés plusieurs fois, je ne fus pas mécontent, en fin de compte, qu'il voulût bien me laisser faire seul, ne fût-ce qu'aux yeux de mes parents, la démonstration de mon courage.

Au déjeuner, la salle commune, à la ferme, était remplie d'ombre. « Mignonne », qui mangeait avec sa mère à une petite table à part, déposa un grand plat devant son frère Félix, qui, au lieu de se servir le premier, comme le veut la tradition dans les campagnes, le passa au premier charretier, lequel, étant d'une nature solide, en prit à peu près la moitié; le plat circula ainsi, de main en main, des deux côtés de la table; lorsqu'il arriva au bout, où j'étais placé, et après que le berger eut pris sa part, il ne restait plus rien que de la sauce. Je me consolai de ma mésaventure, d'abord en la contant à mes parents, puis en mangeant à la cuisine un reste de flageolets. Mon cousin ne disait mot; il paraissait même me bouder. Il est vrai que, non sans malice, je faisais voir ma peau hâlée par le soleil, et miroiter la pièce de vingt francs par journée de travail que m'avait promise Félix Bourdieu.

En rentrant, le soir, je trouvai mes parents affolés. Mon cousin Henri avait disparu. Il avait quitté la maison juste après mon départ pour les champs, au début de l'après-midi; on ne savait où il était allé; depuis, on avait visité toutes les pièces, de la cave au grenier et de la buanderie au jardin, on avait crié son nom dans les champs et les bois alentour : Henri demeurait introuvable. Cependant, d'heure en heure, l'inquiétude grandissait; on interrogeait maintenant toutes les personnes qu'on rencontrait, sur la route ou dans la campagne. Des gens l'avaient aperçu; il allait de ce côté, — ou plutôt non, de l'autre; leurs propos se contredisaient; on n'était plus sûr de l'heure. Plusieurs de la Maladrerie ayant assuré qu'ils l'avaient vu se diriger vers le Bois-Rouillé, où s'étendait une mare, les craintes de mes parents en furent augmentées. On battit les taillis, on inspecta le bord de l'eau; puis, comme le soir tombait, on remit au lendemain les recherches. Ma tante Paule, qui, depuis quinze jours, était à l'hôpital de la ville voisine, où on avait pu enfin extraire l'éclat de métal qu'elle avait dans le dos, ne savait rien encore. Fallait-il la prévenir? Et que lui dirait-on? On imaginait son angoisse!

J'étais fatigué et tombais de sommeil; aussi je me couchai et m'endormis tout de suite. Au réveil, j'appris que mon père était déjà parti, en compagnie des gendarmes, en direction du Bois-Rouillé, où ils s'apprêtaient, munis de longues perches, à sonder la mare. Sur ces entrefaites, arriva un télégramme de Charleville qui disait : *Fieu* [1] *bien arrivé lettre suit*, et était signé *Henri*, c'est-à-dire de mon oncle, lequel portait le même prénom que son fils. Ce fut un soulagement! Ainsi, Henri était allé retrouver son père, qu'il savait être de retour à Charleville depuis quelques jours, et dont il s'ennuyait, sans doute, ne l'ayant pas revu depuis les événements de l'exode.

Ma mère était furieuse; elle traitait son neveu de « petit cochon » et disait qu'il avait « fait dans ses bottes ». Elle lui écrivit même une longue lettre dans laquelle elle le traitait de « lâche », lui reprochait de se prendre pour un héros, et jugeait que sa fugue était la conséquence de certaines lectures pernicieuses, comme celle des *Pieds nickelés*.

Pfeffer!

Un jour que j'étais absent, un Allemand se présenta à la mairie, où ma mère le reçut. Elle n'était pas à son affaire,

1. *Fils*, en patois picard.

dans ces cas-là; elle avait toujours peur de déplaire et se montrait fébrile. Elle prit les papiers de la Kommandantur (les gens disaient déjà : la *Kommandatur*) que lui tendait le Teuton sans mot dire, car il ne parlait pas plus le français que ma mère ne comprenait l'allemand. Puis, comme il était l'heure de midi et que son cantonnement devait être assez éloigné, il fit signe qu'il avait faim et voulait manger; en payant, bien entendu.

Ma mère installa l'Allemand dans la cuisine. Il était petit, chétif, un peu chafouin même, et déjà âgé; il ne ressemblait guère, en tout cas, aux beaux garçons blonds qu'on voyait au début. Après avoir donné un coup de chiffon à la toile cirée, ma mère commença de faire cuire un œuf; mais, à la fois inquiète et attentive, elle se retournait parfois, pour voir si c'était bien cela que l'autre voulait. L'Allemand montrait qu'il était satisfait; pourtant, il lui manquait quelque chose, et ma mère ne saisissait pas ce qu'il continuait de réclamer. Elle lui présentait tour à tour le sel, lequel était au reste sur la table, le beurre, la moutarde, le pain. Non, ce n'était rien de tout cela qui manquait, pas plus que la fourchette, la petite cuiller, le coquetier, ou la serviette. Plus l'Allemand gesticulait, plus ma mère s'affolait. Elle lui tendait maintenant toutes sortes d'ingrédients, ou même d'objets, dont certains n'avaient, avec l'œuf à la coque, qu'un rapport assez lointain. Chaque fois, en guise de réponse, l'Allemand balayait l'air de sa main et s'énervait sur sa chaise. C'est alors que je pénétrai dans la cuisine. Dès qu'il m'aperçut, le fantassin, qui s'était levé et sautait comme un diable dans la pièce, me montra son nez, renifla, se moucha, et fit mine d'éternuer. « Pfeffer! Pfeffer! » criait-il.

« Donne-lui le poivre », dis-je à ma mère, qui l'alla prendre au fond du placard où il était rangé.

Mon père

Nous partions, Suzanne et moi, pour La Chapelle, où ma sœur avait été institutrice, et où nous invitaient, pour quelques jours, M. et Mme Fougeron, qui dirigeaient l'école. Suzanne faisait maintenant un peu partie de leur famille; elle avait passé avec eux le temps de l'exode, et ma mère, au reste, s'était fait bien du souci pour elle, car elle n'en avait pas de nouvelles.

Nous roulions sur la grand-route, luttant contre le vent, mais heureux de cette échappée. Nous n'avions parcouru que quelques kilomètres, quand je me retournai, comme si j'eusse eu l'impression qu'on m'appelait. Loin derrière nous, il y avait un cycliste, qui luttait comme nous, sans doute, car il baissait et relevait la tête en cadence. Il me sembla qu'il m'adressait des signes. Bien que je pusse me croire le jouet d'une illusion, je me retournai encore, et regardai avec plus d'attention. Je ne me trompais pas : c'était quelqu'un que je ne reconnaissais pas, tant il était bizarrement harnaché, et qui, par intervalles, levait un bras en l'air, comme s'il nous implorait de l'attendre.

Nous mîmes pied à terre. Alors, comme le cycliste approchait, avançant avec difficulté, et se tenant parfois debout sur les pédales, je reconnus mon père. Lorsqu'il nous eut rejoints, il s'arrêta, essoufflé. Il portait sur ses épaules mon propre sac de camping, que j'avais oublié de prendre. Il me le tendit sans mot dire, car à peine pouvait-il parler, et j'entendais le souffle rauque et haletant que faisait sa respiration. « La prochaine fois, dit-il enfin, en tournant sa bicyclette dans le sens opposé, tu tâcheras d'être moins étourdi. » Et nous le vîmes s'éloigner assez vite, poussé qu'il était, cette fois, par le vent.

Notre séjour à La Chapelle fut des plus agréables. La région était couverte de pâturages sur lesquels, le matin, le soleil jetait une lumière irisée. C'était bien différent de nos plaines; mais il y avait beaucoup de côtes, qu'il nous fallait gravir, le plus souvent, à pied, en poussant nos bicyclettes par le guidon. M. Fougeron, qui était officier et avait été démobilisé, nous parla d'un certain général, qui s'appelait de Gaulle, et dont j'entendais le nom pour la première fois. Il l'avait eu comme chef, et c'était, selon lui, un homme un peu orgueilleux, et d'un caractère difficile. Il s'était, au moment de la défaite, sauvé en Angleterre et, ces jours derniers, avait essayé de débarquer à Dakar. Mais il n'avait pas réussi dans sa tentative. M. Fougeron avait entendu la nouvelle à la radio anglaise; car il se trouvait maintenant des gens qui écoutaient Londres comme d'autres, naguère, écoutaient Radio-Stuttgart (c'étaient peut-être les mêmes, au reste).

A la maison, les jours passaient, monotones; la moisson était finie, et j'avais tenu jusqu'au bout. Pour la première fois, et je ne laissais pas d'en être étonné moi-même, j'avais presque hâte de retourner à la pension, et trouvais que la rentrée se faisait bien attendre. Il me semblait, par moments, que mon père changeait; physiquement, cela ne se voyait guère, car déjà, avant la guerre, il était presque chauve; pourtant, lorsque je comparais son visage d'aujourd'hui à celui qu'il montrait sur une photo ancienne, je n'apercevais pas de différence sensible; il est vrai que, le jour où ma sœur Suzanne prit la photo, le temps était gris, et les cheveux de mon père paraissaient déjà blancs.

Une fois, je pédalais aux côtés de mon père. Il avait accroché à sa bicyclette une petite voiture (sa *chignole*, comme il l'appelait) qu'il avait fabriquée de ses mains, avec une caisse et des roues de vélo, et dans laquelle, maintenant que, faute d'essence, on ne pouvait plus rouler en voiture, il transportait toutes sortes de choses, des charges très lourdes parfois, son travail qu'il allait livrer à la ville, ou du ravitaillement qu'il achetait dans les fermes.

En arrivant à la route de Saint-Leu, il prit le virage trop court. Brusquement, il dérapa sur du gravier et dégringola sur la chaussée. Sa bicyclette gisait à terre, et la *chignole* s'était couchée sur le côté, les roues tournant encore à toute vitesse. Mon père, déjà, s'était relevé. D'une main, il frottait la poussière qui tachait ses vêtements, tandis qu'il portait l'autre à sa bouche où, malgré la chute, il avait gardé sa pipe. Ce petit accident, si imprévu, avait des aspects si cocasses (à cause de la pipe, surtout), que je ne pus m'empêcher de rire. Cependant, mon père continuait de frotter sa joue; il introduisait maintenant ses doigts dans sa bouche, crachait à terre, faisait aller ses mâchoires en tous sens, cherchait son mouchoir dans une de ses poches, en frottait sa langue, regardait si cela saignait. Non, cela ne saignait pas. Alors, se tournant vers moi : « Tu ris, dit mon père. Mais, sais-tu, cela me fait très mal; j'ai dû me déchausser des dents. C'est à cause de ma pipe. »

Je ne répondis rien; mais j'éprouvai soudain une immense pitié pour lui. J'eusse souhaité de pouvoir me jeter dans ses bras et lui demander pardon pour m'être moqué de lui. Comme on n'était pas accoutumé à de semblables démonstrations, je me contentai de garder le silence; de sorte que mon père ne sut pas, ce jour-là, combien je l'aimais.

La Vie simple

A la rentrée qui suivit la défaite, Chevrier accrocha le portrait du Maréchal dans le corridor. Cette photographie en couleurs (comme on n'était pas accoutumé d'en voir) était placée entre les deux rangées de lavabos; elle jetait une note gaie sur le long mur triste. Lorsque je passais devant, je ne savais ce que je devais le plus admirer, du visage rose, grandeur nature, où chacun des pores de la peau était visible, des yeux gris-bleu, de la moustache blanche, du képi garance à feuilles de chêne dorées, ou encore de la médaille militaire épinglée sur la vareuse sombre.

En classe, Chevrier choisissait, pour les dictées ou les rédactions, des sentences du Maréchal, qui prônaient le retour à la terre et faisaient l'éloge du travail. D'autres fois, c'étaient des citations de *La Vie simple*, de Wagner; et, en écoutant Chevrier nous dicter, de sa voix lente et grave, ces paroles d'une sagesse évangélique, j'éprouvais soudain le besoin d'être vertueux.

Par la suite, Chevrier rédigea un règlement intérieur. C'était une longue leçon de morale dont le texte couvrait plusieurs pages de cahier d'écolier. Ce « règlement », qui devait faire de nous des enfants sages, devint vite notre bête noire. A la moindre incartade, Chevrier nous le faisait copier une, deux, et jusqu'à six fois. Si on laissait des fautes ou si l'on oubliait des mots, il nous fallait récrire toute la page. Aussi ne tardai-je pas à prendre la vertu en horreur.

Cours complémentaire de Bellerive

RÈGLEMENT INTÉRIEUR

(Repas)

Tenez-vous convenablement, le corps droit, les poignets appuyés sur le bord de la table. Évitez de gesticuler avec votre fourchette, c'est peu convenable et cela peut être dangereux pour votre voisin.

Abstenez-vous de parler bruyamment.

Potage. — Mangez votre potage posément, sans faire un bruit désagréable avec la langue ou les lèvres. Ne soufflez pas sur votre cuiller si le potage est chaud. Portez l'extrémité et non le côté de votre cuiller à la bouche. Ayez soin, en prenant la dernière cuillerée, d'incliner votre assiette et non de la vider dans votre cuiller. Si le plat suivant se fait attendre, tenez-vous bien sans vous amuser à manger votre pain ou à boire ce qu'il y a dans votre verre.

Viande. — Découpez votre viande en tenant votre fourchette dans la main gauche et le couteau dans la main droite; si la viande vous est servie avec des os, mettez-les sur le bord de votre assiette. Ne coupez pas votre poisson, mais rompez-le au fur et à mesure que vous le mangez. Ne lancez pas de boulettes sur vos camarades.

Boisson. — Ne buvez pas quand vous avez la bouche pleine; avant de boire, essuyez vos lèvres pour qu'elles ne laissent aucune trace sur le gobelet. Buvez sans faire de bruit, modérément, à petits traits.

Restes. — Évitez de laisser aucun reste de pain, de légumes dans votre assiette. Ayez soin de vider votre gobelet. Laissez votre place propre.

Dessert. — Mangez sans avidité votre dessert.

Friandises. — Surtout ne vous gavez pas de friandises, choses lourdes dont l'abus fatigue l'estomac et vous expose aux malaises et aux indigestions. De plus, ces friandises prises en dehors des repas vous font délaisser les saines et réconfortantes préparations qui vous sont servies à table.

Il est impoli de dire : « Je n'aime pas cela », d'oublier de dire : « S'il vous plaît » ou « merci », de se montrer trop délicat ou d'avoir une attitude nonchalante pour son voisin.

On juge l'éducation d'une personne sur la manière dont elle se tient à table. Prenez l'habitude de vous tenir comme des enfants bien élevés.

Le héraut

Chevillard, un externe, était le fils du gardien du cimetière. C'était lui que, chaque matin, on interrogeait pour savoir les nouvelles, car son père, tous les soirs, écoutait la radio de Londres. On apprenait ainsi que les Anglais, après avoir pendant longtemps reculé dans les sables du désert, résistaient à Tobrouk; qu'Hitler avait déclaré la guerre à la Russie, ou que Rudolf Hess avait atterri en Angleterre. Ainsi, les plus grands événements qui se jouaient sur la scène du monde trouvaient pour nous leur héraut dans ce gamin lymphatique, à la voix traînante et dont la lèvre supérieure s'ornait en permanence d'un filet de morve.

Pinault

Petit, gros et d'ascendance auvergnate, Pinault parlait avec de la bouillie dans la bouche. On l'avait surnommé « Pine-au-Cul », ou encore la « Bite ». Ses parents étant morts dans un accident, il faisait un peu ce qu'il voulait, et ne se trouvait pas plus mal en pension, où il avait des camarades, qu'ailleurs.

Durant l'exode, alors que tous avaient fui, Pinault était resté à Bellerive. Il se promenait dans les rues désertes de la ville, les mains aux poches et en compagnie de quelques garnements peu recommandables. Toutes les boutiques étant fermées et les rideaux de fer abaissés, ils allèrent chercher leur nourriture dans des fermes du voisinage, où ils n'eurent qu'à traire des vaches beuglantes et où ils tuèrent des poules, et même un cochon qu'ils firent rôtir dans un grand feu. Ensuite, ils retournèrent à Bellerive, où ils s'installèrent dans la propriété des Brossard, la grosse maison bourgeoise que l'on voyait derrière la pension, en bas de la côte. Des gens les aperçurent, affalés au soleil dans des fauteuils, débouchant sans cesse de nouvelles bouteilles qu'ils allaient prendre dans la cave, et saccageant même le jardin. C'était une honte.

Le Paxon

La dernière année, René Marlin (le « Paxon ») était traité presque en égal par le patron, ce qui ne manquait pas de faire jaser. Plusieurs fois, de grand matin, ils allèrent ensemble à la pêche du côté de Vouvray. Bien que le Paxon se fût toujours montré loyal avec tous et n'eût pas coutume de faire de la « lèche » aux maîtres (avec lesquels, pourtant, il engageait volontiers la conversation, car il n'était pas loin de se prendre pour un adulte), on se montrait inquiet de ces fréquentations répétées; et l'on soupçonnait bien Chevrier, habile et faux comme il pouvait être lorsqu'il cachait ses desseins sous le masque de la bonhomie, de chercher à savoir des choses et de tirer les vers du nez du Paxon.

La dînette

De temps à autre, les grands s'assemblaient la nuit, une fois les lumières éteintes et les autres endormis, pour faire la dînette. Ils n'avaient pas faim, ayant pris leur repas depuis une heure à peine; mais c'était si amusant de se réunir à quelques-uns et à la lueur des pétoches, comme des conspirateurs, dans la pièce mansardée où l'on rangeait le linge sale et les valises! On étalait une serviette sur le plancher; on y déposait les victuailles qu'on avait fait acheter par des externes, des œufs durs, du saucisson, de la viande froide, du pain d'épice, et même une bouteille de vin. On tirait des cigarettes blondes au parfum de miel de paquets étroits et rouges, marqués *High Life*. On se racontait des histoires ou des films, en éteignant nos pétoches pour ne pas les user, si bien qu'on ne voyait plus que le bout rouge des cigarettes. Puis, comme on avait sommeil, on allait se recoucher, en marchant sur la pointe des pieds. Comme on passait devant les cabinets, on jetait les détritus et les mégots, non sans les avoir arrosés longuement.

La pipe

Un dimanche que j'avais accompagné mes parents chez ma grand-mère Joséphine, aux Bergeries, je proposai à mon cousin Maurice d'aller à bicyclette jusqu'au bourg voisin. Là, pour l'étonner, j'achetai une pipe, un paquet de tabac et un briquet à mèche d'amadou que j'exhibai le soir, de retour à la pension.

Vers la fin de l'étude, j'étais occupé, les mains dans mon pupitre, à bourrer ma pipe, quand, levant la tête, je vis Chevrier qui, d'une démarche feutrée, se dirigeait vers moi en ne me quittant pas des yeux. Sans doute avait-il déjà épié mon manège en regardant, comme il faisait souvent, par la fenêtre qui donnait sur le couloir et où il pouvait facilement se dissimuler dans l'ombre. Parvenu à ma hauteur, et voyant bien que je me troublais, il me demanda ce que je faisais. Je ne sus que répondre et me contentai de ramener mes mains à la surface. Alors, il se pencha et, fourrageant dans mon casier, il en tira successivement le briquet, le tabac et la pipe. « Ah! Ah! triompha-t-il, j'ai découvert le pot aux roses! » Il mit le tout dans les poches de sa blouse, ajouta ironiquement : « Compliments! » et, me tournant subitement le dos, s'en alla, tandis que mes voisins ricanaient en silence.

Au moment où nous montions au dortoir, Chevrier me fit sortir des rangs et me demanda de le suivre dans son bureau. Là, il me fait asseoir en face de lui et, me plantant la pipe dans la bouche, craque une allumette qu'il promène au-dessus du fourneau. « Fumez! » me dit-il. Puis il fait mine de s'absorber dans la préparation de son cours d'allemand (il n'était guère plus fort que nous). Je tirais à petites bouffées sur ma pipe; le temps me paraissait long, et le silence obsédant. Je pensais aux autres, qui devaient déjà être au lit. Les seuls bruits que j'entendais, de temps à autre, étaient la chaise de Chevrier, qui craquait, et le feu qui, suivant les sautes d'humeur du vent, s'affolait parfois dans le poêle. Lorsque j'eus fini ma pipe, Chevrier (qui l'avait, dans l'intervalle, rallumée plusieurs fois) en secoua la cendre et, la remplissant de nouveau jusqu'au bord avec des gestes lents et cérémonieux, me dit simplement : « Continuez! » Comme je faisais mine de résister, il prit un vieux journal dans la corbeille à bois et, y mettant le feu, l'approcha de mon visage. Je reculai, effrayé; mais lui, marchant sur moi avec des airs démoniaques, me criait : « Fumez! »

A la troisième pipe, Chevrier me fit grâce. Je montai au dortoir, bus de l'eau au robinet pour me rincer la bouche, et me couchai avec quelques maux de tête. A quelque temps de là, un dimanche que, désœuvré, j'ouvrais machinalement le tiroir de la salle à manger, chez mes parents, la première chose que j'aperçus fut ma pipe. Oui, c'était bien elle. Comme il était honnête, Chevrier avait dû la rendre à mes parents, qui ne m'en soufflèrent mot. Mais, quand deux ans plus tard, mon père (après avoir de nouveau cessé) recommença de fumer, il trouva tout naturel de se servir de ma pipe, sans rien me demander.

La baignade

Lorsqu'il faisait très chaud, le samedi, nous nous rendions en groupe à la baignade de Bellerive, qui se trouvait à la sortie de la ville, au bord de la Vivonne. Du petit pont qui enjambait la rivière, on entendait des cris, des clapotis et, dans les arbres, des chants d'oiseaux; on apercevait une rangée de cabines peintes en blanc qui me rappelaient celles qu'on voyait sur des plages de la Manche où j'avais passé des vacances. Lorsqu'on s'y enfermait pour se déshabiller et enfiler son maillot, on était brusquement assailli par la chaude senteur du bois. Les plus hardis se jetaient tout de suite à l'eau; de grandes gerbes liquides éclaboussaient alors ceux qui, assis sur la berge et hésitant encore, trempaient un pied après l'autre. Quelques-uns, dont j'étais, ne sachant pas nager, poussaient devant eux une gerbe de roseaux en agitant les jambes. Le surveillant nous regardait faire et donnait parfois un coup de sifflet si l'un de nous s'aventurait au centre de la rivière, à l'endroit où, soudain, on sentait le sol se dérober sous les pas. D'habitude, après avoir fait quelques brasses, il se tenait sur le bord, les mains aux hanches. L'eau plaquait ses cheveux, ruisselait sur son torse nu où se voyait une broussaille de poils, et collait à la peau le caleçon de bain en soulignant le sexe, qui me paraissait énorme.

Quelquefois, on rencontrait à la baignade des jeunes filles de la ville que nous connaissions de vue, ou dont le seul prénom nous était familier. On les suivait du regard, ravis qu'on était de les voir d'aussi près, mais un peu intimidés tout de même, et n'osant pas leur adresser la parole. On se contentait de remarquer leurs rondeurs et de faire entre soi des commentaires.

Un soir, comme j'empruntais, derrière les cabines, un étroit passage où se cachaient parfois des gens pour se déshabiller, je croisai Monique Rouquette, qui était jeune et jolie, et que j'avais souvent aperçue des fenêtres de la pension. Elle était en maillot de bain et courait les pieds nus. L'une de ses bretelles s'étant défaite, je vis son sein dénudé. Devinant mon trouble, elle s'enfuit derrière les arbres. Pourtant, j'avais eu le temps d'admirer cette forme parfaite, marquée en son centre de l'aréole brunâtre, et dont je gardai longtemps, dans mes songes, l'image intacte.

Le petit vin de Vouvray

Un matin, en faisant nos lits, nous pariâmes, le Paxon et moi, à qui boirait une bouteille entière de ce vin clairet qu'on trouvait chez le père Quenouille, à Vouvray, où nous allions souvent en promenade. C'était, de notre part, pure fanfaronnade, et Potiron, qui nous écoutait, proposa de se joindre à nous. D'après lui, ce vin ne devait guère, à en juger à sa couleur, être plus fort que l'eau rougie qu'on nous servait à table.

Il se trouva que, l'après-midi, le surveillant nous emmena du côté de Vouvray. Sitôt qu'on eut franchi les limites de Bellerive, on longea les bâtiments de l'asile d'aliénés où l'on aperçut, comme à l'accoutumée, des pensionnaires qui, tenant les barreaux à deux mains, nous regardaient passer. On lançait alors à leur adresse des quolibets, pour mieux s'amuser de leurs réponses. Derrière les grilles, on voyait souvent un vieux homme à la casquette militaire et aux guêtres de cuir qui était occupé à jardiner. Chaque fois qu'on lui demandait son nom, il disait qu'il était Napoléon, et cela nous faisait bien rire; mais lui gardait son sérieux et ne se fâchait pas. La route continuait pendant longtemps sur le plateau dénudé, avant de descendre en détours sinueux.

Au dernier moment, derrière un repli de terrain, se montrait le village de Vouvray, au bord de la Vivonne. L'endroit était ombreux et calme. On y entendait toujours le bruit de l'eau qui franchissait en riant de toutes ses dents un léger barrage dressé près d'une ancienne minoterie, dont la haute cheminée de brique était couronnée de suie. Une passerelle de planches, démunie de garde-fou, enjambait un bras de la rivière, dont l'eau transparente et peu profonde laissait voir de longues herbes couchées, parmi lesquelles s'enfuyaient des poissons au dos sombre. Plus loin, derrière les arbres, coulait la rivière, avec ses champs de roseaux et ses nénuphars étalés à la surface de l'eau noirâtre et où se posaient un instant des insectes montés sur des échasses. Sur les bords, des pêcheurs immobiles comme les saules ou assis sur des sièges pliants, surveillaient leur flotteur. Des familles, allongées dans l'herbe ou sur une couverture, faisaient la sieste, et l'on voyait encore, près d'elles, le panier où elles avaient serré leur repas et d'où dépassaient des bouteilles. L'autre versant étant très escarpé, à peine étions-nous arrivés, que chacun s'élançait pour en gravir les pentes raides, en s'agrippant aux broussailles ou aux souches d'arbres. Tout en haut, après les halliers où l'on s'enfonçait en baissant la tête et se protégeant le visage, on trouvait la plaine, l'immense plaine avec ses labours ou ses champs de blé en herbe. Pendant près de deux heures, certains jours, on organisait des jeux, on formait des camps, on livrait des batailles. Quelquefois, après un fourré, on parvenait à une soudaine éclaircie d'où s'envolait, avec un terrible battement d'ailes, quelque faisan qu'on avait surpris. Une fois même, je pus observer à loisir un renardeau qui paressait au soleil; je demeurai immobile en retenant ma respiration, et le vis faire sa toilette, se rouler dans les feuilles mortes, puis regagner son terrier après avoir tranquillement uriné au pied d'un arbre.

Au moment du départ, le surveillant devait lancer de longs coups de sifflet avant de pouvoir rassembler tous les pensionnaires. Des bois descendaient en trombe des retardataires;

d'autres partaient à la recherche de ceux qui s'étaient égarés et, comme on ne voyait revenir ensuite ni les uns ni les autres, il fallait en envoyer de nouveaux à leur rencontre.

Ce dimanche-là, il faisait chaud. Au bout d'une heure, quand nous eûmes bien soif et vîmes que le surveillant tournait le dos, nous filâmes, le Paxon, Potiron et moi, vers le café du père Quenouille, qui se trouvait à la sortie du village. On voyait sur le devant une tonnelle ombragée, avec une glycine, de la vigne vierge, des tables et des bancs. D'habitude, on venait y boire à la hâte des panachés de bière et de limonade, ou encore ces grands verres de diabolo-menthe dont les petites bulles, en crevant, piquaient les narines.

Nous pénétrâmes, ce jour-là, dans la salle dont les volets étaient à demi clos et où, sur le carrelage, l'ombre jouait avec le soleil. Le père Quenouille vint prendre la commande (on laissa faire le Paxon, qui paraissait plus que son âge) et rapporta sous ses bras trois bouteilles qu'il déposa sur la table en nous regardant de travers; puis, il s'en fut sous la tonnelle servir d'autres clients. Très vite, Potiron vida sa demi-bouteille. Ne voulant pas être en reste, j'eus bientôt fait de le dépasser. Ce vin clairet, en effet, était facile à boire; au surplus, il était frais (l'eau perlait aux flancs de la bouteille) et il faisait chaud. Au bout d'un moment, je ne prêtai plus attention à ce goût de pierre à fusil que j'avais senti tout d'abord, ni à une certaine aigreur que laissait dans la bouche ce vin à la couleur trompeuse. Je triomphai : j'avais gagné mon pari! Aussitôt, Marlin se leva, paya et nous entraîna vers la sortie. Comme je lui faisais remarquer qu'il n'avait bu lui-même que deux verres, il balaya d'un geste mon objection et dit qu'il n'avait plus soif. Quant à Potiron, il confessa que le vin lui montait déjà à la tête et devait être plus fort qu'il n'en avait l'air.

Une fois dehors, je retrouvai le soleil, dont l'éclat blessa mes yeux; la sueur coulait à mes tempes; mes mains étaient moites et ma chemise collait à ma peau. Peu après, on prit le chemin du retour; cependant, plus j'avançais, plus mes jambes semblaient s'alourdir, et plus la route me paraissait longue. Dans les faubourgs de la ville, je titubais et, en arrivant à la pension, je dus m'appuyer sur deux de mes camarades. Néanmoins, je me précipitai comme les autres sur le goûter, alors que Potiron, livide, ayant pris le parti de s'enfoncer deux doigts dans la gorge, vomissait dans les cabinets et, sitôt monté en étude, s'endormait sur son pupitre. Quant à moi, voyant que les autres, narquois, prêtaient attention au moindre de mes gestes, j'amusai la galerie et fis le pitre à mon banc, en vantant à mes voisins et sur tous les tons les mérites de la crevette, qui faisait l'objet de la leçon du lendemain. C'est alors qu'on me prévint de l'arrivée de mon père. (Il venait me faire ainsi une brève visite, dès que mon absence commençait de lui peser.) Avec dignité, sinon avec assurance, je m'efforçai de descendre l'escalier, au pied duquel il m'attendait. Je l'embrassai rapidement, en évitant de respirer trop fort, car je devais sentir le vin. Je ne me souviens plus bien de ce que me dit mon père ce soir-là. Je me rappelle pourtant qu'à un moment, il me tendit une tablette de chocolat qui, dès que l'eus prise, m'échappa des mains et tomba à terre; que je me penchai avec effort et parvins non sans peine à la ramasser; qu'enfin mon père s'inquiéta de savoir si je n'étais pas malade. Je dus lui répondre que non avec une précipitation telle qu'il n'en fut guère rassuré.

Quant au Paxon, il avait perdu son pari, dont l'enjeu était sans importance; mais il riait sous cape du bon tour qu'il m'avait joué.

Les filles d'à côté

J'avais quinze ans; j'étais dans les « tertios ». C'est dire que je faisais partie des grands. Ayant été longtemps un enfant un peu chétif et d'une santé fragile, je m'étais presque accoutumé à l'idée qu'il en serait toujours ainsi, et que la plupart de mes camarades conserveraient toujours sur moi l'avantage de la force physique; et je ne cherchais pas plus à le leur disputer que je ne tendais à faire valoir, dans d'autres domaines, des qualités que je croyais avoir et dont certains d'entre eux, au contraire, se trouvaient parfois démunis.

Toutefois, depuis un an, ma taille s'était développée; mes muscles s'étaient durcis. Bien que j'eusse peu de goût pour la bagarre, s'il m'arrivait d'échanger des coups avec Potiron, j'avais presque toujours le dessus. Et, lorsque je regardais à mes pieds, il me semblait que le sol était plus loin qu'avant. La preuve que je grandissais était que mes parents avaient dû m'acheter de nouveaux vêtements (on en trouvait encore à cette époque). Il ne me restait plus qu'à salir un peu mes blouses trop neuves pour avoir, à l'instar des autres, une tenue suffisamment débraillée.

Lorsque je marchais dans la cour ou dans les couloirs, j'allongeais le pas; je sentais une assurance, j'éprouvais une plénitude toutes nouvelles, lesquelles s'exprimaient, la plupart du temps, par des bouffées d'orgueil, ou le sentiment exagéré de mon importance, et se traduisaient par une condescendance à l'égard des moyens, et une indifférence quasi totale pour les plus petits. Car tout changeait peu à peu dans la forme de mes rapports avec les autres et, avec les adultes même, ma timidité était moins grande, et je remarquais qu'ils m'écoutaient avec plus d'attention; il est vrai qu'à présent, je réfléchissais avant de parler.

Maintenant que, depuis un an, j'allais tous les samedis après-midi chez mes parents, d'où je ne rentrais que le lundi matin, la semaine me paraissait courte; quelquefois, je ne voyais plus passer les jours et les semaines; je négligeais de surveiller la *tangente* inscrite à la craie sous le préau; mieux encore : j'avais l'impression de vieillir trop vite. En somme, je ne m'ennuyais plus en pension. Au reste, Chevrier ne s'occupant guère de nous, la discipline s'était, depuis quelques mois, relâchée ; et, par moments, j'avais presque le sentiment de me trouver perpétuellement en vacances.

Il me fallait pourtant préparer le brevet élémentaire que, pendant cinq années, j'avais vu les autres passer ; c'était l'aboutissement normal de nos études, encore qu'il s'ajoutât, pour quelques-uns d'entre nous (les plus doués ou les plus persévérants), une quatrième année, au terme de laquelle se profilait, comme un portique imposant, le concours d'entrée à l'École normale d'instituteurs. Mais on n'en était pas là ; il y avait la guerre ; beaucoup de choses pouvaient changer ; et l'on verrait bien ce qu'il se passerait. En attendant, l'examen approchait ; je voyais les autres commencer leurs révisions, se lever tôt, se coucher tard, étudier partout, dans la cour, et même en promenade (Charbonnier surtout, qui avait les oreilles décollées, remplissait des cahiers d'une écriture microscopique et, un doigt glissé dans son livre qu'il maintenait sur sa poitrine, marmottait des résumés comme un prêtre ses prières), alors que je n'étais vraiment occupé, quant à moi, qu'à trouver des rimes nouvelles ou à inventer des tactiques au jeu de « morpion ».

Chevrier ayant fait remplacer, l'année précédente, les vitres du rez-de-chaussée par du verre cathédrale, nous nous tenions le plus souvent dans les couloirs du premier étage, d'où l'on avait vue sur la rue. On nous en chassait quelquefois, alors que nous faisions mine de chercher un vêtement dans les vestiaires. Mais, plus encore qu'aux gens qui passaient, ou aux convois allemands dont le défilé devenait monotone, nous nous intéressions aux filles. Notre poste d'observation favori, à cet égard, restait le même depuis des années ; c'était celui d'où j'apercevais Colette autrefois ; il se trouvait, au bout du bâtiment, dans la classe des « secundos », alors que, par une malchance insigne, la nôtre était située dans une aile, au-dessus de la cour d'honneur, et où il n'y avait rien d'autre à voir que des pavés et des massifs de fleurs. Juchés à deux ou trois sur les montants des lits, on se postait aux fenêtres du dortoir, d'où l'on dominait la cour et les salles de classe du pensionnat voisin. Les deux établissements étaient bien situés côte à côte, et séparés seulement par la largeur d'une rue; toutefois, aucun d'eux n'ayant de fenêtres en vis-à-vis, on ne pouvait voir celles-ci que de la cour; encore n'en distinguait-on rien d'autre, lorsqu'on se mettait aux aguets, que des chiens assis et des rideaux tirés. Pourtant, certains soirs de juin, à cause de la chaleur, les croisées demeuraient ouvertes. Aussi, dès qu'une tête se montrait, adressait-on des signaux; ou encore, on présentait des ardoises avec des inscriptions en grosses lettres; et les filles, quelquefois, faisaient signe de la tête qu'elles avaient compris. La plus délurée (on connaissait maintenant leurs noms) était Marcelle Papillon; c'eût été aussi la plus jolie, si elle n'avait eu le visage marqué de la petite vérole. Une fois, le grand Sureau, l'apercevant en chemise, tâcha d'attirer son attention par un geste dont l'audace m'effraya : remontant rapidement ses deux bras ensemble le long du corps, il l'invitait à se dépouiller de ses vêtements. Aussitôt, elle disparut; mais ce fut pour laisser la place à une autre, dont les épaules nues, bien qu'il fît assez sombre, laissaient deviner la gorge et, l'imagination aidant, le reste.

Un soir, nous décidâmes, Marlin et moi, de faire le mur et d'aller chez les filles. Il y avait quelques jours qu'on en parlait; encore qu'on ne se posât pas la question, on ne savait pas bien ce qu'on y pourrait faire, ni quelle sorte de complicité et d'accueil on trouverait. On se promettait bien, en tout cas, de monter jusqu'au dortoir, fût-ce au prix d'une escalade périlleuse. A la réflexion, je crois plutôt que chacun de nous espérait en secret que l'autre renoncerait le premier à donner suite à une aussi extravagante entreprise, afin de s'attribuer tous les mérites et d'abandonner lui-même la partie en criant à la trahison. Mais, à supposer qu'aucun des deux n'osât reculer, la question restait de savoir où nous mènerait notre hardiesse.

Quand les autres furent couchés, nous descendîmes à

pas de loup. Pour faire moins de bruit, nous avions chaussé nos espadrilles. Au début, il n'y avait pas de danger : le patron ne se souciait pas de nous surveiller à cette heure; il ne montait plus guère au dortoir; d'ailleurs, on voyait de la lumière dans son bureau, lequel donnait sur la cour d'honneur. Je franchis sans trop de difficulté la grille, à la suite de Marlin qui se montrait plus agile. Une fois dans la rue, nous fîmes quelques pas, en enfonçant dans l'asphalte qu'avait chauffé le soleil au long de la journée. Un couple de retraités marchait en se donnant le bras, et remontait lentement la côte. Nous attendîmes qu'ils se fussent éloignés. Puis, comme il fallait faire quelque chose, je demandai au Paxon s'il ne pensait pas qu'il valait mieux que le nuit fût tombée; or, nous étions dans les jours les plus longs de l'année; cette demi-clarté crépusculaire pouvait durer encore longtemps. « On y va! » dit tout à coup le Paxon. D'un bond, il prit appui sur la petite porte et l'escalada. Nous étions dans une courette située derrière le bâtiment où se trouvaient les salles de classe. Les portes étaient fermées à clef; mais j'aperçus une croisée dont les battants étaient simplement réunis à l'espagnolette. Dans les salles intérieures, à demi obscures, je distinguais les rangées de bancs; j'y retrouvai la même odeur qui régnait autrefois à l'école, chez ma mère, dans le vestiaire des filles. A présent, nous étions dans la grande cour. Nous marchions sans faire de bruit et en nous dissimulant sous le feuillage des arbres. Au fond, se dressait le bâtiment du pensionnat, dont les lumières étaient éteintes et, au deuxième étage, les fenêtres du dortoir grandes ouvertes; toutefois, à cette heure, personne ne s'y montrait. Nous discutions à voix basse, Marlin et moi, sur les moyens que nous avions d'attirer l'attention des filles, sans que pour autant la surveillante ou la *Cathé* elle-même pussent être alertées. Lancer un caillou? Il fallait bien viser, à cette hauteur, et l'on risquait de casser un carreau. Appeler? Crier un nom? Il n'y fallait pas songer; c'était exposer inutilement une pensionnaire à une punition. Le Paxon réfléchissait; dans ces cas-là, on pouvait craindre qu'il ne se laissât aller, comme il faisait souvent, au pessimisme. Je le vis en effet qui fronçait les sourcils, faisait la moue, hochait la tête. « On ferait mieux de s'en aller », dit-il au bout d'un moment. Je le regardai, feignant l'étonnement. « Alors, quoi? Tu te dégonfles? » lui lançai-je. « Je ne vois pas ce qu'on est venus branler ici. Ça va un moment, pour s'amuser. Mais on ne va réussir qu'à une chose : se faire *gauler*. — Franchement, dis-je, je n'aurais pas cru cela de toi! » Déjà, il faisait mine de s'en aller. « Eh bien, moi, je reste! » ajoutai-je avec crânerie. A présent, Marlin, impressionné qu'il était par ma décision, hésitait. Le nez en l'air, il sifflotait doucement, entre ses dents; il faisait claquer sa langue, puis ses doigts; il lançait, toujours à l'adresse des fenêtres ouvertes sur le soir, des *psst! psst!* auxquels ne répondait que le silence. Durant ce temps, j'avais gravi sur la pointe des pieds les marches du perron. D'en bas, le Paxon me faisait signe que, cette fois, il partait pour de bon. C'est alors qu'une idée saugrenue me passa dans la tête; saisissant avec précaution entre deux doigts la chaîne qui pendait le long du mur, j'inclinai lentement, progressivement la cloche à laquelle elle était reliée, afin que le battant vînt se coucher docilement sur le bord, et produisît cette vibration légère, presque aérienne, qui nous amusait tant lorsque, dans notre propre cour, nous nous livrions à ce jeu. Las! Cette cloche-là ne se montra pas aussi complaisante; ou bien, peut-être, le battant, d'abord retenu par son crochet, se libéra-t-il brusquement. Un tintement unique, mais clair, se fit entendre. Déjà, le Paxon, effrayé, avait filé; et moi, je n'osais plus lâcher la chaîne, de crainte que la cloche se renversât brutalement de l'autre côté! Dès que je pus enfin lui faire retrouver sa position normale, je dégringolai les marches et m'enfuis à mon tour. Je traversai de nouveau la cour, puis les salles de classe, enjambai la fenêtre et me hissai au-dessus de la porte. A ce moment, je vis qu'il y avait du monde dans la rue. Des bruits de voix, agrandis par le silence crépusculaire, me parvenaient. Je décidai d'attendre un peu. Après tout, nous nous étions affolés pour rien. En me penchant, je pouvais entrevoir, au travers des fenêtres, la masse sombre du pensionnat, où aucune lumière ne s'était allumée. Enfin, j'escaladai la petite porte et sautai dans la rue. A ce moment, je vis deux ombres se détacher du mur d'en face. Tout de suite, je reconnus la silhouette de Marlin. Mais avec qui était-il donc ? C'était quelqu'un d'un peu plus corpulent que lui, aux épaules voûtées, au cheveu rare, et qui portait une blouse comme nous. Tous deux s'avançaient tranquillement à ma rencontre. Lorsqu'il fut à deux pas de moi (j'avais enfin compris que c'était lui), Chevrier me demanda d'une voix douce, qui jouait l'étonnement : « Que faites-vous donc là, à cette heure, et d'où venez-vous ? » Avant de répondre, je jetai un coup d'œil vers Marlin, qui ne semblait pas embarrassé outre mesure, et souriait à demi. Je contai que, ne pouvant dormir à cause de la chaleur qui régnait au dortoir, j'avais été dehors prendre un peu l'air, et faire un tour à pied jusqu'à l'usine à gaz (laquelle se trouvait plus bas, au bout de la rue). J'étais plus surpris qu'intimidé vraiment; pourtant, ma gêne venait de ce que j'ignorais ce qu'avait pu dire Marlin après s'être fait prendre. « L'usine à gaz ? » répéta Chevrier. « Satané menteur ! » s'écria-t-il sans transition. Et, se précipitant sur moi, il se mit à me boxer. Il visait tantôt la tête, tantôt la poitrine, et je me protégeais de mes bras comme je pouvais. C'était la première fois qu'il levait la main sur moi, et je me sentais humilié; car ces choses-là ne m'arrivaient plus depuis le temps de Fougon (en avais-je reçu, des gifles !). C'était la première fois, aussi, que Chevrier me tutoyait : « Petit sacripant ! Tu mens effrontément ! Ton camarade Marlin m'a tout raconté ! »

En montant au dortoir, le Paxon, haussant les épaules, s'étonnait : « Pourquoi ne lui as-tu pas dit, bougre d'idiot, d'où tu venais ? Quand je me suis fait *gauler*, je lui ai tout dit. Ça l'a bien fait rire. Pour un peu, il m'aurait félicité. »

Épilogue

Il y avait cinq ans que Totoche était là, alors que les surveillants, en général, ne restaient guère plus de deux années de suite. Qu'il ne songeât pas, comme faisaient les autres, à se marier, et qu'on ne lui connût pas même de « poule » en ville, commençait à paraître suspect. Certes, Locoche n'était pas de ceux auxquels la nature avait prodigué tous ses dons; mais un physique ingrat, comme une figure peu agréable, pouvaient-ils vraiment lui servir d'excuse? On en avait déduit, simplement, que les femmes ne l'intéressaient pas.

Depuis quelque temps, il circulait, à propos de Locoche, un certain nombre d'anecdotes et tout un lot de plaisanteries que les petits eux-mêmes répétaient sans bien en saisir quelquefois le sens. Locoche, c'était « Peine-à-jouir »; c'était la « Pédale »; c'était encore la « Tante », ou « Tata ». Rien de tout cela n'était bien original; toutefois, l'on s'avisa de transformer son ancien surnom de « Totoche » en celui de « Chochotte », et cet anagramme approximatif fit d'autant plus fortune que l'intéressé lui-même, que ne semblaient guère émouvoir les railleries dont il était l'objet, s'efforça de justifier son sobriquet en s'installant dans le rôle qu'on lui assignait. Il ne lui manquait plus que de se donner en spectacle. L'occasion s'en trouva bientôt.

On avait remarqué que Chochotte, dans les couloirs ou durant la récréation, avait l'habitude de prodiguer ses caresses à un jeune garçon nommé Topino. D'origine italienne, Topino était de petite taille; il avait la peau mate, des yeux candides et rieurs, et sa chevelure bouclée lui donnait l'allure d'un jeune dieu de l'Antiquité. Non content de le prendre par la taille, ou de lui entourer l'épaule de son bras, Chochotte tapotait la joue de Topino; il lui pinçait le menton; il glissait un doigt dans l'encolure de sa chemise; il lui chuchotait des mots à l'oreille, ou bien gardait la main de l'enfant dans la sienne.

Au début, Topino ne semblait pas prêter attention à ces agaceries; il se contentait de sourire en levant les yeux vers son protecteur; puis il reçut bientôt avec un plaisir visible ces marques répétées de tendresse. Une fois, pourtant, il confia que ce que lui faisait Chochotte le chatouillait. Cela fit bien rire ses camarades, et lui, qui s'en étonna, se mit à rougir. Maintenant, on l'appelait le « chouchou de Chochotte ». Mais Topino, soit qu'il s'enhardît, soit qu'il fût assez fier, au fond, d'avoir été préféré à d'autres, continua de s'abandonner avec confiance à ces démonstrations dont il ne percevait pas, sans doute, l'ambiguïté. En promenade, lorsque Chochotte nous menait du côté de Vouvray, et alors que la plupart, à peine arrivés, s'égaillaient sur les pentes montueuses, le surveillant entraînait Topino au bord de la rivière; tous deux s'asseyaient dans l'herbe et causaient; puis ils se levaient, faisaient quelques pas, et s'éloignaient parfois dans les sentiers en se donnant la main. Le long du chemin, au retour, Topino marchait aux côtés de Locoche et, comme ce dernier avait l'habitude de se tenir en arrière, l'enfant se trouvait avec les grands, un peu perdu au milieu d'eux, et écoutant sans broncher des quolibets comme : « Alors, Topine, on bourre? »

Le soir, Locoche venait parfois s'asseoir sur le lit de Topino et lui parlait à voix basse. On disait même qu'une fois les lumières éteintes, Chochotte revenait se glisser dans son lit. Certains affirmaient l'avoir surpris à la lueur d'une pétoche et, ce soir-là, le surveillant, ébloui par la lampe et dépourvu de lunettes, n'avait pu que regagner sa cabane en gloussant et ricanant, pour donner le change.

Mais il advint un incident plus sérieux et qui eut des suites fâcheuses pour Chochotte. Un matin, au petit jour, on l'entendit qui secouait avec force la porte de sa cabane, comme s'il ne parvenait pas à l'ouvrir. Celle-ci avait été fermée à clef, de l'extérieur, et Locoche se trouvait prisonnier. « Ouvrez! »

commandait-il d'une voix sourde. Il cogna rageusement la porte. « Entrez! » cria quelqu'un de son lit, cependant que les rires s'élevaient de tous côtés. Chochotte s'énerva; il se fâcha; puis, il se calma et demeura silencieux un long moment, comme s'il réfléchissait au moyen qu'il devait employer pour sortir de sa prison. De nouveau, il martela la porte (« On ne peut plus dormir, ici! » se plaignaient certains, en faisant mine d'enfouir leur tête sous l'oreiller); puis il s'adoucit : « Allons, mes enfants, cessez cette plaisanterie! » Bientôt, l'on entendit vibrer la cloison de la cabane, et l'on aperçut deux mains qui s'agrippaient en haut. Chochotte allait-il tenter l'escalade? Chacun s'assit dans son lit, prêt à suivre les péripéties de cette manœuvre périlleuse. Et l'on vit, non sans stupeur, apparaître, au lieu de la tête de Chochotte, celle de Topino.

Agile comme il était, Topino eut tôt fait de se retrouver de l'autre côté. Il sauta sur le premier lit, et rebondit même sur un deuxième, ce qui fit pousser des hurlements à leurs occupants. Puis, sans mot dire, il alla tranquillement se recoucher. Cependant, la voix de Chochotte s'élevait de nouveau : « Topino! implorait-il. Mon petit Topino! Ouvre-moi la porte! » L'enfant, qui ne s'était guère soucié de libérer son protecteur, se releva et se dirigea vers la porte de la cabane. « La porte est fermée, constata-t-il. — Petit imbécile! Je le sais, qu'elle est fermée! Je te demande justement de l'ouvrir. Tourne la clef! — La clef? interrogea Topino. Il n'y en a pas! » Chochotte soupira. « Trouve-la-moi, cette clef! continua-t-il avec lassitude. — Mais je ne sais pas où elle est, moi! »

De nouveau, Chochotte soupira; puis, il grommela des injures et se mit à tourner comme un lion en cage. Au bout d'un moment, on l'entendit qui repoussait son lit et approchait la table de la cloison. Sur la table, il plaça une chaise. Enfin, l'on vit paraître Chochotte. Il était d'une taille démesurée, et sa tête touchait presque le plafond. Lentement, il tourna des deux côtés du dortoir un visage grave et comique. Il appuya ses deux mains sur le faîte de la cloison, qu'il enjamba.

Toutefois, comme s'il eût pris soudain conscience du danger, il n'alla pas plus loin et demeura assis à califourchon. « Rendez-moi la clef! suppliait-il. Ne soyez pas vaches... La plaisanterie a assez duré! — Saute! Lance-toi! Casse-toi la gueule! entendait-on au fond du dortoir. — J'aurai ma revanche! Vous me le paierez! Bande de lâches! » Puis, sans transition : « Trouvez-moi la clef! Que celui qui l'a cachée la rende. Je jure que je ne punirai pas le coupable! » promettait Chochotte.

Cependant, la clef demeurait introuvable (sans doute, celui qui avait fait le coup l'avait-il mise en lieu sûr, à moins qu'il ne l'eût jetée dans les cabinets), il fallait bien faire quelque chose. « Que quelqu'un aille chercher l'escabeau dans la lingerie, sinon je vais me rompre le cou... — La lingerie est fermée, vous le savez bien!, lui répondait-on. — On pourrait aller demander la clef au patron? suggéra quelqu'un. — Non! Non! hurla Chochotte. Ne dérangez pas le patron pour cela... Il vaut mieux régler cette histoire entre nous, cela vous évitera une punition générale, mes petits! » continua-t-il au milieu du chahut et des rires. « Mais sautez donc, il n'y a pas de danger! lui conseillaient les grands. — Je ne peux pas sauter avec mes lunettes, je risque de les casser; et sans lunettes, je n'y vois rien », gémissait Chochotte.

Soudain, du côté du corridor aux lavabos, une clef fourragea dans la serrure. Puis un pas à la fois lourd et feutré se fit entendre. C'était le patron. Il montait de plus en plus rarement au dortoir le matin. Il s'arrêta, interdit : « Eh bien, Lococbe, que faites-vous là-haut? » finit-il par demander, cependant que la plupart pouffaient de rire sous leurs draps. Chochotte, penaud, ne sut d'abord que répondre. Il fit un geste d'impuissance; puis, avec habileté, il essaya de minimiser l'incident : « On m'a joué un tour... Ce n'est pas bien grave, c'est pour rire, expliqua-t-il avec gêne. Et, comme je ne suis pas très souple, je n'arrive pas à descendre... » Chacun rit de plus belle, et Chevrier lui-même, on le vit bien, eut quelque peine à se contenir. Mais il se reprit aussitôt, et se fâcha en nous menaçant d'une punition générale. « Il faudrait l'escabeau... suggéra Chochotte. — Voyons, Locoche, l'escabeau est inutile. Vous ne risquez rien en sautant sur le lit à côté... » Alors, avec ensemble, on vit s'avancer dans l'allée Avisse et le Paxon. Ils approchèrent le lit tout contre la cloison et, sans mot dire, tirèrent Chochotte qui par un pied, qui par un bras. Après avoir hésité, Locoche se laissa faire. Il se retrouva sur les épaules de l'un, puis dans les bras de l'autre, enfin en équilibre sur ses pieds.

Quelques jours plus tard — alors que trois semaines seulement nous séparaient des vacances — on apprit que Locoche était renvoyé. Dès lors, les commentaires allèrent bon train et, comme il advient en pareil cas, Chochotte ne tarda pas à être tenu pour responsable de tout ce qui, depuis des mois, s'était commis de blâmable dans l'établissement. Ainsi, par sa faute, on ne travaillait plus en étude; le réfectoire était bruyant; les récréations trop longues; les séjours sur le stade trop courts; la cordonnerie en désordre; les promenades demeuraient le plus souvent sans surveillance véritable (une fois, du côté de Vouvray, un petit n'avait-il pas manqué de se noyer dans la rivière?); Chochotte ne *piquait*-il pas des provisions aux pensionnaires, dans le cagibi situé sous l'escalier? On l'accusait même, s'il se faisait remettre le portefeuille d'un élève sous le prétexte de confisquer les photographies osées qu'il contenait, de dérober de l'argent. Mieux valait, enfin, ne pas parler de ce qui se passait la nuit, au dortoir.

Sans doute, avec moi comme avec beaucoup d'autres, Chochotte s'était-il souvent montré injuste, voire cruel. Quand bien même, depuis quelque temps, il faisait preuve, à l'égard des grands, d'une indulgence surprenante, en tolérant des plaisanteries dont il était la cible, il ne pouvait faire oublier, pas plus que sa laideur, la plupart de ses turpitudes passées. C'était un être tout à la fois coléreux et irrésolu, paresseux et sournois, vaniteux et pusillanime. Pourtant, je ne pouvais me défendre de ressentir pour lui, à présent qu'il était parti, une espèce de pitié, dont je me faisais aussitôt le reproche.

Alors qu'on ne pensait plus revoir Chochotte, on l'aperçut, un soir qu'on montait en étude, qui empruntait la cour d'honneur pour se rendre au bureau de Chevrier. La porte qui donnait sur cette cour étant habituellement condamnée, on en avait déduit que le patron avait préféré la rouvrir pour la circonstance, afin de soustraire Lococche à notre présence, sinon à nos regards. Juste avant le dîner, je montai à l'étage supérieur pour me rendre aux cabinets. (Depuis que la discipline s'était relâchée, je trouvais cela plus commode que de traverser la cour.) Comme je passais devant la soupente où l'on rangeait les valises, j'entendis un léger bruit dans la pièce. Intrigué, je poussai la porte. Lococche était là, agenouillé, et occupé à rassembler son linge sale au centre d'un drap de lit qu'il avait étendu sur le plancher. Je demeurai interdit. « Bonjour! » dit-il d'un ton plutôt enjoué. Pardessus ses gros verres, il me regardait d'un air goguenard. « Bonjour », dis-je au bout d'un moment, ajoutant, comme si je venais seulement d'apprendre la nouvelle : « Alors, vous nous quittez? — Il le faut bien, dit-il. Puisqu'on ne veut plus de moi. » Je ne sus que répondre, et fis un effort violent pour trouver des mots qui ne venaient pas. Je faillis lui dire qu'on le regretterait, mais je me retins. De lui-même, au reste, il avoua : « On ne me regrettera guère, n'est-ce pas? Je n'ai pas toujours été gentil avec vous. — Bah! fis-je en haussant les épaules. — Non, non, reprit-il, je le sais : j'ai parfois été odieux. On ne me le pardonnera pas. On n'oublie pas ces choses-là... Et pourtant, j'avais de l'affection pour vous tous. Oui, de l'affection, c'est le mot. »

A présent, il s'attendrissait. Je le vis même qui faisait mine de s'essuyer le coin des yeux, en glissant son mouchoir derrière ses lunettes. Je fis un pas dans la pièce, bousculant du pied au passage des sacs de linge qui pendaient à leur clou. J'entendis Chochotte renifler, puis se moucher bruyamment. Je me retournai, et le vis, toujours à genoux, comme s'il faisait pénitence. Je ressentais une gêne horrible, et ne savais plus comment mettre un terme à cette rencontre imprévue. Je mesurais qu'en deux enjambées, je pouvais quitter la pièce et abandonner Chochotte à son sort. Pourtant, plus qu'un sentiment de pitié, auquel je n'étais guère accessible, la crainte et la timidité m'empêchaient de fuir. Chochotte, c'était visible, avait besoin de se confesser. Pourquoi m'avait-il choisi pour le faire ? Seul le hasard, sans doute, en avait décidé ainsi. « Je vous demande pardon à tous », reprit Chochotte, les yeux baissés et les mains jointes. Cela devenait grotesque, au point que je ne pus m'empêcher de sourire. « A toi aussi, mon petit, je demande pardon », continua Chochotte en se levant lentement. Il se rapprocha de moi et posa une main sur mon épaule, cependant que, hanté par le souvenir de ses façons avec Topino, j'esquissais un léger mouvement de recul. « N'aie pas peur... Suis-je donc si méchant ? demanda-t-il. — Je n'ai pas peur », fis-je vivement, tout en rejetant le corps en arrière. Mais Chochotte se rapprocha encore; son visage était maintenant tout contre le mien; il avançait sa bouche où la lèvre inférieure pendait comme celle d'un gros poisson. Je crus qu'il allait m'embrasser; mais non, il voulait seulement me parler à l'oreille... « Tu te souviens de l'histoire de la cuvette ? » chuchota-t-il. Tout d'abord, je demeurai interdit. « Si je m'en souviens ! » murmurai-je bientôt comme à moi-même. « Oui, je me souviens, répétai-je. Ce jour-là, vous m'avez accusé injustement... Car ce n'était pas moi ! » ajoutai-je avec précipitation, comme si j'eusse dû, une fois de plus, me justifier. « Non, ce n'était pas toi, je le sais », fit Chochotte en souriant à demi. Je lui jetai un regard étonné. « Ce jour-là, continua-t-il, j'avais besoin d'une punition générale. Il me fallait donc un coupable... » Où voulait donc en venir Chochotte, et pourquoi diable ressortait-il cette histoire vieille de plus de cinq ans ? « Une punition générale ? Pourquoi ? » Chochotte hésita un instant avant de répondre; il gloussa un peu, puis : « Parce que je ne voulais pas vous emmener au stade. Je déteste le sport, tu ne l'ignores pas; et le ballon me fait horreur. — Mais alors, dis-je, de plus en plus intrigué. Mais alors... La cuvette? — Oui, poursuivit-il sans se troubler. La cuvette, c'est moi-même qui l'avais renversée. »

Table

PREMIÈRE PARTIE

Dimanche matin 9

La cuvette 13
La Fille 20
Nombrils 21
L'horloge 22
Un mauvais rêve 23
Dimanche matin 24

Dimanche matin 24

La cloche 26
Le réfectoire 27
Les galoches 30
Le gaz 31
Trente ! 31
Les poches de ma blouse 32
Récréations 34
Jeux interdits 35
La visite 36

Dimanche matin 39

La leçon d'allemand 40
L'histoire ancienne 41
La dictée 42
Le style 44
La polycopie 45
Le Poète 48
Baugé 49
La leçon de violon 51
Disques 52
Mme Fougon 53
Les bonnes 54

Dimanche matin 55

Le goûter 57
Mon père 58
Pions 59
Pions (suite) 60
Voisins de lit 61
La cordonnerie 62
Marboué ! 63
La première cigarette 64

Dimanche matin 65

Mickey 67
Minnie 70
Potiron 70
Le Paxon 71
La Crédence 72

Quelques-uns 72
Quelques autres 73
Babault 74
Rativet 74
La Pissette 76
Gaston Callot 77
La Misère 79
Philippe 80
Hy 81
Jacquelin 81
Escoffier 83
Les frères Mouton 85
Cattelin 86
Polyte 87

Dimanche matin 88

Bellerive 90
Le coiffeur 91
Culottes de golf 91
Samedi 92
Sports 93
Le magnésium 94
La sortie 95
A la maison 96
Le retour 97
Un beau film 99

Dimanche matin 102

Les bourses 105
La Terre sacrée 106
La physique amusante 107
La chambre 108
Le chef-d'œuvre 109
Le pigeon 110
Le Caustier 111
Lectures 111
Romans policiers 113
La fête 115

Dimanche matin 117

La Pentecôte 118
Jardinage 120
Le certificat d'études 121
Le coco 122
Le comice agricole 123
Doryphores 124
Ménagerie 125
Les réfugiés 126
Hérisson 126
Feux 128
Les Perles de la couronne 128

Dimanche matin 129

Le cactus 132
Jeux d'enfants 133
La fin du monde 134
La salle de la liberté 137
Roger Goujon 138
La ligne Maginot 140
La fête de gymnastique 141
Munich 142
Rédactions 143
Voyages 144

Dimanche matin 147

La guerre 150

DEUXIÈME PARTIE

Fougon 155
Actualités 158
Josette 160
Histoire et géographie 161

Mlle Thomas-Lamotte	162	*Mouches*	220
La drôle de guerre	164	*Les Allemands*	221
Colette	165	*Mers el-Kébir*	223
Les sirènes	177	*La moisson de Quarante*	224
Le marchand de soupe	178	*Pfeffer !*	227
Encore une	179	*Mon père*	229
Le père Grouille	179	*La Vie simple*	231
Événements	180	*Extrait du règlement*	232
L'alerte	180	*Le héraut*	233
Dunkerque	181	*Pinault*	234
Les Italiens	185	*Le Paxon*	235
La grand-route	186	*La dînette*	235
Un avion	187	*La pipe*	236
Le bombardement	188	*La baignade*	238
L'exode	199	*Le petit vin de Vouvray*	239
Le pillage	214	*Les filles d'à côté*	242
Éclats	219	*Épilogue*	249

IMPRIMERIE HÉRISSEY À ÉVREUX (EURE)
DÉPÔT LÉGAL MARS 1993. N° 14055 (60713)

Collection Points

SÉRIE POINT-VIRGULE

V1. Manuel de savoir-vivre à l'usage des rustres et des malpolis, *par Pierre Desproges*
V2. Petit Fictionnaire illustré, *par Alain Finkielkraut*
V3. Quand j'avais cinq ans, je m'ai tué *par Howard Buten*
V4. Lettres à sa fille (1877-1902), *par Calamity Jane*
V5. Café Panique, *par Roland Topor*
V6. Le Jardin de ciment, *par Ian McEwan*
V7. L'Age-déraison, *par Daniel Rondeau*
V8. Juliette a-t-elle un grand Cui ?, *par Hélène Ray*
V9. T'es pas mort !, *par Antonio Skarmeta*
V10. Petite Fille rouge avec un couteau *par Myrielle Marc*
V11. Manuel à l'usage des enfants qui ont des parents difficiles, *par Jeanne Van den Brouck*
V12. Le A nouveau est arrivé *par Pierre Ziegelmeyer et Jean-Benoît Thirion*
V13. Comment faire l'enfant (17 leçons pour ne pas grandir) *par Delia Ephron*
V14. Zig-Zag, *par Alain Cahen*
V15. Plumards, de cheval, *par Groucho Marx*
V16. Bleu, je veux, *par Gisèle Bienne*
V17. Moi et les Autres, *par Albert Jacquard*
V18. Au vrai chic anatomique, *par Frédéric Pagès*
V19. Le Petit Pater illustré, *par Jacques Pater*
V20. Cherche souris pour garder chat, *par Hélène Ray*
V21. Un enfant dans la guerre, *par Saïd Ferdi*
V22. La Danse du coucou, *par Aidan Chambers*
V23. Mémoires d'un amant lamentable, *par Groucho Marx*
V24. Le Cœur sous le rouleau compresseur *par Howard Buten*
V25. Le Cinéma américain. Les années cinquante *par Olivier-René Veillon*
V26. Voilà un baiser, *par Anne Perry-Bouquet*
V27. Le Cycliste de San Cristobal *par Antonio Skarmeta*
V28. Tchao l'enfance, craignos l'amour, *par Delia Ephron*

V29. Mémoires capitales, *par Groucho Marx*
V30. Dieu, Shakespeare et moi, *par Woody Allen*
V31. Dictionnaire superflu à l'usage de l'élite
et des bien nantis, *par Pierre Desproges*
V32. Je t'aime, je te tue, *par Morgan Sportès*
V33. Rock-vinyl (Pour une discothèque du rock)
par Jean-Marie Leduc
V34. Le Manuel du parfait petit masochiste
par Dan Greenburg
V35. L'Oiseau Canadèche, *par Jim Dodge*
V36. Des sous et des hommes, *par Jean-Marie Albertini*
V37. De l'univers à nous, *par Robert Clarke*
V38. Pour en finir une bonne fois pour toutes
avec la culture, *par Woody Allen*
V39. Le Gone du Chaâba, *par Azouz Begag*
V40. Le Cinéma américain. Les années trente
par Olivier-René Veillon
V41. Mistral gagnant, chansons et dessins, *par Renaud*
V42. Les Aventures d'Adrian Mole, 15 ans
par Sue Townsend
V43. Le Palais des claques, *par Pascal Bruckner*
V44. La Cuisine cannibale, *par Roland Topor*
V45. Le Livre d'Étoile, *par Gil Ben Aych*
V46. Les Dingues du nonsense, *par Robert Benayoun*
V47. Le Grand Cerf-volant, *par Gilles Vigneault*
V48. Comment choisir son psychanalyste
par Oreste Saint-Drôme
V49. Slapstick, *par Buster Keaton*
V50. Chroniques de la haine ordinaire
par Pierre Desproges
V51. Cinq Milliards d'Hommes dans un vaisseau
par Albert Jacquard
V52. Rien à voir avec une autre histoire
par Griselda Gambaro
V53. Comment faire son alyah en vingt leçons
par Moshé Gaash
V54. A rebrousse-poil
par Roland Topor et Henri Xhonneux
V55. Vive la sociale !, *par Gérard Mordillat*
V56. Ma gueule d'atmosphère, *par Alain Gillot-Pétré*
V57. Le Mystère Tex Avery, *par Robert Benayoun*
V58. Destins tordus, *par Woody Allen*

V59. Comment se débarrasser de son psychanalyste
par Oreste Saint-Drôme
V60. Boum !, *par Charles Trenet*
V61. Catalogue des idées reçues sur la langue
par Marina Yaguello
V62. Mémoires d'un vieux con, *par Roland Topor*
V63. Le Cinéma américain. Les années quatre-vingt
par Olivier-René Veillon
V64. Le Temps des noyaux, *par Renaud*
V65. Une ardente patience, *par Antonio Skarmeta*
V66. A quoi pense Walter ?, *par Gérard Mordillat*
V67. Les Enfants, oui ! L'Eau ferrugineuse, non !
par Anne Debarède
V68. Dictionnaire du français branché, *par Pierre Merle*
V69. Béni ou le paradis privé, *par Azouz Begag*
V70. Idiomatics français-anglais, *par Initial Groupe*
V71. Idiomatics français-allemand, *par Initial Groupe*
V72. Idiomatics français-espagnol, *par Initial Groupe*
V73. Abécédaire de l'ambiguïté, *par Albert Jacquard*
V74. Je suis une étoile, *par Inge Auerbacher*
V75. Le Roman de Renaud, *par Thierry Séchan*
V76. Bonjour Monsieur Lewis, *par Robert Benayoun*
V77. Monsieur Butterfly, *par Howard Buten*
V78. Des femmes qui tombent, *par Pierre Desproges*
V79. Le Blues de l'argot, *par Pierre Merle*
V80. Idiomatics français-italien, *par Initial Groupe*
V81. Idiomatics français-portugais, *par Initial Groupe*
V82. Les Folies-Belgères, *par Jean-Pierre Verheggen*
V83. Vous permettez que je vous appelle Raymond ?
par Antoine de Caunes et Albert Algoud
V84. Histoire de lettres, *par Marina Yaguello*
V85. Tout ce que vous avez toujours voulu savoir sur le sexe
sans jamais oser le demander, *par Woody Allen*
V86. Écarts d'identité
par Azouz Begag et Abdellatif Chaouite
V87. Pas mal pour un lundi !
par Antoine de Caunes et Albert Algoud
V88. Au pays des faux amis
par Charles Szlakmann et Samuel Cranston
V89. Le Ronfleur apprivoisé, *par Oreste Saint-Drôme*
V90. Je ne vais pas bien, mais il faut que j'y aille, *par Maurice Roche*
V91. Qui n'a pas vu Dieu n'a rien vu, *par Maurice Roche*

V92. Dictionnaire du français parlé
par Charles Bernet et Pierre Rézeau
V93. Mots d'Europe (Textes d'Arthur Rimbaud)
présentés par Agnès Rosenstiehl
V94. Idiomatics français-néerlandais, *par Initial Groupe*
V95. Le monde est rond, *par Gertrude Stein*
V96. Poèmes et Chansons, *par Georges Brassens*
V97. Paroles d'esclaves, *par James Mellon*
V98. Les Poules pensives, *par Luigi Malerba*
V99. Ugly, *par Daniel Mermet*
V100. Papa et maman sont morts, *par Gilles Paris*
V101. Les écrivains sont dans leur assiette, *par Salim Jay*
V102. Que sais-je ? Rien, *par Karl Zéro*
V103. L'Ouilla, *par Claude Duneton*
V104. Le Déchiros, *par Pierre Merle*
V105. Petite Histoire de la langue, *par Pozner et Desclozeaux*
V106. Hannah et ses Sœurs, *par Woody Allen*
V107. Les Marx Brothers ont la parole, *par Robert Benayoun*
V108. La Folie sans peine, *par Didier Raymond*
V109. Le Dessin d'humour, *par Michel Ragon*
V110. Le Courrier des lettres, *par Roland Topor*
V111. L'Affiche de A à Z, *par Savignac*
V112. Une enfance ordinaire, *par Claude Menuet (Massin)*
V113. Continuo, *par Massin*
V114. L'Ilet-aux-Vents, *par Azouz Begag*
V115. J'aime beaucoup ce que vous faites
par Antoine de Caunes et Albert Algoud
V116. Œil de verre, jambe de bois, *par Albert Algoud*
V117. Bob Marley, *par Stephen Davis*
V118. Il faudra bien te couvrir, *par Howard Buten*
V119. Petites Drôleries et Autres Méchancetés sans importance
par Guy Bedos
V120. Enfances vendéennes, *par Michel Ragon*
V121. Amour, toujours !, *par l'Abbé Pierre*
V122. J'espérons que je m'en sortira, *par Marcello D'Orta*
V123. Petit Dictionnaire des chiffres en toutes lettres
par Pierre Rézeau
V124. Un monde sans prisons ?, *par Albert Jacquard*
V125. Tout à fait, Jean-Michel !
par Thierry Roland et Jean-Michel Larqué
V126. Le Pensionnaire, *par Claude Menuet (Massin)*
V127. Le Petit Livre des instruments de musique, *par Dan Franck*

Collection Points

SÉRIE ROMAN

DERNIERS TITRES PARUS

R517. Le Fou du tzar, *par Jaan Kross*
R518. Wolf et Doris, *par Martin Walser*
R519. La Course au mouton sauvage, *par Haruki Murakami*
R520. Adios Schéhérazade, *par Donald Westlake*
R521. Les Feux du Bengale, *par Amitav Ghosh*
R522. La Spéculation immobilière, *par Italo Calvino*
R523. L'homme qui parlait d'Octavia de Cadix
par Alfredo Bryce-Echenique
R524. V., *par Thomas Pynchon*
R525. Les Anges rebelles, *par Robertson Davies*
R526. Nouveaux Contes de Bustos Domecq
par Jorge Luis Borges et Adolfo Bioy Casares
R527. Josepha, *par Christopher Frank*
R528. L'Amour sorcier, *par Louise Erdrich*
R529. L'Europe mordue par un chien, *par Christophe Donner*
R530. Les hommes qui ont aimé Evelyn Cotton, *par Frank Ronan*
R531. Agadir, *par Mohammed Khaïr-Eddine*
R532. Brigitta, *par Adalbert Stifter*
R533. Lune de miel et d'or, *par David Shahar*
R534. Histoires de vertige, *par Julien Green*
R535. Voyage en France, *par Henry James*
R536. La Femme de chambre du Titanic, *par Didier Decoin*
R537. Le Grand Partir, *par Henri Gougaud*
R538. La Boîte noire, *par Jean-Luc Benoziglio*
R539. Le Prochain sur la liste, *par Dan Greenburg*
R540. Topkapi, *par Eric Ambler*
R541. Hôtel du lac, *par Anita Brookner*
R542. L'Aimé, *par Axel Gauvin*
R543. Vends maison, où je ne veux plus vivre, *par Bohumil Hrabal*
R544. Enquête sous la neige, *par Michael Malone*
R545. Sérénissime, *par Frédéric Vitoux*
R546. Fleurs de ruine, *par Patrick Modiano*
R547. Les Girls du City-Boum-Boum, *par Vassilis Alexakis*
R548. Les Rives du fleuve Bleu, *par Emmanuel Roblès*
R549. Le Complexe polonais, *par Tadeusz Konwicki*

R550. La Patte du scarabée, *par John Hawkes*
R551. Sale Histoire, *par Eric Ambler*
R552. Le Silence des pierres, *par Michel del Castillo*
R553. Une rencontre en Westphalie, *par Günter Grass*
R554. Ludo & Compagnie, *par Patrick Lapeyre*
R555. Les Calendes grecques, *par Dan Franck*
R556. Chaque homme dans sa nuit, *par Julien Green*
R557. Nous sommes au regret de..., *par Dino Buzzati*
R558. La Bête dans la jungle, *par Henry James*
R559. Nouvelles démesurées, *par Adolfo Bioy Casares*
R560. Sylvie et Bruno, *par Lewis Carroll*
R561. L'Homme de Kiev, *par Bernard Malamud*
R562. Le Brochet, *par Eric Ambler*
R563. Mon valet et moi, *par Hervé Guibert*
R564. Les Européens, *par Henry James*
R565. Le Royaume enchanté de l'amour, *par Max Brod*
R566. Le Fou noir *suivi de* Le poing fermé, *par Arrigo Boito*
R567. La Fin d'une époque, *par Evelyn Waugh*
R568. Franza, *par Ingeborg Bachmann*
R569. Les Noces dans la maison, *par Bohumil Hrabal*
R570. Journal, *par Jean-René Huguenin*
R571. Une saison ardente, *par Richard Ford*
R572. Le Dernier Été des Indiens, *par Robert Lalonde*
R573. Beatus Ille, *par Antonio Muñoz Molina*
R574. Les Révoltés de la « Bounty »
par Charles Nordhoff et James Norman Hall
R575. L'Expédition, *par Henri Gougaud*
R576. La Loi du capitaine, *par Mike Nicol*
R577. La Séparation, *par Dan Franck*
R578. Voyage autour de mon crâne, *par Frigyes Karinthy*
R579. Monsieur Pinocchio, *par Jean-Marc Roberts*
R580 Les Feux, *par Raymond Carver*
R581. Mémoires d'un vieux crocodile, *par Tennessee Williams*
R582. Patty Diphusa, la Vénus des lavabos, *par Pedro Almodóvar*
R583. Le Voyage de Hölderlin en France, *par Jacques-Pierre Amette*
R584. Les Noms, *par Don DeLillo*
R585. Le Châle, *par Cynthia Ozick*
R586. Contes d'amour de folie et de mort, *par Horacio Quiroga*
R587. Liberté pour les ours !, *par John Irving*
R588. Mr. Stone, *par V. S. Naipaul*
R589. Loin de la troupe, *par Heinrich Böll*
R590. Dieu et nous seuls pouvons, *par Michel Folco*

19234